DRINQUES PARA TRÊS

OBRAS DA AUTORA PUBLICADAS PELA EDITORA RECORD

Como Sophie Kinsella

Fiquei com o seu número

Lembra de mim?

A lua de mel

Menina de vinte

Samantha Sweet, executiva do lar

O segredo de Emma Corrigan

Da série Becky Bloom:

Becky Bloom – Delírios de consumo na 5ª Avenida

O chá de bebê de Becky Bloom

Os delírios de consumo de Becky Bloom

A irmã de Becky Bloom

As listas de casamento de Becky Bloom

Mini Becky Bloom

Como Madeleine Wickham

Louca para casar

Quem vai dormir com quem?

MADELEINE WICKHAM

DRINQUES PARA TRÊS

Tradução de
ALICE FRANÇA

2ª edição

EDITORA RECORD
RIO DE JANEIRO • SÃO PAULO
2015

CIP-BRASIL. CATALOGAÇÃO NA FONTE
SINDICATO NACIONAL DOS EDITORES DE LIVROS, RJ

W627d
2ª ed.

Wickham, Madeleine, 1969-
Drinques para três / Madeleine Wickham; tradução de Alice França. – 2ª ed. – Rio de Janeiro: Record, 2015.

Tradução de: Cocktails for three
ISBN 978-85-01-09816-0

1. Ficção inglesa. I. França, Alice. II. Título.

14-11485

CDD: 823
CDU: 821.111-3

Título original em inglês:
COCKTAILS FOR THREE

Texto revisado segundo o novo Acordo Ortográfico da Língua Portuguesa.

Impresso no Brasil

ISBN 978-85-01-09816-0

Meus agradecimentos a minha agente Araminta Whitley, a Linda Evans e a Sally Gaminara; e a todos da Transworld, pelo constante entusiasmo e incentivo durante a elaboração deste livro. Aos meus pais e irmãs, pelo apoio permanente e encorajador; e aos meus amigos Ana-Maria e George Mosley, por estarem sempre por perto com uma coqueteleira à mão. E finalmente ao meu marido Henry, sem o qual este trabalho não seria possível, e a quem dedico este livro.

CAPÍTULO UM

Candice Brewin abriu a pesada porta de vidro do Manhattan Bar e logo se viu arrebatada pela atmosfera familiar de calor, barulho, luz e agitação. Eram seis horas da tarde de uma quarta-feira, e o lugar já estava quase cheio. Garçons usando gravatas-borboletas em tom verde-escuro deslizavam sobre o piso claro e lustroso, levando drinques às mesas. No bar, garotas usando vestidos sensuais, com os olhos brilhantes e ansiosos, examinavam o salão. Em um canto, um pianista tocava, apaixonadamente, peças de Gershwin, quase abafadas pelo zumbido do falatório urbano.

Este lugar está começando a ficar muito badalado, pensou Candice, ao tirar o casaco. O Manhattan Bar era um local pequeno e tranquilo, perfeito para encontros discretos, na época em que ela, Roxanne e Maggie o descobriram, praticamente por acaso, procurando um lugar para tomar um drinque depois de um dia de trabalho particularmente extenuante. Na época, ainda era escuro, com uma aparência antiquada, bancos gastos e um mural meio descascado do horizonte de Nova York. Os clientes eram poucos e silenciosos; em sua maioria, cavalheiros de meia-idade com acompanhantes bem mais jovens. Na ocasião, Candice, Roxanne e Maggie, numa atitude despudorada, pediram uma rodada de coquetéis. Seguiram-se outras rodadas de drinques e, antes do final da noite, elas haviam concluído, entre crises de risos, que o lugar tinha um charme inusitado e por isso merecia ser frequentado. Assim nasceu o clube do coquetel mensal.

Porém, após ser ampliado, reinaugurado e elogiado em todas as revistas de moda, o local mudara completamente. Agora, era invadido por uma multidão jovem e atraente todas as noites, após o trabalho. Celebridades eram vistas ali. Até os garçons pareciam modelos. Elas precisavam encontrar outro lugar. Um lugar menos cheio, menos óbvio, pensou Candice, após entregar o casaco à atendente do guarda-volumes e receber uma ficha prateada estilo art déco.

No entanto, ela sabia que nunca fariam isso. Já frequentavam o bar havia muito tempo; compartilharam muitos segredos entre as inconfundíveis taças congeladas de martíni. Qualquer outro lugar iria parecer estranho. Todo dia primeiro de cada mês, o rumo era o Manhattan Bar.

Ela se olhou em um espelho em frente ao guarda-volumes, para verificar se seu cabelo curto estava arrumado e sua maquiagem — ou o pouco que restara dela — não estava borrada. Usava uma camiseta verde-clara sob um conjunto preto básico de calça e blazer — não chegava a ser o máximo do glamour, mas estava bom o bastante.

Em seguida, examinou rapidamente as mesas, mas não viu Roxanne nem Maggie. Embora trabalhassem no mesmo lugar — no editorial da *Londoner* —, raramente saíam juntas do trabalho. Para começar, Roxanne era freelancer e parecia usar o escritório apenas para fazer ligações interurbanas para organizar sua próxima viagem ao exterior. E Maggie, como editora da revista, muitas vezes precisava ficar até mais tarde em reuniões.

Mas hoje não, pensou Candice, olhando o relógio. Hoje, Maggie tinha todas as razões para sair quando quisesse.

Ela endireitou o blazer com as mãos e, ao ver um casal deixar uma das mesas, se apressou. O jovem mal se levantara da cadeira e ela imediatamente ocupou seu lugar, sorrindo agradecida. Se quisesse arranjar uma mesa no Manhattan Bar, não dava para vacilar. E as três sempre conseguiam. Era parte da tradição.

MAGGIE PHILLIPS PAROU na porta do Manhattan Bar, pousou a enorme sacola cheia de bichinhos de pelúcia coloridos no chão e puxou, sem a menor cerimônia, a meia de gestante que estava enrugada nas pernas. Mais três semanas, pensou, dando um último puxão. Mais três semanas usando essas coisas incômodas. Em seguida, respirou fundo, pegou a sacola e empurrou a porta de vidro.

Assim que entrou, o barulho e a multidão a deixaram tonta. Ela se apoiou na parede e ficou imóvel, tentando não perder o equilíbrio enquanto piscava os olhos, tentando se livrar dos pontinhos pretos que giravam à sua frente.

— Você está bem, querida? — perguntou alguém à sua esquerda. Maggie se virou e, quando sua visão voltou ao normal, viu o rosto amável da atendente do guarda-volumes.

— Estou — respondeu ela com um sorriso nervoso.

— Tem certeza? Quer um pouco d'água?

— Não, obrigada. Está tudo bem. — Na tentativa de provar que realmente não havia nada de errado, ela se esforçou para tirar o casaco e percebeu, constrangida, o olhar atento da moça para sua barriga. Em se tratando de roupa de gestante, sua calça legging e túnica preta tinham um caimento perfeito. Mas, mesmo assim, ali estava ela, bem à sua frente, aonde quer que ela fosse: uma protuberância do tamanho de um balão de hélio. Ao entregar o casaco, Maggie deu de cara com o olhar fixo da atendente.

Se ela me perguntar para quando é o bebê, pensou, juro que vou sufocá-la com o Tinky Winky.

— Para quando é o bebê?

— Vinte e cinco de abril — respondeu Maggie com um sorriso alegre. — Daqui a três semanas.

— A malinha já está pronta? — perguntou a moça com uma piscadela. — Não vai deixar para a última hora, não é? — Maggie sentiu a pele começar a formigar. Não era da conta de ninguém se ela havia feito a malinha ou não. Por que todo mundo insistia em *perguntar* sobre isso? Mais cedo, quando estava almoçando, um estranho se aproximou dela no restaurante, apontou para o vinho que ela estava bebendo e, em tom de brincadeira, disse: "Que coisa feia!" Ela quase atirou a taça nele.

— É o primeiro — acrescentou a moça sem o tom de interrogação.

Será que é tão óbvio, pensou Maggie. Será que é tão evidente para todo mundo que eu, Maggie Phillips — ou Sra. Drakeford, como sou conhecida na clínica —, praticamente nunca toquei em um bebê? Quanto mais dar à luz a um.

— Sim, é o meu primeiro — respondeu ela, estendendo a mão para receber a ficha prateada e sair dali o mais rápido possível. Mas a mulher continuava olhando afetuosamente a barriga de Maggie.

— Eu tive quatro — disse ela. — Três meninas e um menino. E em todas as vezes, as primeiras semanas foram a melhor fase. Você deve desfrutar esses momentos, querida. Não fique ansiosa para passar logo.

— Eu sei. — Maggie ouviu-se dizendo, com um sorriso falso.

Eu não sei coisa nenhuma!, gritou para si mesma. Não sei nada sobre isso. Eu sei diagramar uma página e aprovar orçamentos. Ah, meu Deus. O que estou fazendo?

— Maggie! — Uma voz interrompeu seus pensamentos, e ela se virou. O rosto alegre e redondo de Candice se abria em um largo sorriso. — Sabia que era você! Já garanti uma mesa para nós.

— Ótimo! — Maggie acompanhou Candice através da multidão, abrindo caminho por onde passava com sua enorme barriga, despertando olhares curiosos. Não havia outra grávida no bar. Ali, ninguém sequer era gordo. Para onde quer que olhasse, só via garotas com abdomens chapados, pernas esguias e peitos durinhos.

— Está bom aqui? — perguntou Candice, puxando cuidadosamente uma cadeira para ela. Contendo-se para não dizer, de forma ríspida, que não estava doente, Maggie se sentou.

— Podemos fazer o pedido? Ou vamos esperar por Roxanne?

— Ah, não sei — respondeu Maggie de mau humor, dando de ombros. — Melhor esperar, eu acho.

— Você está se sentindo bem? — indagou Candice, curiosa. Maggie suspirou.

— Eu estou bem, apenas cansada de estar grávida. Cansada de ficar sendo encorajada, acariciada e tratada como uma aberração.

— Aberração? — admirou-se Candice. — Maggie, você está ótima!

— Ótima para uma gorda.

— Está ótima e ponto final — afirmou Candice. — Ouça, Maggie, há uma grávida que mora em frente à minha casa. Vou dizer uma coisa, se ela visse sua aparência, morreria de inveja.

Maggie riu.

— Candice, eu adoro você. Sempre diz a coisa certa.

— É verdade! — Candice pegou o cardápio de couro verde, comprido e com um pendão prateado. — Vamos dar uma olhada, de qualquer maneira. Roxanne não irá demorar.

No BANHEIRO FEMININO do Manhattan Bar, Roxanne Miller inclinou-se para a frente e cuidadosamente delineou a boca com um lápis cor de canela. Depois, pressionou os lábios, afastou-se do espelho e, com ar crítico, examinou o próprio reflexo, começando — como sempre fazia — pelos pontos favoráveis: maçãs do rosto, perfeitas. Maçãs do rosto sempre se destacam. Olhos azuis um pouco inchados; pele bronzeada, resultado de três semanas no mar do Caribe. Nariz ainda grande e torto. Cabelo loiro-acastanhado, caindo em cascata de um prendedor de contas, talvez de modo selvagem demais. Então, pegou uma escova na bolsa e começou a ajeitá-lo. Como de costume, ela estava usando uma camiseta branca. Em sua opinião, nada realçava mais o bronzeado do que uma camiseta básica branca. Em seguida, guardou a escova e sorriu, involuntariamente, satisfeita com a própria aparência.

Nesse momento, alguém deu descarga, e a porta do cubículo se abriu. Uma garota de uns 19 anos saiu e parou ao lado dela para lavar as mãos. Sua pele era clara e macia; os olhos, apáticos e sonolentos; o cabelo, liso como as franjas de um abajur, ia até a altura dos ombros; boca tinha cor de ameixa. Não estava usando nenhuma maquiagem. Seus olhares se encontraram e a garota sorriu, saindo em seguida.

Quando a porta de vaivém se fechou atrás dela, Roxanne ainda se olhava no espelho. De repente, sentiu-se uma perua gorda. Uma mulher de 33 anos forçando a barra. Imediatamente, toda a animação sumiu de seu rosto. Sua boca se curvou para baixo, e o brilho dos olhos desapareceu. Com ar de censura, começou a examinar as pequenas veias vermelhas que marcavam a pele de suas bochechas. Danos do sol, como são conhecidas. Mercadoria danificada.

Então, ouviu um barulho na porta e se virou rapidamente.

— Roxanne! — Maggie vinha em sua direção com um largo sorriso. Seu cabelo castanho curto brilhava sob a luz do refletor.

— Querida! — exclamou Roxanne, sorrindo e enfiando o estojo de maquiagem na bolsa Prada. — Eu estava dando um retoquezinho.

— Você não precisa disso — comentou Maggie. — Olhe este bronzeado!

— Isso é o sol do Caribe, se você quer saber — disse Roxanne.

— Não diga nada — pediu Maggie, tapando os ouvidos. — Não quero saber. Não é nem um pouco justo. Por que eu nunca fiz uma única reportagem de turismo quando era editora? Acho que eu era louca! — Ela fez um gesto com a cabeça em direção à porta. — Vá se juntar à Candice. Estarei lá em um minuto.

QUANDO ENTROU NO bar, Roxanne viu Candice sozinha, lendo o cardápio de coquetéis, e um sorriso involuntário veio aos seus lábios. A amiga parecia não mudar nunca, aonde quer que fosse ou com o que quer que usasse. Sua pele tinha um aspecto aveludado e parecia estar hidratada constantemente; o corte de cabelo era sempre o mesmo: curto e elegante; e as covinhas marcavam suas bochechas quando ela sorria. E ela sempre erguia a cabeça com os mesmos olhos grandes e confiantes. Não me surpreende que seja uma entrevistadora tão boa, pensou Roxanne afetuosamente. As pessoas devem se sentir vulneráveis diante de um olhar amistoso como este.

— Candice! — chamou ela, esperando a amiga parar, erguer a cabeça, avistá-la e abrir o largo sorriso.

É uma sensação estranha, pensou Roxanne. Ela podia passar por vários bebês adoráveis em seus carrinhos e não ter sequer uma única reação maternal. Mas às vezes, olhando para Candice, sentia uma angústia no coração; uma necessidade inexplicável de proteger essa garota de rosto redondo e expressão inocente e pueril. Mas proteger do quê? Do mundo? De estranhos misteriosos e maldosos? Aquilo era extremamente ridículo. Afinal, qual era a diferença de idade entre elas? Quatro ou cinco anos, no máximo. Na maior parte do tempo, nem parecia haver diferença — embora, algumas vezes, Roxanne se sentisse uma geração mais velha.

Ela foi até a mesa e deu dois beijinhos em Candice.

— Já fez o pedido?

— Estou só olhando — respondeu Candice, apontando para o cardápio. — Não consigo decidir entre um Summer Sunset e um Urban Myth.

— Peça o Urban Myth — sugeriu Roxanne. — O Summer Sunset é rosa brilhante e vem com um guarda-chuva.

— Jura? — Candice franziu a testa. — E isso faz alguma diferença? O que você vai beber?

— O de sempre, marguerita. Vivi de margueritas durante minha estada em Antígua — respondeu Roxanne. Ela ia pegar um cigarro, mas lembrou-se de Maggie e desistiu. — Marguerita e sol. É tudo que alguém precisa.

— Então... como foi a viagem? — perguntou Candice, inclinando-se para a frente com os olhos brilhando de curiosidade. — Algum garotão desta vez?

— O suficiente para me deixar satisfeita — respondeu Roxanne, com um sorriso malicioso. — Particularmente um, com quem saí pela segunda vez.

— Você é terrível! — disse Candice.

— Pelo contrário — retrucou Roxanne. — Sou muito boa. Por isso eles gostam de mim. Por isso voltam.

— E como fica o... — Candice parou, constrangida.

— O "Sr. Casado com Filhos"? — completou Roxanne levianamente.

— É — respondeu Candice, enrubescendo. — Ele não se incomoda quando você...?

— O "Sr. Casado com Filhos" não tem permissão para se incomodar — explicou Roxanne. — Afinal, ele tem esposa. Nada mais justo, concorda? — Seus olhos brilharam como se proibissem mais perguntas, e Candice ficou em silêncio. Roxanne sempre evitava falar a respeito do "Sr. Casado". Ela mantinha esse relacionamento desde que Candice a conhecera, mas se recusava terminantemente a divulgar-lhe a identidade, ou mesmo qualquer detalhe a respeito dele. Candice e Maggie chegaram a conjeturar, de brincadeira, que deveria ser alguém famoso — um político, talvez — e certamente rico, poderoso e sexy. Sabiam que Roxanne nunca perderia tempo com alguém medíocre. No entanto, não tinham tanta certeza de que ela realmente estava apaixonada. Sempre parecera tão irreverente, quase insensível, quando falava do relacionamento, que dava a impressão de que era ela quem o usava.

— Bom, me desculpe — disse Roxanne, pegando novamente o cigarro. — Tentei evitar por causa do bebê, mas vou ter que fumar.

— Ah, não se incomode — disse Maggie, surgindo atrás dela. — Com certeza não pode ser pior do que poluição. — Ao se sentar, ela fez sinal para uma garçonete. — Oi. Gostaríamos de fazer os pedidos.

QUANDO A MOÇA loira de colete verde se aproximou de forma ágil, Candice a fitou com curiosidade. Observou o cabelo ondulado, o nariz arrebitado, os olhos acinzentados rodeados por olheiras de cansaço. Havia algo de familiar naquela garota, até mesmo o jeito com que ela retirava o cabelo dos ombros. Onde ela a vira antes?

— Algum problema? — perguntou a garota educadamente, e Candice corou.

— Não. Claro que não. Huum... — Ela abriu o cardápio novamente e correu os olhos pela lista, sem prestar atenção. O Manhattan Bar tinha mais de cem tipos de coquetéis; às vezes ela achava que eram opções demais. — Um Mexican Swing, por favor.

— Uma marguerita — pediu Roxanne.

— Ah, meu Deus, não sei o que vou querer — disse Maggie. — Eu tomei vinho no almoço...

— Que tal um Virgin Mary? — sugeriu Candice.

— De jeito nenhum — respondeu Maggie com uma careta. — Ah, dane-se. Um Shooting Star.

— Boa escolha — disse Roxanne. — Deixe que o bebê se acostume com um pouquinho de álcool. E agora... — Ela tateou dentro da bolsa. — É hora de presente!

— Para quem? — perguntou Maggie, erguendo os olhos, surpresa. — Não para mim. Já recebi um *montão* de presentes hoje. Demais. Além de uns 5 mil cupons de desconto para comprar artigos de bebê na Mothercare...

— Cupons da Mothercare? — desdenhou Roxanne. — Isso não é presente! — Ela retirou da bolsa uma pequena caixa azul e a colocou sobre a mesa. — Isto sim é um presente.

— Tiffany? — disse Maggie, surpresa. — É mesmo? Tiffany? — Abriu a caixa com as mãos inchadas e gestos desajeitados e, cuidadosamente, retirou um objeto prateado de uma pequena sacola. — Não acredito! Um chocalho! — Ela o sacudiu, e todas sorriram, encantadas.

— Me deixe tentar! — pediu Candice.

— Este será o bebê mais elegante do bairro — declarou Roxanne com ar de satisfação. — Se for menino, vou comprar abotoaduras para combinar.

— É lindo — admirou-se Candice, fitando o brinquedo. — Ele faz o meu presente parecer meio... Bem, enfim. — Ela pousou o chocalho na mesa e começou a vasculhar a bolsa. — Está aqui em algum lugar...

— Candice Brewin! — disse Roxanne em tom de acusação, enquanto olhava por cima do ombro da amiga. — O que é isso na sua bolsa?

— O quê? — perguntou Candice com ar de culpa.

— Mais panos de prato! E uma esponja. — Roxanne puxou os objetos ridículos da bolsa de Candice e os ergueu. Havia dois panos de prato azuis e uma esponja amarela, embrulhadas em um pedaço de papel celofane, no qual se lia: "Associação de Apoio aos Jovens." — Quanto você pagou por isto? — perguntou Roxanne com firmeza.

— Não muito — respondeu Candice imediatamente. — Quase nada. Mais ou menos... 5 libras.

— Isso significa dez — disse Maggie, revirando os olhos. — O que vamos fazer com ela? Candice, a esta altura você já deve ter comprado todo o maldito estoque!

— Bem, panos de prato são sempre úteis, não são? — justificou-se Candice, ruborizando. — Além do mais, me sentiria tão mal se recusasse.

— Exatamente — disse Maggie. — Você não recusa porque acha que é por uma boa causa. Você faz porque, se não fizer, se sentirá mal consigo mesma.

— Bem, não é a mesma coisa? — replicou Candice.

— Não — respondeu Maggie. — Uma é positiva e a outra, negativa. Ou... algo assim. — Ela fez uma careta. — Ah, meu Deus, agora estou confusa. Preciso de um drinque.

— Não importa — disse Roxanne. — O negócio é o seguinte: chega de panos de prato.

— Tudo bem, tudo bem — assentiu Candice, enfiando os pacotes de volta na bolsa apressadamente. — Chega de panos de prato. E aqui está o meu presente — acrescentou, entregando um envelope a Maggie. — Pode usá-lo quando quiser.

Houve silêncio na mesa quando Maggie abriu o envelope e retirou um cartão cor-de-rosa.

— Uma massagem de aromaterapia — leu ela, surpresa e em voz alta. — Você comprou uma massagem para mim!

— Achei que você iria gostar — disse Candice. — Pode usar antes de ter o bebê, ou depois... Eles vão à sua casa, você não precisa se deslocar... — Maggie ergueu a cabeça com os olhos lacrimejantes.

— Sabe, este é o único presente realmente para mim. Para *mim,* em vez de para o bebê. — Ela inclinou-se por cima da mesa e abraçou Candice. — Obrigada, querida.

— Nós vamos sentir sua falta — declarou Candice. — Não fique afastada muito tempo.

— Bem, vocês terão que me visitar! — disse Maggie. — E visitar o bebê.

— Em sua propriedade rural — disse Roxanne em tom sarcástico. — No "Lar da Sra. Drakeford" — acrescentou, sorrindo para Candice, que tentou não rir.

Quando Maggie anunciou, um ano antes, que ela e o marido Giles iriam se mudar para uma casa de campo, Candice acreditou. Ela imaginou uma casinha graciosa, com pequenas janelas arqueadas e um jardim murado, em um vilarejo.

A realidade acabou sendo bem diferente. Na verdade, a nova casa de Maggie ficava no final de uma rua comprida e arborizada. E tinha oito quartos, uma sala de bilhar e uma piscina. O fato é que Maggie era casada com um milionário.

— Você nunca nos contou! — dissera Candice em tom de acusação, quando elas estavam na enorme cozinha, tomando um chá preparado no igualmente enorme fogão Aga. — Você nunca nos contou que era cheia da grana!

— Não somos cheios da grana! — replicara Maggie de forma defensiva, balançando a caneca da tradicional marca de louças Emma Bridgewater. — A casa apenas... parece maior porque fica no campo. — Nunca mais permitiram que ela esquecesse esse comentário.

— Apenas parece maior... — lembrou Roxanne com uma risada. — Apenas *parece* maior...

— Ah, parem com isso — pediu Maggie, aceitando a brincadeira. — Olhem, estão trazendo os nossos drinques.

A garota de cabelo loiro se aproximava, equilibrando três taças em uma bandeja de prata. Uma marguerita com um círculo congelado na borda; um uísque com soda decorado com uma fatia de limão; uma taça de champanhe enfeitada com um morango.

— Bem elegante — murmurou Roxanne. — Nada de cerejas.

A garota pousou os drinques nos porta-copos, colocou uma bandeja de prata com amêndoas salgadas e, discretamente, a conta, em uma pasta de couro verde, sobre a mesa. Quando ela se ergueu, Candice olhou novamente para seu rosto, tentando puxar pela memória. Ela a conhecia de algum lugar. Estava certa disso. Mas de onde?

— Obrigada — disse Maggie.

— De nada — respondeu a garota, sorrindo. Foi então que Candice se lembrou, imediatamente, de onde a conhecia.

— Heather Trelawney — disse ela em voz alta, antes que pudesse se controlar. E quando a garota se virou, lentamente, na sua direção, ela se arrependeu profundamente de ter feito aquilo.

CAPÍTULO DOIS

— Desculpe — disse a garota, demonstrando surpresa. — Por acaso, eu... — Ela parou, chegou mais perto e examinou o rosto de Candice. De repente, sua expressão se iluminou. — É claro! — disse ela. — Seu nome é Candice, não é? Candice... — Ela franziu a testa. — Desculpe, esqueci seu sobrenome.

— Brewin — completou Candice com a voz tensa, esforçando-se para proferir as sílabas. O nome pareceu pairar no ar, como uma presença física; um alvo incitando ao ataque. *Brewin.* Ao ver que a garota franzia a testa, pensativa, Candice estremeceu, esperando o reconhecimento, a raiva e as acusações. Por que ela não manteve sua estúpida boca fechada? Que cena horrível iria se suceder?

Mas quando Heather sorriu, ficou óbvio que ela se lembrava de Candice apenas como uma colega de escola. Será que ela não sabe?, pensou Candice perplexa. Será que ela *não* sabe?

— Candice Brewin! — disse Heather. — É isso mesmo! Eu deveria tê-la reconhecido imediatamente.

— Que estranho! — disse Maggie. — De onde vocês se conhecem?

— Estudamos juntas — explicou Heather com entusiasmo. — Acho que faz alguns anos desde a última vez que nos vimos. — Ela olhou novamente para Candice. — Bem que eu notei algo em você quando peguei seu pedido. Mas... Não sei. Você parece diferente, de alguma forma. Acho que todas nós mudamos muito desde aquela época.

— Acho que sim — concordou Candice, pegando o copo e bebendo um gole, tentando acalmar o coração.

— Eu sei que pode parecer estranho — prosseguiu Heather, abaixando a voz —, mas depois de algum tempo trabalhando como garçonete, você nem repara nos rostos dos clientes. Vocês consideram isso grosseria?

— Não culpo você — disse Maggie. — Eu também não iria querer olhar os nossos rostos.

— Fale por você — replicou Roxanne imediatamente, e sorriu para Maggie.

— Uma vez, eu atendi o Simon Le Bon — disse Heather. — Não aqui, no meu emprego anterior. Anotei o pedido e nem me dei conta de quem se tratava. Quando entrei na cozinha, todo mundo estava enlouquecido, perguntando coisas do tipo: "Então, como ele é de perto?", e eu não sabia do que eles estavam falando.

— Melhor para você — disse Roxanne. — Pessoas famosas preferem não ser reconhecidas.

Maggie olhou para Candice, que fitava Heather como se estivesse hipnotizada. O que havia de errado com ela?

— Então, Heather — disse ela rapidamente. — Faz muito tempo que você está trabalhado aqui?

— Só algumas semanas. É um lugar bacana, não é? Mas trabalhamos muito. — Ela olhou na direção do bar. — Falando nisso, é melhor eu voltar. Foi muito bom ver você, Candice.

Quando ela começou a se afastar, Candice se viu tomada pelo pânico.

— Espere! Ainda temos muito para conversar. — Ela engoliu em seco. — Por que você não se senta... um pouquinho?

— Bem, está certo — disse Heather após uma pausa. Ela lançou os olhos novamente ao bar. — Mas não posso demorar. Temos que fingir que estou dando sugestões sobre coquetéis ou algo assim.

— Não precisamos de nenhuma sugestão — disse Roxanne. — Nós *somos* as rainhas dos coquetéis. — Heather riu e disse:

— Vou tentar encontrar uma cadeira. Volto rapidinho.

Assim que ela se afastou, Maggie olhou para Candice e perguntou baixinho:

— Qual é o problema? Quem é essa garota? Você olha para ela como se tivesse visto um fantasma!

— Dá para perceber? — perguntou Candice, aflita.

— Querida, parece que você está ensaiando para interpretar Hamlet — disse Roxanne friamente.

— Ah, meu Deus — disse Candice. — E eu achei que estava me saindo bem. — Ela pegou o copo com a mão trêmula e tomou um gole. — Saúde para todo mundo.

— Esqueça o brinde! — ordenou Maggie. — Quem é ela?

— Ela é... — Candice esfregou a testa. — Eu a conheci há alguns anos. Estudávamos na mesma escola. Ela... ela era de uma turma de alunos mais novos.

— Disso nós já sabemos! — disse Maggie, impaciente. — O que mais?

— Oi! — A voz animada de Heather as interrompeu, e todas ergueram a cabeça, sentindo-se culpadas. — Finalmente consegui achar uma cadeira. — Ela se sentou e perguntou: — Gostaram dos drinques?

— Deliciosos! — respondeu Maggie, bebendo um gole do seu Shooting Star. — Exatamente o que o obstetra aconselhou.

— Então... o que você faz atualmente? — perguntou Heather, dirigindo-se a Candice.

— Sou jornalista.

— É mesmo? — Heather lançou-lhe um olhar tristonho. — Eu adoraria trabalhar em algo assim. Você escreve para algum jornal?

— Uma revista. A *Londoner*.

— Ah, eu conheço! — disse Heather. — Provavelmente já li artigos que você escreveu. — Ela olhou para Maggie e Roxanne. — Todas vocês são jornalistas?

— Sim — respondeu Maggie. — Nós trabalhamos juntas.

— Deve ser bem divertido.

— Tem seus momentos — assentiu Maggie, sorrindo para Roxanne. — Alguns melhores do que outros.

Houve um breve silêncio. Então, com um leve tremor na voz, Candice perguntou: — E você, Heather? O que tem feito desde que saiu da escola? — Ela tomou outro gole do seu coquetel.

— Ah, bem... — Heather deu um pequeno sorriso. — Na verdade, as coisas foram um pouco complicadas. Não sei se você sabe, mas eu saí de Oxdowne porque meu pai perdeu todo o dinheiro que tinha.

— Que pena! — disse Maggie. — Foi da noite para o dia?

— Mais ou menos — respondeu Heather. Seus olhos acinzentados se entristeceram. — Alguns investimentos deram errado; mercado de ações, ou algo assim. Meu pai nunca disse exatamente o que aconteceu. E foi isso. Ele não podia mais pagar as mensalidades da escola, nem a prestação da nossa casa. Foi tudo muito doloroso. Ele ficou realmente deprimido, e minha mãe o culpava por tudo... — Não conseguiu completar a frase. — Bem, enfim. — Ela pegou um porta-copos e começou a girá-lo. — Eles acabaram se separando.

Maggie olhou para Candice esperando por uma reação, mas ela estava totalmente absorta. Segurava um misturador de coquetel e mexia sua bebida sem parar.

— E você? — perguntou Maggie sutilmente.

— Eu também fiquei meio confusa. — Heather deu outro sorriso breve. — Imagine a situação: um dia você está em uma escola boa e cara, com todos os seus amigos. No dia seguinte, você se muda para uma cidade onde não conhece ninguém, e seus pais discutem o tempo todo. Eu fui para uma escola onde todos me azucrinavam por falar corretamente. — Ela suspirou e soltou o porta-copos. — Quer dizer, pensando agora, até que era uma boa escola. Eu deveria ter terminado os estudos e ido para a faculdade... mas não fiz isso. Abandonei tudo assim que fiz 16 anos. — Ela jogou seu cabelo farto e ondulado para trás. — Na época, meu pai estava morando em Londres. Fui morar com ele e arranjei emprego em um bar. E foi isso, literalmente. Nunca consegui um diploma ou algo assim.

— Que pena — disse Maggie. — Que carreira teria escolhido, se tivesse continuado a estudar?

— Ah, não sei. — Ela deu um riso constrangido. — Talvez tivesse estudado algo na sua área. Jornalismo, ou outra profissão do tipo. Cheguei a começar um curso de redação criativa em Goldsmiths, mas tive que abandonar. — Ela olhou em torno do bar e deu de ombros. — Quer dizer, eu gosto de trabalhar aqui. Mas não é exatamente... Enfim. — Levantou-se e ajeitou o colete verde. — É melhor eu voltar, senão o André me mata. Até logo!

Quando ela se afastou, as três amigas permaneceram em silêncio, observando-a. Então, Maggie se virou para Candice e disse cautelosamente:

— Ela parece legal.

Candice não respondeu. Sem saber o que fazer, Maggie olhou para Roxanne, que arqueou as sobrancelhas.

— Candice, o que está acontecendo? — perguntou Maggie. — Há algum mal-entendido entre você e essa garota?

— Querida, fale com a gente — pediu Roxanne.

Candice permaneceu em silêncio, mas continuou mexendo o seu coquetel, cada vez mais rápido, até o líquido quase transbordar do copo. Então, ela olhou para as amigas.

— Não foi o mercado de ações — disse ela, abatida. — Não foi o mercado de ações que arruinou Frank Trelawney. Foi o meu pai.

Heather Trelawney estava no canto do bar, ao lado da entrada da cozinha, observando Candice Brewin através da multidão. Não conseguia desviar o olhar. A filha de Gordon Brewin estava bem ali, com as amigas; com seu corte de cabelo charmoso, seu bom emprego e dinheiro para beber todas as noites. Indiferente a todo o mal que seu pai causara Alheia a tudo, exceto a si mesma.

Afinal, ela se dera muito bem na vida, não é? Naturalmente. "Good-Time Gordon" tinha sido muito esperto. Nunca usara o próprio dinheiro. Nunca colocou a própria vida em risco. Só a de outras pessoas; pobres tolos, gananciosos demais para dizer não às suas propostas. Pessoas como o seu pobre, estúpido e descuidado pai. Só de pensar, o queixo de Heather se contraiu e suas mãos agarraram a bandeja de prata.

— Heather! — André, o chefe dos garçons, a chamou do bar. — O que você está fazendo? Os clientes estão esperando!

— Estou indo! — gritou Heather. Ela pousou a bandeja, sacudiu o cabelo e o prendeu com um elástico. Em seguida, pegou a bandeja e foi rapidamente para o bar, sem tirar os olhos de Candice Brewin.

— Eles o chamavam de "Good-Time Gordon" — explicou Candice com a voz trêmula. — Porque estava presente em todas as festas. Era o ponto alto de todos os eventos. — Ela bebeu um gole do seu coquetel. — E em todas as solenidades da escola. Todas as apresentações e campeonatos esportivos. Eu achava que ele fazia isso porque... tinha orgulho de mim. Mas todo o tempo ele só queria fazer novos contatos para realizar negócios. Frank Trelawney não foi o único. Ele ludibriou todos os nossos amigos, todos os nossos vizinhos... — Ela apertou o copo. — Todos começaram a surgir depois do enterro. Alguns tinham feito investimentos, outros haviam emprestado dinheiro e ele nunca os pagou... — Ela bebeu outro gole. — Foi horrível. Eram todos nossos amigos. E não tínhamos nenhum conhecimento daquelas negociatas.

Roxanne e Maggie se entreolharam.

— Como você sabe que o pai de Heather estava envolvido? — perguntou Maggie.

— Descobri quando estávamos vasculhando a papelada — respondeu Candice com o olhar perdido. — Minha mãe e eu tivemos que entrar no escritório dele para organizar as coisas. Foi... simplesmente terrível.

— Como sua mãe encarou tudo? — perguntou Maggie, com curiosidade.

— Da pior forma possível. Bem, imagine só: ele disse a algumas pessoas que precisava dos empréstimos porque ela era alcoólatra e ele queria interná-la em uma clínica.

Roxanne ameaçou dar uma risada, mas logo se desculpou.

— Ainda não consigo falar com ela sobre esse assunto — prosseguiu Candice. — Aliás, acho que ela se convenceu de que isso jamais aconteceu. Se eu toco no assunto, ela fica histérica... — Ela massageou a testa.

— Não podia imaginar — disse Maggie. — Você nunca falou nada antes.

— Pois é — disse Candice, de forma breve —, não dá para se ter orgulho de nada disso. Meu pai causou muitos danos.

Ela fechou os olhos, como se lembranças indesejadas daquela época terrível, após a morte de seu pai, emergissem em sua mente. Foi durante o enterro que ela percebeu que havia algo errado. Os amigos e parentes, reunidos em pequenos grupos, paravam de falar sempre que ela se aproximava. As vozes eram abafadas e apressadas; todos pareciam compactuar de um grande segredo. Ao passar perto de um desses grupos, ela ouviu alguém perguntar: "*Quanto?*"

Então, as visitas começaram a chegar, aparentemente para dar os pêsames. Porém, mais cedo ou mais tarde, a conversa acabava girando em torno de dinheiro. Sobre as cinco ou dez mil libras que Gordon pegara emprestadas. Sobre os investimentos que tinham sido feitos. Não havia pressão, naturalmente. Afinal, eles entendiam que as coisas eram difíceis... Até a Sra. Stephens, a faxineira, falou, meio sem jeito, a respeito de cem libras que ela lhe emprestara havia alguns meses e ele nunca pagou.

Ao lembrar-se da expressão constrangida da mulher, Candice sentiu, novamente, o estômago revirar de humilhação; da mesma culpa intensa que sentira quando era apenas uma adolescente. De alguma forma, ainda se sentia culpada. Embora não soubesse de nada; embora não pudesse ter feito nada.

— E Frank Trelawney? — perguntou Maggie. Candice abriu os olhos meio atordoada e tornou a pegar o misturador de coquetel.

— O nome dele estava em uma lista no escritório. Ele tinha investido duzentas mil libras em algum projeto de capital de risco, que acabou após alguns meses — explicou, deslizando o misturador de prata na borda do copo. — No início, eu não sabia quem era Frank Trelawney. Era apenas mais um nome. Mas parecia familiar... De repente, eu me lembrei do sumiço de Heather Trelawney. Então, as coisas se encaixaram. — Ela mordeu o lábio. — Acho que esse foi o pior momento: descobrir que a Heather tinha perdido a vaga na escola por causa do meu pai.

— Você não pode jogar toda a culpa no seu pai — disse Maggie em tom carinhoso. — Esse Sr. Trelawney deveria saber o que estava fazendo. Deveria saber que havia certo risco nessas transações.

— Eu costumava me perguntar o que havia acontecido à Heather — disse Candice, como se não tivesse ouvido o que Maggie acabara de falar. — E agora eu sei: outra vida arruinada.

— Candice, não se atormente com isso — pediu Maggie. — Não é culpa sua. Você não fez nada!

— Eu sei — concordou Candice. — Claro que você tem razão, mas não é tão fácil assim.

— Tome outro drinque — sugeriu Roxanne. — Isso vai animar você.

— Boa ideia — concordou Maggie antes de acabar sua bebida. Então, ergueu a mão e, do outro lado do salão, Heather acenou com a cabeça.

Heather recolhia alguns copos vazios de uma mesa, sem saber que estava sendo observada por Candice. Quando acabou de limpar tudo, ela deu um bocejo súbito e esfregou o rosto, demonstrando cansaço. Candice sentiu o coração apertado. Ela precisava fazer alguma coisa por aquela garota, pensou de repente. Precisava redimir-se de, pelo menos, um dos crimes de seu pai.

— Escutem — disse ela rapidamente, quando Heather começou a se aproximar. — Ainda não contrataram nenhuma assistente editorial, não é?

— Não que eu saiba — respondeu Maggie, surpresa. — Por quê?

— Bem, o que vocês acham da Heather? — sugeriu Candice. — Ela seria ideal. Não é?

— Ela? — Maggie franziu a testa.

— Ela queria ser jornalista, fez um curso de redação criativa... seria perfeita! Ora, vamos, Maggie! — Candice se virou e viu Heather se aproximar. — Heather, escute!

— Vocês querem alguma bebida? — perguntou Heather.

— Sim — respondeu Candice. — Mas... mas há outro assunto — acrescentou, lançando a Maggie um olhar de súplica. A amiga a fitou com ar de deboche, sorriu ironicamente e disse

— Nós estávamos pensando se você estaria interessada em trabalhar na *Londoner.* Como assistente editorial. Não é um cargo muito relevante, e o salário não é lá essas coisas, mas é uma porta de entrada para o jornalismo.

— Vocês estão falando sério? — perguntou Heather, olhando ao redor da mesa. — Eu adoraria!

— Ótimo — disse Maggie, tirando um cartão da bolsa. — Este é o endereço, mas não serei eu quem irá analisar os formulários de inscrição. A pessoa com quem você deve falar é Justin Vellis. — Ela escreveu o nome no cartão e o entregou a Heather. — Escreva uma carta de apresentação e envie junto com seu currículo, OK?

Candice a fitou, aflita.

— Claro! — disse Heather. — E... muito obrigada.

— E agora, acho que é hora de escolher mais alguns drinques — disse Maggie, eufórica. — Que vida dura, essa!

Quando Heather se afastou para providenciar os pedidos, Maggie sorriu para Candice e recostou-se na cadeira.

— Pronto — disse ela. — Você se sente melhor agora? — Diante da expressão estranha de Candice, ela perguntou: — Candice, está tudo bem?

— Para falar a verdade, não! — respondeu Candice, tentando se manter calma. — Não está! Isso é tudo o que você vai fazer? Dar o endereço a ela?

— Como assim? — perguntou Maggie, surpresa. — Candice, qual é o problema?

— Pensei que você fosse dar o emprego a ela!

— Assim? Do nada? — perguntou Maggie com um riso desdenhoso. — Ah, você não pode estar falando sério.

— Talvez agendar uma entrevista... Ou, no mínimo, dar uma recomendação pessoal — acrescentou Candice, corando de aflição. — Se ela apenas entregar o currículo, como qualquer outra pessoa, Justin *simplesmente* não vai dar o emprego a ela! Ele dará preferência a uma candidata com diploma de Oxford ou algo assim.

— Como ele — acrescentou Roxanne com um sorriso forçado. — Um bajulador intelectual.

— Exatamente! Maggie, você sabe muito bem que a Heather não tem a menor chance, a menos que você a recomende. Principalmente se ele souber que ela tem algum tipo de ligação comigo! — disse Candice, ruborizada. Há algumas semanas, ela rompera o relacionamento com Justin, o editor que assumira o lugar de Maggie como editor interino. Ela ainda se sentia um pouco constrangida de falar sobre ele.

— Mas Candice, eu não posso recomendá-la — retrucou Maggie, imediatamente. — Não sei nada sobre ela. E para falar a verdade, nem você. Quer dizer, fazia muito tempo que você não a via, não é? Ela pode ser até uma criminosa.

Desolada, Candice permaneceu de cabeça baixa, fitando o próprio copo, e Maggie suspirou.

— Candice, eu posso entender como você se sente, juro. Mas você não pode simplesmente se precipitar e arranjar um emprego para uma garota que mal conhece só porque tem pena dela.

— Eu concordo — disse Roxanne com firmeza. — Se continuar assim, daqui a pouco, você estará dando uma recomendação pessoal à moça dos panos de prato.

— E o que há de errado nisso? — perguntou Candice com súbita agressividade. — O que há de errado em ajudar as pessoas de vez em quando, se elas merecem? Nós tivemos todas as facilidades, mas nem todo mundo tem oportunidades. Temos bons empregos, vivemos tranquilamente e não fazemos a menor ideia de como é não ter nada.

— Não é o caso da Heather. Não se pode dizer que ela não tem nada — retrucou Maggie com sensatez. — Ela tem boa aparência, é inteligente, tem um emprego e a oportunidade de voltar à faculdade, se quiser. Não é obrigação sua resolver os problemas dela. Certo?

— Certo — assentiu Candice após uma pausa.

— Ótimo — disse Maggie. — Já dei meu sermão.

UMA HORA DEPOIS, Giles, o marido de Maggie, chegou ao Manhattan Bar. Ele parou em um canto do salão, perscrutou a multidão e então a avistou: ela estava com um drinque na mão, as bochechas avermelhadas, em uma gargalhada. Ao vê-la, Giles sorriu afetuosamente e foi até a mesa.

— Atenção. Homem se aproximando — disse ele em tom de brincadeira. — Por favor, parem todas as piadas sobre genitália masculina.

— Giles! — disse Maggie meio desapontada. — Já está na hora de ir embora?

— Não necessariamente — respondeu ele. — Posso ficar um pouquinho e beber alguma coisa.

— Não — disse Maggie após uma pausa. — Tudo bem, vamos embora.

O clima nunca era o mesmo quando Giles se juntava a elas. Não que suas amigas não gostassem dele, tampouco porque ele não se esforçava para agradar. Ele era sempre simpático e educado, e a conversa fluía de forma agradável. Mas não era a mesma coisa. Ele não era parte do grupo. E como poderia?, pensou Maggie. Ele não era mulher.

— Eu também não posso ficar muito tempo — disse Roxanne, esvaziando o copo e guardando o maço de cigarros. — Tenho um encontro com uma pessoa.

— Seria "A Pessoa?" — perguntou Maggie.

— Talvez — respondeu Roxanne, sorrindo.

— Não dá para acreditar! — disse Candice, olhando para Maggie. — Nós só iremos ver você de novo depois que o bebê nascer!

— Nem me lembre disso! — pediu Maggie, abrindo um sorriso exagerado.

Ela empurrou a cadeira e tomou, agradecida, a mão de Giles. Em seguida, todos se dirigiram lentamente, através da multidão, até o balcão do guarda-volumes, onde entregaram as fichas para pegarem os casacos.

— E não pense que vai poder abandonar o clube — lembrou Roxanne. — Estaremos ao lado da sua cama daqui a um mês, brindando a chegada do bebê.

— Combinado — concordou Maggie com os olhos cheios de lágrimas. — Ah, meu Deus, vou sentir saudade.

— Nos veremos logo — completou Roxanne, dando-lhe um abraço. — Boa sorte, querida.

— Obrigada — disse Maggie, tentando sorrir. Era como se estivesse dizendo adeus às suas amigas para sempre; como se estivesse indo para um novo mundo, onde elas não poderiam acompanhá-la.

— Maggie não precisa de sorte! — corrigiu Candice. — Ela põe esse bebê na linha rapidinho!

— Escute bem, bebê — disse Roxanne para a barriga de Maggie. — Você tem consciência de que sua mãe é a mulher mais organizada da civilização ocidental? — Ela fingiu ouvir a resposta da barriga. — Ele está dizendo que quer outra mãe. Que azar, hein, bebê!

— E preste atenção, Candice — disse Maggie, lançando-lhe um olhar carinhoso. — Não deixe Justin dominá-la só porque ele está no comando por alguns meses. Sei que é uma situação difícil para você...

— Não se preocupe — retrucou Candice imediatamente. — Sei como lidar com ele.

— Justin, o menino-prodígio — disse Roxanne com desdém. — Sabe, eu adoro poder falar mal dele agora.

— Você sempre fez isso — lembrou Candice. — Mesmo quando eu saía com ele.

— Bem, ele merece — acrescentou Roxanne, impassível. — Um cara que vai a um bar e pede uma garrafa de vinho tinto é, com certeza, desperdício de espaço.

— Candice, parece que não estão conseguindo encontrar o seu casaco — disse Giles, surgindo atrás de Maggie. — Mas aqui está o seu, Roxanne, e o seu, querida. Acho melhor irmos andando, já vai dar meia-noite.

— Certo — assentiu Maggie com a voz embargada. — Vamos.

Ela e Candice se entreolharam, tentando sorrir para controlar a emoção.

— Nos veremos em breve — disse Candice. — Irei visitá-la.

— E eu virei a Londres.

— Você pode vir com o bebê — sugeriu Candice. — É o acessório da moda.

— Eu sei — concordou Maggie, rindo. Em seguida, abraçou a amiga. — Se cuide.

— Você também — disse Candice. — Boa sorte com... tudo. Até logo, Giles — acrescentou ela. — Foi bom ver você novamente.

Giles abriu a porta do bar e, depois de uma última olhada para trás, Maggie saiu no ar frio da noite. Roxanne e Candice permaneceram em silêncio, olhando pelo vidro, quando Giles tomou o braço da esposa e os dois desapareceram na rua escura.

— Incrível — disse Candice. — Daqui a algumas semanas eles não serão mais um casal. Serão uma família.

— Pois é — assentiu Roxanne de forma imprecisa. — Uma pequena família feliz, todos juntos na imensa porra de casa feliz.

Candice a fitou.

— Está tudo bem?

— Está! — respondeu Roxanne. — Só estou feliz por não ser eu! Só de pensar nas estrias... — Ela fingiu estremecer e sorriu. — Tenho que ir. Você se incomoda?

— Claro que não. Divirta-se.

— Eu sempre me divirto — declarou Roxanne —, mesmo quando estou num momento terrível. Nos veremos quando eu voltar de Chipre. — Ela beijou a amiga e foi embora. Candice a observou enquanto ela fazia sinal para um táxi. Logo depois, o carro desceu a rua, rapidamente.

Candice esperou o veículo desaparecer, contou até cinco e, como uma criança desobediente, virou-se de frente para o bar lotado novamente. Seu estômago deu um nó com a expectativa; seu coração estava disparado.

— Achei o seu casaco! — disse a moça do guarda-volumes. — Tinha caído do cabide.

— Obrigada — disse Candice. — Desculpe, mas eu preciso ir... — Após um momento de hesitação, acrescentou: — Eu voltarei em um minuto.

Decidida e entusiasmada, ela apressou-se entre a multidão. Nunca se sentira tão segura de si em toda a vida. Maggie e Roxanne tinham boa intenção, mas estavam erradas. Desta vez, elas estavam erradas. Elas não entendiam; e por que deveriam? Elas não conseguiam ver que esta era a oportunidade que, inconscientemente, ela estava esperando desde a morte de seu pai. Esta era a sua chance de consertar as coisas. Era como... uma dádiva.

A princípio, ela não conseguiu encontrar Heather e, desolada, pensou que já era tarde. Porém, ao procurar mais uma vez por todo o salão, ela a avistou atrás do balcão do bar, secando um copo e rindo com um dos garçons. Abrindo caminho pela multidão, Candice foi até o bar e esperou pacientemente.

Após um longo tempo, Heather ergueu os olhos e a viu. Para surpresa de Candice, um raio de hostilidade pareceu surgir em seu rosto. Mas desapareceu quase imediatamente, e ela abriu um sorriso amável.

— O que gostaria de beber? — perguntou. — Outro coquetel?

— Não, eu só queria falar com você — respondeu Candice, vendo que precisaria gritar para ser ouvida. — Sobre o emprego.

— É mesmo?

— Se você quiser, posso apresentá-la ao editor, Ralph Allsopp. Não posso garantir nada, mas isso pode aumentar suas chances. Vá ao escritório amanhã por volta das dez horas.

— Sério? — O rosto de Heather se iluminou. — Seria maravilhoso! — Ela pousou o copo que estava secando, inclinou-se para a frente e tomou as mãos de Candice. — É muita gentileza da sua parte. Não sei como lhe agradecer.

— Sabe como é — disse Candice, constrangida. — É para isso que servem amigas de escola.

— Isso mesmo — confirmou Heather com um sorriso meigo. — Amigas de escola.

CAPÍTULO TRÊS

Quando alcançaram a rodovia, começou a chover. Giles se inclinou, sintonizou a BBC Rádio 3, e a voz gloriosa da soprano invadiu o carro. Depois de algumas notas, Maggie reconheceu a ária: "Dove Sono", da ópera *As Bodas de Fígaro* — em sua opinião, a ária mais bela e pungente já escrita. Enquanto se deleitava com a música, Maggie permaneceu olhando pelo para-brisa respingado de chuva e sentiu lágrimas brotarem dos olhos, emocionada com a história da condessa. Uma bela e gentil esposa, que não era amada por seu marido mulherengo, recordando com tristeza momentos de carinho entre eles: *eu me lembro...*

Maggie piscou algumas vezes e respirou fundo. Isso era ridículo. Ultimamente, qualquer coisa a fazia chorar. Outro dia, ela havia chorado ao ver um anúncio na televisão, no qual um menino preparava o jantar para suas duas irmãzinhas. Sentou-se no chão, aos prantos, e quando Giles entrou na sala, virou de costas e fingiu estar lendo uma revista.

— Como foi a despedida no trabalho? — perguntou Giles, trocando de pista.

— Foi ótimo. Ganhei um monte de presentes. As pessoas são tão generosas.

— E como foram as coisas com Ralph?

— Eu disse que telefonaria depois de alguns meses. Foi o que eu disse a todo mundo.

— Ainda acho que você deveria ter dito a verdade — falou Giles. — Quero dizer, você sabe que não vai voltar a trabalhar.

Maggie permaneceu em silêncio. Ela e Giles tinham conversado muito a respeito de sua volta ao trabalho depois que o bebê nascesse. Por um lado, ela adorava seu emprego e o pessoal do editorial. Tinha um bom salário e sentia que ainda tinha muitas coisas a realizar na carreira. Por outro, a ideia de deixar o bebê e viajar diariamente para Londres parecia desanimadora. E, afinal, de que adiantava morar em uma casa grande, no campo, e nunca desfrutá-la?

O fato de nunca ter desejado se mudar para o campo era algo que ela praticamente conseguira esquecer. Mesmo antes de Maggie engravidar, Giles já estava louco por um lugar onde seus filhos pudessem crescer com liberdade e respirar ar puro, algo de que ele pudera desfrutar na infância. "Londres não é saudável para crianças", dizia ele. E embora Maggie tivesse argumentado, inúmeras vezes, que as ruas de Londres eram cheias de crianças perfeitamente saudáveis; que era mais seguro andar de bicicleta nos parques do que no campo; que natureza existia até em cidades grandes, Giles não se convencia.

Então, quando ele começou a solicitar informações sobre casas de campo — antigos presbitérios colossais, com salas de jantar revestidas de madeira, muitos acres de terra e quadras de tênis — ela começou a ceder. Passou a se questionar sobre as vantagens de morar em Londres. Por fim, em um maravilhoso dia ensolarado de junho, eles foram conhecer Os Pinheirais. O chão da entrada crepitava sob as rodas do carro; a piscina brilhava sob o sol, os gramados tinham sido aparados em faixas com dois tons de verde. Após mostrarem a casa, os proprietários serviram coquetéis e os convidaram a sentar sob o salgueiro-chorão. Em seguida, sutilmente, os deixaram a sós. Giles olhara para Maggie e dissera: "Este lugar pode ser nosso, querida. Esta vida pode ser nossa."

E agora, aquela vida era deles. Só que, por enquanto, aquela vida significava uma casa imensa, que Maggie acreditava que ainda nem conhecia totalmente. Em dias úteis, ela mal via o lugar. Nos fins de semana, eles frequentemente saíam, ou iam até Londres se encontrar com amigos. Ela não fizera nenhuma das obras que tinha planejado; de certo modo, era como se a casa ainda não fosse realmente sua.

Mas as coisas seriam diferentes quando o bebê chegasse, ela dizia a si mesma. A casa se tornaria um lar. Maggie pôs as mãos na barriga e sentiu os movimentos do bebê. Um calombo liso atravessou sua barriga e desapareceu como se mergulhasse no oceano. Então, de repente, algo duro cutucou suas costelas. Talvez o calcanhar, ou o joelho. Empurrou várias vezes, como se estivesse desesperado para sair. Maggie fechou os olhos. A hora estava chegando. De acordo com o manual de gravidez, o bebê estava totalmente formado; ela poderia entrar em trabalho de parto a qualquer momento.

Só de pensar, seu coração disparou com um medo familiar, e ela começou, imediatamente, a pensar em coisas animadoras. Estava preparada para a chegada do bebê. Tinha um quarto cheio de fraldas, além de itens para higiene; roupinhas e mantas. O moisés estava no suporte; o berço tinha sido encomendado em uma loja de departamentos. Estava tudo pronto.

Apesar disso, no fundo, ela ainda não se sentia pronta para ser mãe. Não se sentia com idade para ser mãe. O que era ridículo, ela disse a si mesma com firmeza, lembrando que tinha 32 anos e tivera nove meses inteiros para se acostumar à ideia.

— Sabe de uma coisa, não consigo acreditar que isso esteja realmente acontecendo — comentou ela. — Três semanas. Isso não é nada! E não fui a nenhuma aula, nem...

— Você não precisa de aula! — argumentou Giles. — Vai se sair bem! A melhor mãe que um bebê pode ter.

— Acha mesmo? — Maggie mordeu o lábio. — Não sei. Não me sinto... preparada.

— Preparada para quê?

— Bem, você sabe. Trabalho de parto, e tudo mais.

— Para isso basta uma palavra — disse Giles com firmeza. — Anestesia.

Maggie riu.

— Mas tem também o que vem depois. Cuidar do bebê. Eu nunca sequer *segurei* um bebê no colo.

— Você vai conseguir tranquilamente! — afirmou Giles. — Maggie, se qualquer pessoa pode cuidar de um bebê, você também pode. Não tenha dúvida. — Ele se virou e abriu um sorriso. — Quem foi eleita a "Editora do Ano"?

— Eu — respondeu ela, sorrindo, com orgulho de si mesma.

— Então! E vai ser a "Mãe do Ano" também. — Ele estendeu o braço e pegou sua mão, e Maggie retribuiu o gesto, agradecida. O otimismo de Giles sempre a alegrava.

— Mamãe disse que viria aqui amanhã — lembrou Giles. — Para te fazer companhia.

— Que bom.

Maggie pensou na sogra, Paddy — uma mulher magra e de cabelos escuros, cujos três filhos, inexplicavelmente, eram fortes, animados e tinham cabelos fartos e claros. Giles e seus dois irmãos a adoravam. E não era por coincidência que a casa deles era próxima à da família de Giles. No início, Maggie sentira-se ligeiramente frustrada com isso. Mas, afinal de contas, seus pais estavam a quilômetros de distância, em Derbyshire; e como Giles lembrara, seria útil ter pelo menos uma avó por perto.

— Ela disse que você precisa conhecer as outras mães da vizinhança — disse Giles.

— Existem muitas?

— Acho que sim. Parece que organizam várias reuniões de caridade.

— Que bom! — disse Maggie, em tom de brincadeira. — Então, enquanto você trabalha como escravo no centro, eu bebo cappuccinos com minhas amigas.

— Algo assim.

— Parece melhor do que ir todos os dias para o trabalho — disse Maggie, reclinando-se confortavelmente. — Eu deveria ter feito isso há mais tempo. — Ela fechou os olhos e imaginou-se na cozinha, fazendo café para um grupo de novas amigas, todas entusiasmadas, com bebês fofinhos, vestidos com roupa de grife. No verão, elas fariam piqueniques no gramado. Roxanne e Candice viriam de Londres e todas beberiam Pimm, enquanto o bebê ficava sobre uma manta, balbuciando feliz. Seria como uma foto de alguma revista sobre estilo de vida. Aliás, talvez a própria *Londoner* publicasse um artigo: *A ex-editora Maggie Phillips e sua opinião sobre a tranquilidade no campo.* Seria uma vida completamente nova, ela pensou, feliz. Uma vida inteiramente nova e maravilhosa.

O TREM COM as luzes acesas sacudiu e chocalhou ao longo dos trilhos, até parar, abruptamente, em um túnel. As luzes piscaram, se apagaram e acenderam novamente. Um animado grupo de festeiros, um pouco à frente de Candice, começou a cantar a música "Why Are We Waiting", e a mulher sentada diante dela tentava lhe chamar a atenção para demonstrar sua irritação. Mas Candice não viu. Ela fitava o próprio reflexo sombrio na janela à frente, enquanto as lembranças de seu pai, havia muito enterradas, emergiam de forma dolorida em sua mente.

O "Good-Time Gordon", alto e bonito, sempre vestido com um impecável blazer azul-marinho com botões dourados. Sempre pagando a rodada de bebida, sempre amigo de todo mundo. Ele era um homem encantador, com olhos azuis brilhantes e um aperto de mão firme. Todos que o conheciam o admiravam. Suas amigas a consideravam uma garota de sorte por ter um pai que adorava se divertir; um pai que a deixava ir ao bar; que lhe comprava roupas elegantes e que jogava folhetos de turismo sobre a mesa e dizia: "Escolham a nossa viagem." E falava sério. A vida era um eterno entretenimento: festas, férias e fins de semana em lugares diferentes. Ele era sempre o centro da diversão.

Então, ele morreu, e o horror começou. Agora, Candice não conseguia pensar nele sem se sentir humilhada e envergonhada. Ele havia enganado todo mundo. Ludibriara todos à sua volta. Tudo o que ele dizia agora parecia falso. Será que ele realmente a amava? Será que realmente amava sua mãe? Toda a vida dele tinha sido uma farsa, por que seus sentimentos seriam diferentes?

As lágrimas começaram a rolar em seu rosto, e ela respirou fundo. Normalmente, não se permitia pensar no pai. Para ela, ele estava morto, enterrado, excluído da sua vida. Em meio àqueles terríveis dias, cheios de sofrimento e confusão, ela entrou em um salão de beleza e cortou seu longo cabelo bem curto. Conforme as mechas caíam, era como se qualquer ligação com seu pai estivesse, igualmente, sendo cortada.

Entretanto, é claro que não foi tão fácil assim. Ela ainda era a filha dele; ainda tinha seu nome. E ainda era a beneficiária de todos os seus negócios escusos. O dinheiro de outras pessoas pagou suas roupas, suas viagens de esqui e o carro que ganhara de presente, quando fez 17 anos. Assim como o ano sabático, antes de entrar na universidade — o curso de história da arte em Florença, seguido pelo *trekking* no Nepal. O dinheiro de outras pessoas, conseguido arduamente, esbanjado em seus caprichos. O simples fato de pensar nisso ainda a deixava com raiva; causava-lhe um sentimento de autocensura. Mas como ela poderia imaginar? Era muito jovem na época. E seu pai havia conseguido enganar todo mundo, antes do acidente de carro, quando ela estava no primeiro ano da universidade. Sua morte foi súbita, horrível e inesperada.

Candice sentiu o rosto arder mais uma vez e agarrou com firmeza os braços da poltrona de plástico quando, com um solavanco, o trem arrancou novamente. Apesar de tudo, a perda do pai ainda lhe causava sofrimento. Um sofrimento profundo, um misto de raiva — não só dele, mas de sua própria ingenuidade; de sua infância. Lamentava a época em que o mundo parecia fazer sentido, quando tudo o que sentia por seu pai era amor e orgulho. O período em que era feliz, andava de cabeça erguida e tinha orgulho do seu nome e da sua família. Antes de tudo se tornar, repentinamente, sombrio e encoberto pela mentira.

Depois da morte dele, não havia dinheiro suficiente para pagar tanta gente. A maioria das pessoas desistiu de cobrar; outras foram à justiça. Somente depois de vários anos é que tudo se ajeitou. Mas a dor nunca fora aliviada; os danos nunca foram totalmente sanados. As consequências nas vidas daquelas pessoas não podiam ser modificadas tão rapidamente.

A mãe de Candice, Diana, mudou-se para Devon, onde ninguém jamais ouvira falar de Gordon Brewin. Atualmente, ela vivia em estado de completa negação. Em sua mente, ela havia sido casada com um homem honrado e carinhoso, difamado após a morte por rumores maldosos e mentirosos, e ponto final. Não se permitia nenhuma lembrança verdadeira do passado, não sentia nenhuma culpa; não experimentava nenhuma dor.

Sempre que Candice tentava falar sobre o pai, Diana se recusava a ouvir, recusava-se a falar sobre ele, recusava-se a admitir — mesmo apenas entre elas — que algo tinha acontecido. Alguns anos depois de se mudar para Devon, ela começara um relacionamento com um homem gentil, mais velho, chamado Kenneth, que agia de forma protetora. Estava sempre presente quando Candice a visitava, assegurando-se de que a conversa nunca se aventurasse além do campo de assuntos tranquilos e superficiais. Então, Candice acabou desistindo de tentar fazer a mãe encarar o passado. Decidiu que não havia razão para insistir e que pelo menos Diana tinha preservado alguma felicidade na vida. Mas ela praticamente deixou de visitar a mãe. A falsidade e a fragilidade da situação — o fato de Diana não admitir a verdade, nem para a própria filha — deixavam Candice entristecida.

Por conseguinte, ela arcava sozinha com a carga inteira de lembranças. Não aceitava percorrer o caminho mais fácil, como sua mãe; não se permitia esquecer ou negar a realidade. Portanto, aprendera a viver com uma culpa constante; uma vergonha persistente e cheia de indignação. Esse sentimento amenizara um pouco, desde aqueles primeiros anos de pesadelo; ela havia aprendido a colocá-lo em segundo plano e seguir em frente. Mas a culpa jamais a abandonou completamente.

Esta noite, contudo, sentia-se como se tivesse dado um passo à frente. Talvez não pudesse desfazer o que o pai fizera. Talvez não pudesse saldar todas as dívidas com todo mundo que havia sido enganado por seu ele. Mas poderia saldar a dívida com Heather Trelawney — mesmo não sendo com dinheiro, pelo menos com auxílio e amizade. Ajudar Heather o máximo possível seria como indenizar a si mesma.

Quando saltou do trem do metrô em Highbury e Islington, sentia-se leve e esperançosa. Andou rapidamente as poucas ruas que levavam até a casa vitoriana onde morava havia dois anos, atravessou a porta da frente e subiu correndo as escadas até o seu apartamento no primeiro andar.

— Ei, Candice. — Ouviu alguém chamar no momento em que conseguiu encontrar sua chave Yale e se virou. Era Ed Armitage, que morava no apartamento em frente ao seu. Ele estava na porta de casa, usando um jeans surrado e comendo um Big Mac. — Não estou mais precisando da fita adesiva, se você quiser de volta...

— Ah, sim — disse Candice, desanimada. — Obrigada.

— Espere só um segundo. — Ele desapareceu no apartamento, e Candice recostou-se na entrada para esperar. Estava evitando abrir a porta e ele acabar se convidando para beber alguma coisa. Esta noite, para falar a verdade, ela não estava disposta a aturá-lo.

Ed morava no apartamento em frente ao seu desde que ela se mudara para lá. Ele era advogado corporativo de uma enorme empresa de advocacia, no centro da cidade. Ganhava rios de dinheiro e trabalhava horas a fio. Era comum ver um táxi parar diante do prédio às seis horas da manhã e só trazê-lo de volta para casa depois da meia-noite. Às vezes, ele nem voltava. Dormia algumas horas em uma cama, no escritório, para acordar no dia seguinte já no trabalho. Só de pensar nisso Candice sentia-se mal. Era pura ganância que o motivava, ela pensou. Apenas ganância.

— Aqui está — disse Ed, entregando-lhe o rolo de fita, antes de dar uma mordida no seu Big Mac. — Quer um pedaço?

— Não, obrigada — respondeu Candice educadamente.

— Não é saudável, não é? — disse Ed, apoiando-se no corrimão. Seus olhos escuros brilharam, como se ele estivesse curtindo a própria piadinha. — O que você come, afinal? Quiche? — Ele deu outra mordida no hambúrguer. — Você come quiche, Candice?

— Sim — respondeu ela com impaciência. — Eu comeria quiche. — Por que Ed não consegue falar apenas amenidades, de maneira educada, como as outras pessoas?, pensou ela. Por que ele sempre tinha que olhar para ela com aqueles olhos brilhantes, esperando por uma resposta, como se ela estivesse prestes a revelar algo fascinante? Era impossível relaxar quando se conversava com ele. Nenhum comentário sem importância passava despercebido.

— Quiche é colesterol puro. Você estaria melhor com um destes — disse ele, apontando para o hambúrguer. Nesse momento, um pedaço da alface melada caiu no chão. Para horror de Candice, ele se abaixou, apanhou a verdura e enfiou-a na boca.

— Viu? — disse ele quando se levantou. — Isso é salada.

Candice revirou os olhos. No fundo, tinha pena de Ed. Ele não tinha vida fora do escritório. Nenhum amigo, nenhuma namorada, nenhuma mobília em casa. Uma vez, por cordialidade, ela fora ao seu apartamento conversar e beber alguma coisa, e descobriu que Ed só possuía uma poltrona de couro antiga, uma televisão de tela grande e uma pilha de caixas de pizza, vazias.

— Você foi mandado embora? — perguntou ela em tom sarcástico. — Quer dizer, são só dez da noite. Você não deveria estar elaborando algum contrato em algum lugar?

— Já que você perguntou, a partir da próxima semana eu estarei de aviso prévio — disse Ed.

— O quê? — Candice olhou para ele, confusa.

— Arranjei outro emprego — disse Ed. — Portanto, vou passar três meses sem fazer porra nenhuma. Está no meu contrato de trabalho.

— Três meses? — Candice franziu a testa. — Mas por quê?

— O que você acha? — Ed riu satisfeito e abriu uma lata de Coca-Cola. — Porque sou importante, é isso. Sei de muitas coisas sigilosas.

— Você está falando sério? — Candice o fitou. — Então você vai ficar três meses sem receber?

Ed riu novamente.

— É claro que não! Aqueles caras me amam! Eles me pagam mais para não fazer nada do que eu ganhava trabalhando como um escravo.

— Mas isso é... isso não é certo! — indignou-se Candice. — Pense em todas as pessoas no mundo loucas por um emprego. E você vai ser pago para não fazer nada.

— Este é o mundo em que vivemos — disse Ed. — Ame-o ou corte os pulsos.

— Que tal tentar modificá-lo? — sugeriu Candice.

— Ilusão sua — retrucou Ed, bebendo a Coca-Cola ruidosamente. — O que acontece é que não podemos ser todos tão puros como você.

Candice o fitou, enfurecida. Como ele sempre conseguia irritá-la tão facilmente?

— Tenho que ir — disse ela abruptamente.

— A propósito, o seu namorado está aí — disse Ed. — Ou ex-namorado. Não importa.

— Justin? — perguntou Candice, com o rosto em chamas. — Justin está no meu apartamento?

— Eu o vi entrar mais cedo — disse Ed, arqueando a sobrancelha. — Vocês estão juntos novamente?

— Não!

— É uma pena! — lamentou Ed. — Ele era um cara realmente divertido. — Candice lançou-lhe um olhar atravessado. Nas poucas ocasiões em que Ed e Justin se encontraram, ficou claro que os dois não tinham absolutamente nada em comum.

— Bem, enfim — disse ela bruscamente. — A gente se vê.

— Com certeza — assentiu Ed e entrou em seu apartamento.

Candice respirou profundamente antes de abrir a porta, com a cabeça em turbilhão. O que Justin estava fazendo ali? Ela estava bem desde que haviam terminado. E, mais especificamente, o que ele ainda fazia com a chave do seu apartamento?

— Oi? — chamou ela. — Justin?

— Candice. — Justin apareceu no fundo do corredor. Ele estava vestido, como de costume, com um terno elegante, tendendo mais para o estilo moderno, e com um copo na mão. O cabelo escuro e encaracolado estava caprichosamente penteado para trás, com gel. E os olhos escuros brilhavam sob a luz; ele a fitou como um ator desempenhando o papel de um intelectual mal-humorado. Uma vez, alguém disse com admiração que ele se parecia com o pianista Daniel Barenboim, quando era jovem. Depois desse comentário, Candice o flagrara, diversas vezes, sentado diante do piano, apertando algumas teclas, embora não soubesse tocar uma nota sequer.

— Peço desculpas por aparecer sem avisar — disse ele.

— Fico feliz de ver que você ficou à vontade.

— Eu achei que você fosse chegar mais cedo — disse Justin em um tom ligeiramente ressentido. — Não vou demorar. Só achei que podíamos conversar um pouco.

— Sobre o quê?

Justin não respondeu, mas, de maneira formal, conduziu-a pelo corredor até a sala de estar. Candice sentiu-se irritada. Ele tinha a capacidade única de fazer parecer que sempre agia corretamente equanto todas as outras pessoas agiam de forma errada. No início do relacionamento, fora tão convincente que até ela acreditara que ele sempre tinha razão. Foi preciso um período de seis meses e uma série de discussões, cada vez mais frustrantes, para ela perceber que ele não passava de um exibicionista pomposo e dono da verdade.

Quando se conheceram, ela ficara deslumbrada, é claro. Justin havia começado a trabalhar na *Londoner* depois de um ano no *New York Times*, onde tinha a reputação de intelectual e era conhecido por possuir um grande número de contatos importantes. Quando a convidou para sair, ela ficou lisonjeada. Bebeu muito vinho, fitou seus olhos escuros e ouviu encantada as suas opiniões — em parte persuadida por tudo o que ele dizia, até em pontos que, normalmente, teria discordado. Após algumas semanas, ele começou a passar uma ou outra noite em seu apartamento, e eles planejaram férias juntos. Nessa época, a pessoa com quem Justin morava em Pimlico resolveu ir embora, e ele se mudou para a casa dela.

Foi aí que as coisas começaram a dar errado, pensou Candice. A admiração cega que tinha por ele desapareceu com a convivência. Todas as manhãs, ele levava três vezes mais tempo do que ela para se arrumar; vivia repetindo, cheio de orgulho, que não sabia cozinhar e não pretendia aprender; queria o banheiro sempre limpo, mas nunca o limpava. Ela acabou se dando conta da extensão da sua vaidade, da força da sua arrogância e, finalmente — um tanto chocada —, de que o namorado a considerava intelectualmente inferior a ele. Se tentasse argumentar de maneira inteligente, ele agia com toda a complacência até ela apresentar uma tese conclusiva inquestionável, quando ele ficava zangado e taciturno. Justin nunca admitia a derrota; sua autoestima simplesmente não permitiria isso, já que, em sua própria opinião, ele estava destinado a grandes coisas. Sua ambição chegava a ser assustadora; impulsionava-o como um rolo compressor, destruindo tudo o mais em sua vida.

Candice ainda não sabia ao certo o que mais o fizera sofrer quando ela terminara o relacionamento: os sentimentos ou o orgulho. Ele parecia estar mais triste por ela do que por ele mesmo, como se ela tivesse cometido um erro estúpido do qual logo se arrependeria.

Contudo, por enquanto — um mês depois — ela não havia lamentado a decisão que tomara nem por um instante.

— Então — disse ela quando se sentaram. — O que você quer?

Justin deu-lhe um breve sorriso.

— Eu queria vê-la — respondeu —, para ter certeza de que você está lidando bem com o que vai acontecer amanhã.

— Amanhã? — repetiu Candice sem expressão. Justin sorriu-lhe novamente.

— Amanhã, como você sabe, é o dia que eu assumo como editor interino da *Londoner*. Na prática, serei seu chefe. — Ele sacudiu as mangas da camisa, examinou os punhos e ergueu os olhos. — Eu não gostaria de que nenhum... problema surgisse entre nós.

Candice o fitou.

— Problemas?

— Eu imagino que pode ser um período bastante difícil para você — disse Justin de forma suave. — A minha promoção coincidir com o fim do nosso relacionamento. Eu não quero que você se sinta fragilizada.

— Fragilizada? — repetiu Candice, perplexa. — Justin, fui eu que terminei o relacionamento! Estou me sentindo perfeitamente bem a respeito disso.

— Se é assim que você quer encarar as coisas — disse Justin em tom amável. — Desde que não haja ressentimentos.

— Isso eu não posso garantir — murmurou Candice.

Ela observou Justin mexer o copo de uísque, para que os cubos de gelo tinissem em conjunto. Ele parece estar ensaiando um anúncio de televisão, pensou ela. Ou um perfil do programa *Panorama*: "Justin Vellis, o gênio na intimidade do lar." Sentiu vontade de rir e apertou os lábios para se controlar.

— Bem, não quero atrapalhar — disse Justin finalmente, ao se levantar. — Vejo você amanhã.

— Mal posso esperar — replicou Candice, fazendo uma careta atrás dele. Quando chegaram à porta, ela parou, com a mão no trinco. — A propósito — disse ela casualmente —, você sabe se já escolheram o assistente editorial?

— Ainda não — respondeu Justin, franzindo o cenho. — Aliás, para falar a verdade, estou aborrecido por causa disso. Maggie não fez absolutamente nada a respeito. Simplesmente submergiu na tranquilidade doméstica e me deixou com duzentos currículos para avaliar.

— Ah, coitadinho — disse Candice com ar inocente. — Mas não importa. Tenho certeza de que vai aparecer alguém para o cargo.

ROXANNE BEBEU OUTRO gole da sua bebida e, calmamente, virou a página do livro que estava lendo. Ele marcara às nove e meia, e já eram dez e dez. Ela estava neste bar do hotel havia quarenta minutos, pedindo alguns Blood Marys, bebericando lentamente e sentindo o coração pular sempre que alguém entrava. À sua volta, algumas pessoas e casais murmuravam enquanto bebiam; em um canto, um homem mais velho, de smoking branco, cantava "Someone To Watch Over Me". Esta cena poderia se passar em qualquer bar, em qualquer hotel, em qualquer parte do mundo. Mulheres como ela existiam em todo o mundo, pensou Roxanne. Mulheres em bares, tentando parecer animadas, esperando por homens que não iriam aparecer.

Um garçom se aproximou discretamente e trocou o cinzeiro da mesa. Quando ele se afastou, ela percebeu um trejeito no seu rosto — compaixão, talvez. Ou desdém. Ela estava acostumada a ambos. Assim como os anos de exposição ao sol haviam deixado sua pele mais áspera, os anos de espera, de decepção e humilhação tinham endurecido sua estrutura interior.

Quantas horas da vida ela passara assim? Quantas horas, esperando por um homem que estava sempre atrasado e, na metade das vezes, simplesmente não aparecia? Havia sempre uma desculpa, é claro. Mais um problema no trabalho, talvez. Um encontro imprevisto com alguém da família. Certa vez, ela o esperava em um restaurante de Londres para comemorarem o aniversário de três anos de namoro até que ele entrou, acompanhado da esposa. Olhara para ela com uma expressão assustada, indefesa, e Roxanne se viu forçada a ficar ali, enquanto ele e a mulher eram conduzidos a uma mesa. Observar, sentindo a dor corroendo seu coração como ácido, e ver a esposa olhar para ele com desagrado, obviamente entediada com sua companhia.

Mais tarde, ele se justificara dizendo que tinha encontrado Cynthia por acaso, na rua, e ela insistira para almoçarem juntos. Ele disse como se sentira infeliz, incapaz de comer, incapaz de conversar. No fim de semana seguinte, para se redimir, ele cancelou todos os compromissos e levou Roxanne para Veneza.

Roxanne fechou os olhos. Aquele fim de semana fora puro êxtase. Ela experimentou uma alegria sincera e pura, que nunca mais se repetiu; uma alegria que ela ainda buscava desesperadamente, como um viciado tentando obter o mesmo prazer da primeira viagem com as drogas. Eles andaram de mãos dadas por praças antigas e empoeiradas, ao longo de canais que reluziam à luz do sol, sobre pontes em ruínas. Beberam prosecco na Piazza San Marco, ao som de valsas de Strauss. Fizeram amor na antiquada cama de madeira do hotel e depois ficaram na varanda, observando as gôndolas, ouvindo os sons da cidade flutuarem sobre as águas.

Em momento algum falaram sobre a esposa ou sobre a família dele. Naquele fim de semana, quatro seres humanos simplesmente não existiam. Tinham desaparecido, em um sopro de fumaça.

Roxanne abriu os olhos. Não se permitia mais pensar na família dele. Não se entregava mais às fantasias cruéis com acidentes de carro e avalanches. O que se seguia a isso era angústia, autocensura, indecisão, a certeza de que nunca o teria para si. Que não haveria nenhum acidente de carro.

Que ela estava desperdiçando os melhores anos da sua vida com um homem que pertencia a outra mulher; uma mulher alta e nobre, que ele tinha jurado amar e respeitar por toda a vida. A mãe dos seus filhos.

A mãe dos seus malditos filhos.

Uma aflição familiar fez murchar o coração de Roxanne, e ela bebeu todo o Blood Mary. Em seguida, colocou uma nota de vinte libras na pasta de couro com a conta e se levantou, sem pressa, com uma expressão indiferente.

Ao dirigir-se até a porta, quase esbarrou em uma moça de vestido de lurex preto, maquiagem pesada, cabelo tingido de vermelho e bijuterias douradas e brilhantes. Roxanne reconheceu seu ofício imediatamente. Havia mulheres desse tipo por todas as partes de Londres. Contratadas como acompanhantes por uma noite, por intermédio de empresas com nomes fictícios; pagas para rir e flertar e, por um valor adicional, algo mais. Estavam vários níveis acima das prostitutas de Euston e vários níveis abaixo das "esposas troféus" nas salas de jantar.

Antigamente, ela teria menosprezado uma pessoa assim. Agora, ao encarar essa garota, sentiu uma espécie de empatia. Ambas haviam se alienado em algum momento da vida. Ambas haviam acabado em situações que, se pudessem ser previstas, as fariam rir de tão absurdas. Afinal, quem, em sã consciência, planejaria se tornar uma garota de programa? Quem, em sã consciência, planejaria ser a "outra" durante seis longos anos?

Com um nó na garganta, misto de riso e soluço, Roxanne se desviou rapidamente da garota, passou pelo bar e pela portaria do hotel.

— Táxi, senhora? — perguntou o concierge, assim que ela saiu no ar frio da noite.

— Obrigada — disse Roxanne, forçando-se a sorrir, a manter a cabeça erguida. *Levei um bolo,* disse a si mesma com firmeza. O que havia de novo nisso? Já tinha acontecido antes e aconteceria de novo. Esse é o preço a se pagar quando o amor da sua vida é um homem casado.

CAPÍTULO QUATRO

Candice estava no escritório de Ralph Allsopp, editor da *Londoner*, roendo as unhas e perguntando-se onde ele estaria. Havia batido na sua porta naquela manhã, hesitante, rezando para que ele atendesse; rezando para que ele não estivesse ocupado demais para vê-la. Quando ele abriu a porta, falando ao telefone, e fez um gesto para que ela entrasse, sentiu-se aliviada. A primeira barreira fora ultrapassada. Agora, tudo o que ela precisava fazer era persuadi-lo a falar com Heather.

Mas antes que pudesse começar seu pequeno discurso, ele desligou o telefone e disse: "Espere aqui", e saiu da sala. Isso acontecera havia uns dez minutos. Agora, Candice sentia-se arrependida de não tê-lo seguido. Ou perguntado diretamente: "Aonde você vai? Posso ir com você?" Este era o tipo de atitude que Ralph Allsopp apreciava nos funcionários. Ele era conhecido por priorizar iniciativa em vez de qualificação ao contratar empregados; por admirar pessoas sem medo de admitir a própria ignorância; por valorizar e incentivar o talento. Apreciava pessoas dinâmicas e ágeis, dispostas a trabalhar muito e correr riscos. O pior crime que um funcionário seu poderia cometer era ser incompetente.

— Incompetente! — Ouvia-se seu rugido, do último andar. — Maldito incompetente! — E, por todo o edifício, as pessoas puxavam suas cadeiras, paravam de conversar sobre o fim de semana e começavam a trabalhar.

E Ralph tratava com o máximo respeito os que ultrapassavam obstáculos. Por isso, o pessoal que trabalhava nas Publicações Allsopp costumava permanecer ali por vários anos. Mesmo os que se tornavam freelancers ou seguiam outras carreiras mantinham contato; sempre apareciam para uma bebida ou para tirar uma xérox e aproveitavam para apresentar alguma sugestão a Ralph, que estava sempre aberto a novas ideias. Era um ambiente sociável, descontraído. Candice trabalhava lá havia cinco anos e nunca pensara em sair.

Ela reclinou-se na cadeira e examinou a mesa de Ralph — lendária por sua desordem. Duas bandejas de madeira transbordando de cartas e memorandos; cópias das publicações da empresa competiam por espaço com folhas de correção cobertas de tinta vermelha; um telefone pousado sobre uma pilha de livros que começou a tocar naquele exato momento. Ela hesitou por um instante, sem saber se deveria atender. Então imaginou a reação de Ralph se entrasse e a visse simplesmente sentada, ouvindo o telefone tocar. "Qual é o problema?", rugiria ele. "Tem medo de que ele morda você?"

Imediatamente, ela atendeu.

— Alô — disse em tom formal. — Escritório de Ralph Allsopp.

— O Sr. Allsopp está? — perguntou uma voz feminina.

— Infelizmente não — respondeu Candice .— Quer deixar recado?

— É a assistente dele? — Candice lançou os olhos pela janela do escritório, para a mesa de Janet, a secretária de Ralph. Estava vazia.

— Estou... no lugar dela — falou Candice. Após uma pausa, a mulher disse: — Aqui é a assistente do Sr. Davies, Mary, falando do Charing Cross Hospital. Infelizmente, o Sr. Davies não poderá chegar para a consulta às duas horas e gostaria de saber se às três horas seria conveniente para o Sr. Allsopp.

— Certo — disse Candice, anotando em um pedaço de papel. — Tudo bem. Eu darei o recado.

Ela desligou o telefone e olhou para o papel com curiosidade.

— Oi! Minha cara. — A voz animada de Ralph a surpreendeu, e ela deu um sobressalto. — O que posso fazer por você? Já veio se queixar do novo editor? Ou é outra coisa?

Candice riu.

— É outra coisa.

Ela o observou enquanto ele dava a volta na mesa e imaginou, mais uma vez, o quanto ele deveria ter sido atraente quando mais jovem. Era alto, parecia ter pelo menos 1,90m. Tinha o cabelo grisalho e levemente desalinhado, e os olhos brilhantes revelavam inteligência. Deve ter uns 50 anos, ela pensou, mas ainda transparecia uma energia constante, quase assustadora.

— Acabei de pegar este recado — disse ela meio relutante, entregando-lhe o pedaço de papel.

— Ah, sim — disse Ralph, examinando a anotação sem demonstrar qualquer sinal de preocupação. — Obrigado. — Em seguida, dobrou o papel e o guardou no bolso da calça.

Candice ia perguntar se havia algum problema, mas desistiu. Seria impróprio ficar inquirindo sobre a saúde do seu chefe. Ela havia atendido uma ligação particular, algo que não tinha nada a ver com ela. Além disso, ocorreu-lhe que poderia ser algo sem importância e embaraçoso, que não era da sua conta.

Então, ela disse:

— Eu queria falar com você sobre a vaga de assistente editorial na *Londoner*.

— Ah, claro — disse Ralph, reclinando-se na cadeira.

— Bem — disse Candice, reunindo toda a sua coragem —, é que eu conheço uma pessoa que seria perfeita para o cargo.

— É mesmo? Bem, então fale com ele para se candidatar.

— É mulher — corrigiu Candice. — O problema é que talvez seu currículo não seja tão espetacular. Mas sei que ela tem talento. Sei que ela sabe redigir. E é inteligente, tem força de vontade...

— Fico contente de ouvir isso — disse Ralph com delicadeza. — Mas Justin é a pessoa encarregada de cuidar disso. É com ele que você precisa falar.

— Eu sei. Sei disso. Mas... — Ela não completou a frase, e Ralph apertou os olhos, com ar de dúvida.

— Ouça — disse ele, inclinando-se para a frente. — Responda com sinceridade: você acha que a relação de vocês no trabalho vai ser difícil? Sei que tiveram um relacionamento, e se isso for motivo de problemas...

— Não é isso! — respondeu Candice imediatamente. — É que... Justin está muito ocupado. É o primeiro dia dele, e eu não queria incomodá-lo. Ele já tem muito com o que se preocupar. Aliás... — Ela cerrou os punhos. — Aliás, ontem mesmo ele estava se queixando de ter que examinar todos os currículos. E afinal de contas, ele é apenas editor interino... Portanto, eu pensei que, talvez. . .

— Pensou o quê?

— Pensei que talvez você mesmo pudesse entrevistar essa moça? — Candice lançou-lhe um olhar de súplica. — Ela está lá embaixo na recepção.

— Está *onde*?

— Na recepção — repetiu Candice com hesitação. — Ela está apenas esperando, no caso de você aceitar entrevistá-la.

Ralph a fitou, surpreso. Por um momento, Candice chegou a pensar que ele iria berrar com ela. Mas, de repente, ele deu uma risada. — Faça-a subir — ordenou ele. — Já que você a trouxe até aqui, vamos dar uma chance à pobre moça.

— Obrigada — disse Candice. — Sinceramente, tenho certeza que ela... — Ralph ergueu a mão para fazê-la parar de falar.

— Faça-a subir — ele disse. — E então veremos.

MAGGIE PHILLIPS ESTAVA sozinha em sua magnífica cozinha da sofisticada marca Smallbone, bebendo café, fitando a mesa e se perguntando o que iria fazer em seguida. Como de costume, ela acordara cedo e ficara observando Giles se vestir para viajar para o centro da cidade.

— Descanse bastante — dissera ele rapidamente, enquanto dava o nó na gravata. — Tentarei chegar em casa por volta das sete da noite.

— Tudo bem — dissera Maggie, sorrindo. — Dê lembranças à poluição, OK?

— Isso mesmo, pode maltratar — replicara ele em tom de brincadeira. — Essas madames preguiçosas!

Quando ouviu a porta bater, ela sentiu uma deliciosa sensação de liberdade. Nenhuma obrigação, pensou. *Nenhuma obrigação!* Poderia fazer o que bem quisesse. A princípio, fechou os olhos, tentando voltar a dormir e aconchegando-se sob o edredom. Mas ficar deitada era muito desconfortável. Sua barriga já estava grande e pesada demais para achar uma posição cômoda. Assim, depois de lutar algumas vezes com os travesseiros, acabou desistindo.

Pouco depois, desceu, preparou o café da manhã e comeu, enquanto lia o jornal e admirava o jardim pela janela. Permaneceu ali até as oito e meia. Então, voltou a subir, preparou um banho e ficou na banheira pelo que lhe pareceu mais ou menos uma hora. Quando saiu, descobriu que ficara só vinte minutos.

Eram nove e meia. O dia nem sequer tinha começado, mas era como se tivesse ficado na cozinha por uma eternidade. Como o tempo — um artigo tão efêmero e precioso em Londres — parecia passar tão lentamente aqui? Era como mel gotejando em uma ampulheta.

Maggie fechou os olhos, bebeu outro gole de café e tentou pensar no que estaria fazendo a esta hora. Muitas coisas. Viajando de pé no metrô, lendo o jornal. Chegando ao escritório. Comprando um cappuccino no restaurante da esquina. Respondendo a vários e-mails. Participando de alguma reunião. Rindo, conversando, rodeada de gente.

E estressada, lembrou-se com determinação, antes que as imagens ficassem positivas demais. E também poderia estar imprensada pela multidão, engasgada com a fumaça dos táxis; ensurdecida pelo barulho; pressionada por prazos.

Ao passo que, aqui, o único barulho que ouvia era o de um pássaro, do lado de fora. O ar era puro e fresco como água da fonte. E não havia pressão, reunião, nem prazos.

A não ser em relação ao grande dia, naturalmente — o que estava completamente fora do seu controle. Logo ela, tão acostumada a dar ordens, tão acostumada a estar no comando, não tinha, nesse caso, nenhum poder de decisão. Com um gesto preguiçoso, ela pegou o manual de gravidez e o abriu aleatoriamente. "A essa altura, as dores ficarão mais fortes", ela leu. "Tente se manter calma. Seu parceiro poderá encorajá-la e oferecer-lhe apoio." Ela fechou o manual imediatamente e bebeu outro gole de café. Longe dos olhos, longe do medo.

No fundo, Maggie sabia que deveria ter seguido o conselho das enfermeiras e feito o curso de gestantes. Todas as simpáticas e bem-intencionadas enfermeiras que ela conhecia tinham lhe dado uma série de panfletos e telefones, animando-a a fazer os cursos. Mas será que essas mulheres não percebiam que ela não tinha tempo para essas coisas? Será que não se davam conta de que ausentar-se do trabalho para ir ao curso no hospital seria um transtorno? Será que não percebiam que a última coisa que ela e Giles gostariam de fazer, após um dia cansativo, seria ir até a casa de pessoas estranhas, sentarem em pufes e conversar sobre assuntos particulares? Ela havia comprado um livro e assistira a metade de um vídeo — avançando as partes mais chocantes —, e isso teria que bastar.

Decidida, escondeu o livro atrás da cesta de pães, onde não poderia vê-lo, e se serviu de outra xícara de café. Nesse momento, a campainha tocou. Surpresa, Maggie levantou-se e foi até a porta da frente. Nos degraus, estava sua sogra, vestida com um casaco acolchoado, uma camisa listrada e uma saia de veludo cotelê azul, na altura dos joelhos.

— Olá, Maggie! — disse ela. — Espero não ter chegado muito cedo.

— Imagine! — disse Maggie com um riso torto. — De jeito nenhum. Giles disse que você talvez viesse. — Meio desajeitada, ela inclinou-se para beijar Paddy, quase tropeçando no degrau.

Embora fosse casada com Giles havia quatro anos, ela ainda achava que não conhecia Paddy muito bem. Nunca tinham sentado para uma boa conversa — principalmente porque a sogra nunca parecia sentar-se para nada. Ela era uma mulher esbelta, dinâmica, sempre em movimento. Estava sempre cozinhando, cuidando do jardim, levando alguém à estação ou organizando coleta para obras beneficentes. Além disso, ela fora monitora de escoteiras por 25 anos, cantava no coro da igreja e tinha feito os vestidos das damas de honra do casamento de Maggie. Com um enorme sorriso, ela entregou uma lata de bolo à nora.

— Trouxe uns bolinhos — disse ela. — E também uvas-passas e queijo.

— Ah, Paddy! — disse Maggie, comovida. — Não precisava se incomodar.

— Não é nada. Posso te dar a receita, se você quiser. São extremamente fáceis de fazer. Giles adora.

— Claro — respondeu a nora após uma pausa, lembrando-se da tentativa desastrosa de fazer um bolo de aniversário para Giles. — Seria ótimo!

— E eu trouxe alguém para ver você — acrescentou. — Achei que você gostaria de conhecer outra jovem mãe das redondezas.

— Ah — disse Maggie, surpresa. — Que bom!

Paddy fez um sinal para uma moça de jeans e camiseta de jérsei cor-de-rosa, com um bebê no colo e segurando uma criança pequena pela mão.

— Aqui está você! — disse ela, satisfeita. — Maggie, esta é Wendy.

Quando Candice desceu até a recepção, sentiu-se orgulhosa de seu êxito. Quase poderosa. Isso servira para demonstrar o que podia ser alcançado com um pouco de iniciativa e esforço. Ela chegou ao saguão e se dirigiu rapidamente às cadeiras, onde Heather, usando um blazer preto e alinhado, a aguardava.

— Ele concordou! — disse ela, incapaz de esconder o próprio triunfo. — Ele irá recebê-la!

— Jura? — Os olhos de Heather se iluminaram. — Agora?

— Agora mesmo! Eu falei que ele está sempre disposto a dar uma chance às pessoas. — Candice abriu um enorme sorriso. — Tudo o que você tem a fazer é se lembrar de tudo o que eu disse: muito entusiasmo; muita motivação. Se ele fizer uma pergunta que você não saiba como responder, conte algo engraçado.

— Certo. — Heather ajeitou a saia. — Como estou?

— Você está ótima. E mais uma coisa. Ralph certamente irá perguntar se você trouxe algo redigido por você.

— O quê? — perguntou Heather alarmada. — Mas eu...

— Dê-lhe isto — disse Candice, contendo um sorriso e entregando-lhe um pedaço de papel.

Heather a fitou, assustada.

— O que é isso?

— É um artigo que eu escrevi há alguns meses — disse Candice. — É sobre os problemas do transporte de Londres no verão. Nunca foi utilizado na revista, e a única pessoa que o leu foi Maggie.

Neste momento, algumas pessoas entraram no saguão, e ela abaixou o tom de voz.

— Agora é seu. Olhe, eu coloquei a linha com o seu nome para você assinar.

Heather leu o título, lentamente: "Londres Escaldante." "Heather Trelawney."

— Não acredito! Isso é maravilhoso! — disse ela com os olhos lacrimejantes.

— Seria melhor você dar uma lida rapidinho, antes de entrar — sugeriu Candice. — Ele pode perguntar alguma coisa.

— Candice... é muita bondade sua — disse Heather. — Não sei como agradecer.

— Não seja boba — replicou Candice imediatamente. — É um prazer.

— Você está sendo tão generosa. Por quê? — Quando os olhos acinzentados de Heather fitaram Candice com uma intensidade súbita, ela sentiu a culpa revirar-lhe o estômago. Ruborizada, ela encarou Heather e, por um instante, chegou a pensar em contar-lhe tudo; falar quem era sua família; confessar seu constante sentimento de culpa; sua ânsia de reparar o mal que seu pai causara.

Porém, quando ia falar, ela se deu conta do quanto a revelação seria desastrosa. Percebeu a situação constrangedora na qual colocaria Heather — e ela própria. Talvez contar tudo a fizesse sentir-se melhor. Talvez pudesse funcionar como uma espécie de catarse. Mas livrar-se dessa carga seria uma atitude egoísta. Heather jamais deveria descobrir que havia outro motivo, além da amizade, que a levara a ajudá-la.

— Isso não é nada — disse ela rapidamente. — É melhor você subir. Ralph está esperando.

Paddy insistira em fazer um café, deixando Maggie sozinha com Wendy. Um pouco nervosa, ela conduziu a moça até a sala e apontou para o sofá, convidando-a a sentar. Esta era a primeira grávida com quem tinha contato. E vizinha, também. Talvez se tornassem grandes amigas, pensou ela, e seus filhos fossem amigos por toda a vida.

— Por favor, sente-se — convidou. — Você... mora aqui há muito tempo?

— Há cerca de dois anos — respondeu Wendy, pousando a enorme sacola no chão e sentando-se no sofá bege.

— E... você gosta de morar aqui?

— Acho que sim. Jake, não mexa aí!

Maggie levantou os olhos e, horrorizada, viu o filho de Wendy ir em direção à jarra azul, de cristal veneziano, que Roxanne lhe dera de presente de casamento.

— Ah, meu Deus — disse ela, levantando-se o mais rápido que pôde. — Vou só... tirar aquilo dali, certo?

Ela segurou a jarra no instante em que Jake, com as mãos pegajosas, a agarrou.

— Obrigada — disse ela, educadamente, ao garoto. — Huumm... você poderia soltar... — Mas o menino permaneceu impassível. — É que...

— Jake! — gritou Wendy, e Maggie pulou, assustada. — Largue isso! — O garoto fez uma careta, mas, num gesto obediente, soltou a jarra. Maggie a colocou imediatamente em cima de uma cômoda, onde o menino não pudesse alcançar.

— Nessa idade eles são verdadeiros monstrinhos — declarou Wendy. Então examinou a barriga de Maggie. — Para quando é o parto?

— É para daqui a três semanas — respondeu Maggie, sentando-se. — Falta pouco!

— Pode atrasar — disse Wendy.

— É — falou Maggie após uma pausa. — Suponho que sim.

— Este aqui atrasou duas semanas — disse Wendy apontando para o bebê no seu colo. Por fim, eles tiveram que induzir o parto.

— Minha nossa! — disse Maggie. — Mesmo assim...

— Mas não adiantou nada — prosseguiu Wendy. — Os batimentos cardíacos dele começaram a cair e eles tiveram de tirá-lo com o fórceps. — Ela levantou os olhos e fitou Maggie. — Foram 29 pontos.

— Meu Deus! — disse Maggie. — Você está falando sério? — De repente, ela achou que ia desmaiar. Então, respirou fundo, agarrou os braços da cadeira e forçou-se a sorrir. Mude de assunto, pensou ela. Fale sobre qualquer outra coisa. — E... você... trabalha?

— Não — respondeu Wendy, fitando-a de modo inexpressivo. De repente, ela gritou: — Jake! Solte isso! — Maggie se virou, e viu o menino tentando se equilibrar no banco do piano. Ele lançou à mãe um olhar assassino e começou a bater nas teclas do piano.

— Prontinho! — anunciou Paddy, entrando na sala com uma bandeja. — Eu abri a embalagem desses biscoitos finos de amêndoas, Maggie. Tudo bem?

— Claro.

— Eu sei bem o quanto é terrível quando você planeja todas as refeições com antecedência e aparece alguém e desorganiza a sua despensa. — Ela deu um riso breve e Maggie sorriu, imaginando o quanto o conceito de Paddy em relação a uma despensa organizada seria diferente do seu.

— Eu coloquei uma laranjada para o Jake em algum lugar — disse Wendy. Então gritou: — Filho, se não parar com isso não vai ganhar laranjada. — Ela colocou o bebê no chão e pegou a sacola.

— Que gracinha! — disse Paddy, olhando para o bebê, que agitava as perninhas. — Maggie, por que você não o pega no colo?

A nora se apavorou.

— Não acho...

— Aqui! — disse Paddy, apanhando o bebê e colocando-o nos braços desajeitados de Maggie. — Ele não é uma gracinha?

Ela olhou para o bebê em seus braços, notou que as duas mulheres a observavam e sentiu-se inibida. Qual era o seu problema? A única coisa que sentia em relação a este pequeno ser era aversão. Ele era feio, fedia a leite azedo e estava vestido com um horrível macacãozinho em tom pastel. O bebê abriu os olhos azuis e a fitou. Ela tentou aninhá-lo, tentou agir como uma verdadeira mãe, mas ele começou a se contorcer, ameaçou chorar, e ela levantou os olhos, assustada.

— Ele deve estar querendo arrotar — disse Wendy. — Coloque-o em pé.

Maggie assentiu e, com as mãos tensas e desajeitadas, deslocou o bebê e o ergueu. Ele fez uma careta e, por um momento angustiante, ela pensou que ele fosse gritar. Então, o bebê abriu a boca e uma cascata de leite regurgitado e quente jorrou sobre sua camiseta.

— Ai, meu Deus! — disse Maggie, horrorizada. — Ele vomitou em mim!

— Ah, desculpe — disse Wendy calmamente. Deixe-me pegá-lo.

— Isso não é nada — interferiu Paddy em tom animado, entregando um pedaço de pano à nora. — Você terá que se acostumar com esse tipo de coisa, Maggie! Não é, Wendy?

— Ah, sim — respondeu Wendy. — Espere só para ver!

Após limpar a camiseta, Maggie ergueu a cabeça e ambas olhavam complacentemente para ela, com ar de triunfo. Seus olhos pareciam dizer: *Pegamos você*. E ela começou a tremer.

— Quero fazer cocô — anunciou Jake ao lado de Wendy.

— Muito bem — elogiou Wendy ao pousar a xícara na mesa. — Me deixe apenas pegar o peniquinho.

— Meu Deus, não! — gritou Maggie, levantando-se. — Quero dizer... vou fazer mais café, está bem?

Na cozinha, ela ligou a chaleira e afundou-se em uma cadeira, tremendo, com a camiseta ainda úmida do leite regurgitado. Não sabia se ria ou chorava. Então, maternidade era isso? Se era, ela havia entrado numa tremenda fria. Fechou os olhos e pensou, com angústia, no escritório da *Londoner*. Seu agradável e organizado escritório, cercado de pessoas adultas; cercado de equilíbrio e sofisticação; e nenhum bebê por perto.

Ela lançou os olhos à porta, hesitou por um momento, em seguida apanhou o telefone e, rapidamente, discou um número.

— Alô? — Quando ouviu a voz de Candice, suspirou aliviada. Bastou ouvir aquela voz amistosa e familiar para ficar mais tranquila.

— Oi, Candice! É Maggie.

— Maggie! — exclamou Candice surpresa. — Como estão as coisas? Está tudo bem?

— Ah, tudo ótimo. Sabe como é, agora sou a rainha do lazer...

— Suponho que você ainda esteja na cama, sua vaca sortuda.

— Para falar a verdade — disse Maggie, em tom imponente —, estou servindo um café da manhã. Tem uma "mãe-robô" bem na minha sala de estar. — Candice riu, e Maggie sentiu-se descontrair. Graças a Deus tenho amigas, pensou. De repente, a situação pareceu engraçada; uma piada interessante. — Você não vai *acreditar* no que aconteceu ainda há pouco — acrescentou ela, abaixando a voz. — Eu estava sentada no sofá, segurando um bebê horroroso, e ele começou a se contorcer. No minuto seguinte...

— Desculpe, Maggie — interrompeu Candice —, sinto muito, mas não posso conversar. Justin marcou uma reunião estúpida e todos têm que ir.

— Ah, sei — disse Maggie, decepcionada. — Então... tudo bem.

— Mas nos falamos depois. Prometo.

— Certo! — assentiu Maggie animada. — Não se preo cupe. Eu já imaginava que você estaria ocupada. Boa reunião.

— Duvido que isso seja possível. Mas preste atenção: antes de desligar tem uma coisa que eu quero te contar! — Candice abaixou a voz. — Você se lembra daquela garota, Heather, que conhecemos ontem à noite? A garçonete?

— Sim — respondeu Maggie, relembrando a noite anterior. — Claro que me lembro. — Mal dava para acreditar que elas estiveram no Manhattan Bar na noite passada. Parecia ter sido há uma eternidade.

— Pois é, sei que você me disse para não fazer isso, mas eu a apresentei ao Ralph — disse Candice. — E ele ficou tão impressionado que lhe ofereceu o emprego imediatamente. Ela vai começar como assistente editorial na semana que vem!

— Jura? Que notícia maravilhosa!

— Não é? — disse Candice antes de pigarrear. — Bem, parece que ela... ela escreve muito bem. Ralph ficou realmente impressionado com o trabalho dela. E decidiu dar uma chance a ela.

— Bem típico do Ralph — disse Maggie. — Bem, isso é ótimo.

— Não é fantástico? — Candice abaixou a voz mais ainda. — Mags, você não faz ideia do que isso significa para mim. É como se eu estivesse finalmente reparando o mal que meu pai causou. Estou finalmente... fazendo algo positivo.

— Fico contente por você — disse Maggie com entusiasmo. — Espero que dê tudo certo.

— Ah, tenho certeza que vai dar. Heather é uma moça realmente bacana. Aliás, vamos almoçar juntas hoje, para comemorar.

— Que bom — disse Maggie em tom melancólico. — Bem, divirta-se.

— Faremos um brinde a você. Olhe Mags, preciso ir. A gente se fala depois. — E então o telefone ficou mudo.

Maggie fitou o aparelho por um momento. Então, baixou-o lentamente, tentando repelir a ideia de se sentir excluída. Em apenas 24 horas, a vida no editorial da revista prosseguia normalmente, sem ela. Mas, afinal, o que ela esperava? Deu um suspiro, ergueu a cabeça e viu Paddy na porta, observando-a com curiosidade.

— Ah, eu só estava falando com uma antiga colega do escritório sobre um... assunto de trabalho — disse Maggie, sentindo-se culpada. — A Wendy está bem?

— Ela está lá em cima trocando a fralda do bebê. — Então eu resolvi ajudá-la com o café.

Paddy foi até a pia, abriu a torneira de água quente, virou-se e sorriu satisfeita.

— Você não deve se apegar à vida que tinha antes, Maggie.

— Como assim? — perguntou Maggie, desconfiada. — Não estou fazendo isso!

— Não vai demorar muito para você se acostumar ao lugar. Vai conhecer outras mães jovens. Mas isso realmente exige um pouco de esforço. — Ela esguichou detergente numa vasilha. — A vida é diferente por aqui.

— Não tão diferente, com certeza — retrucou Maggie rapidamente. — As pessoas também se divertem, não é? — Paddy lançou-lhe um sorriso tenso.

— Muito em breve talvez você perceba que tem menos afinidades com algumas das suas amigas de Londres.

E mais afinidades com Wendy?, pensou Maggie. Acho que não.

— É possível — concordou ela, sorrindo. — Mas vou fazer tudo para manter contato com as minhas amigas. Nós sempre nos reunimos para tomar uns drinques. E vou continuar fazendo isso.

— Drinques — repetiu Paddy, dando um riso breve. — Que elegante!

Maggie a fitou, ressentida. Não era da conta de Paddy quem eram suas amigas. Não era da conta dela o tipo de vida que ela levava.

— Isso mesmo, drinques — disse ela com um sorriso amável. — O meu favorito é Sex on the Beach. Me lembre de te dar a receita qualquer dia desses.

CAPÍTULO CINCO

A campainha tocou e Candice levou um susto, apesar de estar imóvel no sofá esperando por Heather havia uns vinte minutos. Ela olhou mais uma vez ao redor da sala, assegurando-se de que tudo estava em ordem. Em seguida, nervosa, foi até a porta. Ao abri-la, parou surpresa e riu. Tudo o que conseguia ver era um enorme buquê de flores: rosas amarelas, frésias e cravos rodeados de folhas verdes, envoltos em papel celofane com relevo dourado; tudo amarrado em um enorme laço.

— Isto é para você — disse Heather atrás do buquê. — Desculpe o laço horrível. Eles o colocaram antes que eu pudesse impedir.

— Quanta gentileza! — disse Candice, tomando o ruidoso ramalhete das mãos de Heather e abraçando-a. — Não precisava se incomodar.

— Claro que precisava — argumentou Heather. — E deveria fazer mais. — Seus olhos pousaram em Candice.

— Você está fazendo tanto por mim. Me arranjou um emprego, um lugar para ficar...

— Bem — disse Candice meio constrangida —, este apartamento realmente tem dois quartos. E como o lugar onde você estava era ruim...

Tinha sido por mero acaso que, durante o almoço, Heather comentara a respeito do apartamento onde morava. Conforme ela falava, amenizando os pontos negativos, Candice teve a ideia de sugerir que ela se mudasse para o seu apartamento. E, para sua alegria, Heather concordou de imediato. Tudo estava se encaixando perfeitamente.

— O lugar parecia um cortiço — disse Heather. — Seis pessoas em um único cômodo. Horrível. Mas aqui... — Ela pousou as malas e entrou lentamente no apartamento, olhando ao redor, admirada. — Você mora sozinha?

— Sim. Eu cheguei a dividi-lo com uma garota logo que me mudei, mas ela foi embora e nunca mais...

— É um palácio! — interrompeu Heather, examinando o local. — É maravilhoso!

Candice agradeceu, ruborizada.

— Eu... bem, eu gosto dele — acrescentou, orgulhosa das suas tentativas de decoração. No último verão, passara um longo tempo retirando o papel de parede desenhado com redemoinhos marrons, deixado pelo ocupante anterior, e pintando as paredes de amarelo-claro. O trabalho levou mais tempo do que ela havia previsto e, quando terminou, seus braços estavam doloridos, mas o esforço valera a pena.

— Veja, as flores que eu trouxe combinam perfeitamente com as paredes — disse Heather com os olhos levemente lacrimejantes. — Parece que temos o mesmo gosto. Isso é um bom sinal, não acha?

— Claro! — respondeu Candice. — Bem, vamos trazer a sua bagagem para dentro e você pode... — Ela engoliu. — Você pode ver o seu quarto.

Ela apanhou uma das malas de Heather e a carregou pelo corredor. Então, com um leve tremor, abriu a porta do quarto.

— Uau! — murmurou Heather atrás dela. Era um quarto bem grande, decorado de forma simples, com paredes em tom azul e pesadas cortinas amarelo-claras. Em um dos cantos, havia um enorme guarda-roupa de carvalho, vazio; na mesinha de cabeceira, ao lado da cama de casal, estava uma pilha de revistas de moda.

— Lindo! — admirou-se Heather. — Não posso acreditar. — Ela virou-se. — Como é o seu quarto? É aquele ali?

— Ele é... bonito — disse Candice. — Na verdade...

Mas Heather foi mais rápida. Ela já tinha aberto a porta, revelando um quarto bem menor, com uma cama de solteiro e um guarda-roupa barato, feito de pinho.

— Este é o seu? — perguntou ela, confusa. Em seguida, olhou lentamente para o quarto pintado de azul. — Aquele é o seu, não é? — perguntou, surpresa. — Você me cedeu o seu quarto!

Ela parecia intrigada — quase perplexa —, e Candice sentiu-se ruborizar de vergonha. Estava tão orgulhosa do seu pequeno gesto; cantarolara tão feliz na noite anterior, enquanto retirava toda a roupa do seu quarto, para deixá-lo pronto para Heather. Agora, vendo a expressão no rosto dela, percebeu que havia cometido um erro. Heather insistiria, naturalmente, em desfazer a troca. O incidente poderia causar um constrangimento no acordo das duas.

— Eu só achei que você gostaria de ter seu próprio espaço — disse ela, sentindo-se tola. — Eu sei como é morar na casa de alguém. Às vezes você precisa de privacidade. Portanto, pensei em lhe oferecer o quarto maior.

— Entendo — disse Heather, olhando novamente para o quarto azul. — Bem... se você prefere assim. — Ela deu um sorriso e chutou uma das malas para dentro do quarto. — É muita bondade sua. Vou gostar de ficar aqui.

— Ah, que bom — disse Candice, por um lado aliviada e, por outro, secretamente confusa. — Certo. Bem... Vou deixer você à vontade para desfazer as malas.

— Não seja boba! Posso fazer isso mais tarde. Vamos beber alguma coisa — disse Heather, pegando a mochila. — Eu trouxe champanhe.

— Flores *e* champanhe! — Candice riu. — Heather, você exagerou.

— Sempre tomo champanhe em ocasiões especiais — disse Heather com os olhos brilhantes. — E esta ocasião é realmente muito especial, não acha?

Quando Candice abriu a garrafa na cozinha, ouviu as tábuas da sala rangerem ligeiramente, sob os pés de Heather. Ela encheu duas taças — brindes de uma recepção, patrocinada pelo champanhe Bollinger — e, em seguida, as levou, juntamente com a garrafa, para a sala de estar. Heather estava ao lado da lareira, com seu cabelo loiro em forma de auréola sob a luz, observando uma foto em um porta-retratos. Ao avistá-la, o coração de Candice disparou. Por que ela não guardou aquela fotografia? Como pôde ter sido tão estúpida?

— Pronto — disse ela, entregando-lhe uma taça e tentando afastá-la dali. — A nós.

— A nós — repetiu Heather, antes de provar a bebida. Então, ela virou-se para a lareira, apanhou a fotografia e a examinou. Candice bebeu outro gole do champanhe, tentando não se apavorar. Se agisse naturalmente, ela não suspeitaria de nada, disse a si mesma.

— Esta é você, não é? — perguntou Heather, erguendo os olhos. — Está uma gracinha! Quantos anos tinha nessa época?

— Uns 11 — respondeu Candice, forçando um sorriso.

— E estes são seus pais?

— Sim — respondeu Candice, tentando manter a voz tranquila. — Esta é minha mãe, e... — continuou ela, engolindo em seco. — E este é o meu pai. Ele... ele morreu há muito tempo.

— Ah, sinto muito — disse Heather. — Ele era um homem bonito, não é mesmo? — Ela olhou para a foto novamente, então levantou a cabeça e sorriu. — Aposto que ele a mimava demais quando era criança.

— É mesmo — assentiu Candice, tentando rir. — Bem... sabe como são os pais...

— Claro — respondeu Heather. Em seguida, deu uma última olhada na fotografia e a colocou de volta na cornija da lareira. — Ah, isso vai ser divertido — disse ela subitamente. — Não acha? — Então, aproximou-se de Candice e, em um gesto de afeto, passou o braço ao redor da sua cintura. — Nós duas, morando juntas. Vai ser bem divertido!

A MEIA-NOITE, APÓS degustar um jantar de quatro pratos e exagerar na quantidade de um divino Chablis, Roxanne chegou à sua suíte, no Aphrodite Bay Hotel. O quarto estava na penumbra; a cama estava arrumada, e a luz da secretária eletrônica piscava. Ela sentou-se na cama, tirou os sapatos jogando os pés para o alto, apertou o botão para ouvir as mensagens e começou a desembrulhar o chocolate de menta, que estava sobre o travesseiro.

— Oi, Roxanne. É a Maggie. Espero que você esteja se divertindo, sua vaca sortuda. Me ligue qualquer hora dessas. — Roxanne ficou animada e já estava prestes a pegar o telefone, quando o aparelho sinalizou novamente, indicando uma segunda mensagem.

— Não, sua boba, o bebê não nasceu. — Ouviu-se a voz de Maggie novamente. — É sobre outra coisa que eu quero falar. *Ciao.* — Roxanne sorriu e enfiou o chocolate na boca.

"Fim das mensagens" avisou o aparelho. Roxanne engoliu o chocolate, pegou o telefone e apertou três dígitos.

— Oi, Nico? — disse ela, assim que a ligação foi atendida. — Vou descer em um minuto. Só preciso dar um telefonema rápido. — Ela esticou os dedos do pé, admirando o contraste da pele bronzeada com as unhas pintadas de rosa. — Sim, peça um conhaque Alexander. Nos vemos daqui a pouco. — Assim que desligou o aparelho, retirou-o do gancho novamente e apertou o botão de memória para discar o número de Maggie.

— Alô? — atendeu uma voz sonolenta.

— Giles! — disse Roxanne, e com uma ponta de culpa olhou para o relógio. — Ah, meu Deus, é muito tarde, não é? Desculpe! Nem percebi. É Roxanne. Você estava dormindo?

— Roxanne — disse Giles com a voz arrastada. — Oi. Onde você está?

— Pode deixar! — Roxanne ouviu Maggie falando ao fundo. Em seguida, a amiga disse em tom mais baixo: — Sim, eu sei que é tarde! Mas eu quero falar com ela! — Seguiu-se uma breve discussão e Roxanne riu, imaginando Maggie arrancando, com determinação, o telefone da mão do marido. Finalmente, ela atendeu: — Oi Roxanne! Como vai?

— Oi, Mags. Desculpe ter acordado o Giles.

— Ah, ele está bem — disse Maggie. — Já voltou a dormir. E aí, como estão as coisas no Chipre?

— Suportáveis — respondeu Roxanne lentamente. — Um paraíso mediterrâneo de sol brilhante, águas cristalinas e o luxo de cinco estrelas. Nada de importante.

— Não sei como você aguenta — completou Maggie. — Se eu fosse você, iria me queixar à gerência. — Então, falou em tom mais sério: — Escute, Roxanne, estou telefonando por que... você falou com a Candice recentemente?

— Não desde que vim para cá. Por quê?

— Bem, eu liguei para ela esta noite — explicou Maggie —, só para bater papo, e aquela garota estava lá.

— Que garota? — perguntou Roxanne, recostando-se na cabeceira acolchoada da cama. Pelas janelas francesas, sem cortinas, ela podia ver os fogos de artifício de alguma festança distante explodindo no céu da noite, como estrelas cadentes coloridas.

— Heather Trelawney. A garçonete do Manhattan Bar, lembra?

— Ah, sim — respondeu Roxanne, bocejando. — A garota cujo pai teve a vida arruinada pelo pai de Candice.

— Exatamente — assentiu Maggie. — Pois é, você sabe que a Candice arranjou para ela a vaga de assistente editorial na *Londoner*?

— É mesmo? — disse Roxanne, surpresa. — Foi rápido.

— Ao que parece, ela foi falar com Ralph na manhã seguinte e fez um apelo especial. Só Deus sabe o que ela usou como argumento.

— Bem — disse Roxanne em tom despreocupado. — Ela deve ter sentimentos muito fortes em relação a isso.

— Deve ter — disse Maggie. — Porque agora essa garota está morando no apartamento dela.

Roxanne ergueu o corpo, franzindo a testa.

— No apartamento dela? Mas ela mal a conhece!

— Pois é — concordou Maggie. — Exatamente. Você não acha que parece muito...

— Huumm, precipitado — completou Roxanne.

Houve silêncio, acentuado por alguns estalidos da ligação e a tosse de Giles, ao fundo.

— Estou com uma sensação ruim em relação a isso — declarou Maggie, finalmente. — Você sabe como é a Candice. Deixa qualquer um tirar proveito dela.

— Eu sei — assentiu Roxanne lentamente. — Você tem razão.

— Então, eu estava pensando... talvez você pudesse ficar de olho nessa garota. Não posso fazer muita coisa...

— Não se preocupe — prometeu Roxanne. — Assim que voltar vou tirar essa história a limpo.

— Ótimo — disse Maggie e bufou. — Acho que não passo de uma grávida entediada que se preocupa com coisas sem importância. Provavelmente não é nada. Mas... — Ela fez uma pausa. — Sabe como é.

— Eu sei — disse Roxanne. — E pode ficar tranquila. Vou ficar de olhos abertos.

NA MANHÃ SEGUINTE, Candice acordou com um aroma suave e apetitoso flutuando pelo ar. Ela rolou na cama, abriu os olhos, perplexa, e se viu fitando uma parede branca que não lhe era familiar. O que estava acontecendo?, perguntou-se, sonolenta. O que ela estava fazendo...

Então se lembrou. Claro. Ela se mudara para o quarto de hóspedes. Heather estava morando com ela. E, pelo cheiro, ela já tinha se levantado e estava cozinhando. Candice jogou as pernas para fora da cama e sentou-se, gemendo com o peso da cabeça. Champanhe sempre a deixava assim. Então se levantou, vestiu um roupão e cambaleou até a cozinha.

— Oi! — disse Heather, virando-se do fogão, com um sorriso. — Estou fazendo panquecas. Você quer?

— Panquecas? — repetiu Candice. — Não como panquecas desde...

— Saindo! — interrompeu Heather ao abrir o forno. E Candice viu, surpresa, uma pilha de panquecas douradas e quentinhas.

— Que maravilha! — disse ela, começando a rir. — Está aprovada. Pode ficar.

— Você não vai ganhar panquecas todo dia — retrucou Heather, fingindo falar sério. — Só quando for boazinha.

Candice riu e acrescentou:

— Vou fazer café.

Alguns minutos depois, elas sentaram diante da mesa de bistrô, de mármore, cada uma com uma pilha de panquecas diante de si, além de açúcar, suco de limão e uma caneca de café fumegante.

— É uma pena não ter xarope de bordo — lamentou Heather, dando uma mordida na panqueca. — Vou me lembrar de comprar.

— Isso está uma delícia! — disse Candice com a boca cheia. — Heather, você é uma estrela completa.

— É um prazer — disse Heather, sorrindo modestamente e olhando para o prato.

Candice deu outra mordida na panqueca e fechou os olhos, saboreando a comida. E pensar que, no último minuto, teve medo de convidar Heather para morar com ela e chegou a se perguntar se estava cometendo um erro. Ficara óbvio que Heather seria uma pessoa maravilhosa para dividir o apartamento — e uma nova amiga, igualmente maravilhosa.

— Bem, acho que devo me arrumar. — Candice viu um sorriso encabulado iluminar o rosto de Heather. — Para falar a verdade, estou um pouco nervosa sobre hoje.

— Não precisa ficar — disse Candice imediatamente. — Todo mundo no escritório é muito gentil. E não se esqueça de que eu estarei lá para te ajudar. — Ela sorriu para Heather, sentindo um súbito afeto pela garota. — Vai dar tudo certo, prometo.

Meia hora depois, enquanto Candice escovava os dentes, Heather bateu na porta do banheiro.

— Como estou? — perguntou ela, nervosa. Candice a fitou, impressionada e um pouco espantada. Heather estava incrivelmente bem-vestida. Usava um blazer vermelho elegante por cima de uma camiseta branca e sapatos pretos, de salto alto.

— Você está fantástica! — disse ela. — De onde é o blazer?

— Não me lembro — respondeu Heather vagamente. — Comprei-o há muito tempo, com uma grana que caiu do céu.

— É lindo! — elogiou. — Espere só um segundo.

Alguns minutos depois, elas saíram. Assim que bateu a porta de casa, a entrada do apartamento de Ed se abriu, e ele apareceu, de jeans e camiseta, e com uma garrafa de leite vazia nas mãos.

— Oi, tudo bem? — disse ele, aparentando surpresa. — Não esperava dar de cara com você!

— Que coincidência! — disse Candice.

— Só estava colocando a garrafa de leite do lado de fora — justificou-se de maneira pouco convincente, com os olhos fixos em Heather.

— Ed, não temos leiteiro — argumentou Candice, cruzando os braços.

— Por enquanto — replicou ele. Em seguida, balançou a garrafa e acrescentou: — Mas se eu colocar isto do lado de fora, como isca, talvez consiga atrair um para cá. Funciona com ouriços. O que você acha?

Ele pousou a garrafa de leite no chão, analisou o objeto por um momento e empurrou-a em direção à escada. Candice revirou os olhos.

— Ed, esta é a minha nova companheira de apartamento, Heather. Você deve tê-la visto chegar, ontem à noite.

— Eu? — perguntou Ed com ar inocente. — Não, não ouvi nada. Ele se aproximou, pegou a mão de Heather e a beijou. — Prazer em conhecê-la.

— Igualmente.

— E, se me permite um comentário, você está muito elegante. — acrescentou ele.

— Obrigada — disse Heather, sorrindo. Então, olhou satisfeita para a própria roupa e deu uns tapinhas para limpar a impecável saia vermelha.

— Sabe de uma coisa, você deveria pegar umas dicas com a Heather — sugeriu Ed, dirigindo-se a Candice. — Veja, o sapato dela combina com a bolsa. Muito chique.

— Obrigada, Ed — disse Candice. — Mas se algum dia eu pegar dicas de moda com você, deixarei de usar roupa.

— Está falando sério? — Os olhos de Ed brilharam.

— Você está planejando isso para um futuro próximo? — perguntou Heather com uma risada. — O que você faz, Ed?

— Ele não trabalha — respondeu Candice. — E ainda recebe por isso. Qual é o programa de hoje, Ed? Andar pelo parque? Alimentar os pombos?

— Para falar a verdade, nenhum dos dois — disse ele, apoiando-se no batente da porta do seu apartamento, divertindo-se com a situação. — Já que você perguntou, vou dar uma passada na minha casa.

— Que casa? — perguntou Candice, desconfiada. — Você vai se mudar? Se for isso, tenho que agradecer a Deus.

— Herdei uma casa — explicou Ed. — Da minha tia.

— É claro! — disse Candice. — Óbvio. Algumas pessoas herdam dívidas; Ed Armitage herda uma casa.

— Não sei o que vou fazer com ela — ponderou ele. Fica em Monkham. Muito longe daqui.

— Onde fica Monkham? — perguntou Candice, franzindo a testa.

— Wiltshire — respondeu Heather com uma rapidez surpreendente. — Eu conheço Monkham. É um lugar muito bonito.

— Acho que vou vendê-la — disse Ed. — Mas eu gosto dela. Passei muito tempo lá quando era criança...

— Fique com a casa, venda... enfim, não importa — argumentou Candice. — O que representa uma propriedade vazia aqui ou ali? Não é como pessoas morrendo de fome nas ruas, ou algo assim...

— Eu poderia transformá-la em um local para dar comida aos pobres — disse Ed. — Ou num abrigo para órfãos. Isso faria você feliz, Santa Candice? — Ele sorriu, e Candice fez uma cara feia.

— Vamos — disse ela a Heather. — Estamos atrasadas

O EDITORIAL DA *Londoner* era uma sala comprida, ampla, com janelas em cada extremidade. Havia sete mesas: seis para os membros da equipe editorial e uma para a secretária editorial, Kelly. Às vezes, era um lugar confuso e barulhento de se trabalhar; o dia de fechamento de edição normalmente era um caos.

Entretanto, quando Candice e Heather chegaram, a sala estava tomada pela habitual letargia de uma manhã de segunda-feira de meados do mês. Até a reunião das onze horas, não havia nenhum trabalho propriamente dito a ser feito. Nesse período, as pessoas abririam seus e-mails, contariam histórias sobre o fim de semana, fariam litros de café e cuidariam de suas ressacas. Às onze, se encontrariam na sala de reuniões para avaliar o andamento da edição de junho. Ao meio-dia, todos deixariam a reunião sentindo-se motivados e entusiasmados. Em seguida, sairiam para almoçar. Era sempre a mesma coisa, toda segunda-feira.

Candice parou na porta, lançou a Heather um sorriso encorajador e pigarreou.

— Atenção, pessoal — disse em voz alta. — Esta é Heather Trelawney, a nova assistente editorial.

Um murmúrio de cumprimentos sonolentos ecoou ao redor da sala, e Candice sorriu para Heather.

— Na verdade eles são muito amáveis — disse. — Eu irei apresentá-la de forma mais apropriada daqui a pouco. Mas, primeiro, temos que encontrar o Justin...

— Candice. — Veio uma voz atrás dela, e ela pulou de susto. Ao se virar, avistou Justin no corredor. Ele estava usando um terno roxo-escuro, tinha nas mãos uma xícara de café e parecia atormentado.

— Oi! — disse ela. — Justin, eu gostaria...

— Candice, preciso falar com você — interrompeu, concisamente. — Em particular, se for possível.

— É... tudo bem — concordou Candice.

Ela olhou para Heather com se pedisse desculpas e seguiu Justin até um canto, ao lado da máquina de xérox. Antigamente, pensou ela, ele a levaria até aquele canto para sussurrar no seu ouvido e fazê-la rir. Mas agora, de frente para ela, sua expressão era claramente pouco amável. Candice cruzou os braços e o encarou de forma desafiadora.

— O que houve? — perguntou, tentando descobrir se havia cometido alguma gafe imperdoável sem se dar conta. — Algum problema?

— Onde você estava na sexta-feira?

— Tirei o dia de folga — respondeu Candice.

— Para evitar me ver.

— Não! — disse Candice, revirando os olhos. — Claro que não! Justin, o que está havendo?

— O que está havendo? — repetiu Justin, como se não conseguisse acreditar no atrevimento dela. — Tudo bem, me diga uma coisa. Você passou ou não por cima da minha autoridade e foi falar com Ralph na semana passada — abalando *deliberadamente* a minha credibilidade — simplesmente para conseguir um emprego para sua amiguinha? — Ele fez um gesto de cabeça em direção a Heather.

— Ah, é isso? — disse Candice, espantada. — Bem, não foi de propósito. Apenas... aconteceu desse jeito.

— É mesmo? — Um sorriso tenso surgiu no rosto de Justin. — Engraçado, porque pelo que eu ouvi, logo depois da nossa discussão no outro dia, você foi direto até Ralph Allsopp e falou com ele que eu estava ocupado demais para analisar os currículos dos candidatos a vaga de assistente editorial. Foi isso o que você falou?

— Não! — respondeu Candice, ruborizada. — Pelo menos... Eu não quis dizer nada com isso! Foi somente...

Ela interrompeu a frase, sentindo-se ligeiramente desconfortável. Embora sua intenção fosse basicamente a de ajudar Heather, ela não podia negar que a situação lhe proporcionara um leve prazer por ter desafiado Justin. Mas essa não tinha sido a razão *principal* para o que fizera, pensou, indignada. E se Justin fosse apenas um pouco menos arrogante e esnobe, talvez ela não tivesse de agir dessa forma.

— Como você acha que eu fico? — sibilou Justin, furioso. — Como você acha que Ralph vai avaliar minha capacidade de gestão depois disso?

— Olhe, não é nada tão drástico! — protestou Candice. — Por acaso, eu conheci alguém que achei que estaria à altura do cargo, e como você tinha dito que estava ocupado...

— Então você arranjou um modo perfeito de sabotar a minha autoridade no meu primeiro dia — argumentou ele em tom sarcástico.

— Não! — retrucou, horrorizada. — Meu Deus, é assim que você acha que funciona a minha mente? Eu nunca faria nada assim!

— Claro que não — replicou Justin.

— Eu *não faria*! — protestou ela, olhando nos olhos dele. Então, ela suspirou. — Olhe, me deixe apresentá-lo a Heather e depois você vai comprovar. Ela será uma excelente assistente editorial. Prometo.

— É melhor que seja mesmo — disse Justin. — Tínhamos duzentos candidatos para essa vaga, sabia? Duzentos.

— Eu sei — disse Candice apressadamente. — Olhe, Justin, Heather não vai desapontá-lo. E eu não tive a intenção de destruir sua credibilidade, juro.

Houve um silêncio tenso, então Justin suspirou.

— Certo. Bem, acho que exagerei. Mas é que eu já tive aborrecimento suficiente por hoje. — Ele bebeu um gole do café e fez uma careta. — Sua amiga Roxanne não ajudou nem um pouco.

— É mesmo?

— Ela descreveu um hotel novo como uma "monstruosidade vulgar" na última edição. Agora a empresa está no telefone exigindo, além de uma retratação, um anúncio de página inteira gratuito. E onde está Roxanne agora? Em alguma praia por aí.

Candice riu.

— Se ela disse que é uma monstruosidade, provavelmente é. — Ela sentiu um movimento no braço e ergueu os olhos, surpresa. — Ah, oi, Heather.

— Pensei que talvez fosse melhor eu me apresentar — anunciou Heather com um enorme sorriso. — Você deve ser o Justin.

— Justin Vellis, editor interino — confirmou Justin, estendendo a mão de forma profissional.

— Heather Trelawney — disse Heather, cumprimentando-o com firmeza. — Estou tão feliz de trabalhar para a *Londoner.* Sempre fui leitora da revista e não vejo a hora de fazer parte da equipe.

— Ótimo — disse Justin brevemente.

— Também devo acrescentar — prosseguiu Heather — que adorei a sua gravata. Estava admirando de longe. — Ela sorriu. — É Valentino?

Justin pareceu espantado.

— É sim — respondeu, passando a mão pelo tecido. — Que... olhar observador!

— Adoro ver um homem usando Valentino — disse Heather.

— Ah, claro — disse Justin, corando ligeiramente. — Prazer em conhecê-la, Heather. Ralph me falou que você tinha um ótimo texto, e estou certo de que você será um membro valioso à nossa equipe.

Ele acenou com a cabeça para Heather, olhou para Candice e se afastou. As duas moças se entreolharam e riram.

— Heather, você é um gênio! — disse Candice. — Como sabia que Justin é superdetalhista com gravatas?

— Não sabia — respondeu Heather, sorrindo. — Chame isso de instinto.

— Bem, de qualquer maneira, obrigada por me salvar.Você me tirou de uma situação difícil. — Ela balançou a cabeça e disse: — Nossa, o Justin às vezes sabe ser bem irritante.

— Eu vi vocês discutindo — observou Heather em tom casual. — Qual era o problema? — E, com uma expressão de curiosidade, acrescentou: — Você não estava brigando por... minha causa, não é? — Candice ruborizou.

— Não! — respondeu ela apressadamente. — Claro que não! Era... outra coisa. Nada importante.

— Bem... se é o que você diz... — Heather fitou Candice com os olhos brilhando. — Porque eu odiaria causar problemas.

— Você não está causando nenhum problema! — replicou Candice, rindo. — Venha, vou lhe mostrar sua mesa.

CAPÍTULO SEIS

Maggie estava em seu quarto grande e arejado, sentada perto da janela molhada pela chuva, olhando o campo verde, alagado, que se perdia no horizonte. Áreas extensas, até onde a vista alcançava. Típica zona rural inglesa. E vinte acres de tudo aquilo pertenciam a ela e a Giles.

Vinte acres inteiros — uma imensidão, de acordo com os padrões de Londres. Isso a emocionara além da conta naqueles primeiros meses maravilhosos, depois que eles decidiram se mudar. Giles — que havia sido criado em meio a cavalos e campos cheios de ovelhas — ficara mais satisfeito do que empolgado ao adquirir a propriedade. Mas, para Maggie, que crescera na cidade — acostumada ao minúsculo lote de terreno que chamavam de jardim em Londres —, vinte acres eram uma fazenda. Ela se imaginara cavalgando pelas terras, como um fazendeiro, explorando todos os cantos, plantando árvores; fazendo piqueniques em seu lugar favorito, sob a sombra de uma árvore.

Naquele primeiro fim de semana de outubro, logo depois que eles se mudaram, ela fizera questão de andar até o ponto mais extremo do terreno e olhar em direção à casa, para admirar, orgulhosa, a faixa de terra que agora lhes pertencia. O segundo fim de semana fora chuvoso, e ela ficou em casa, na cozinha. No terceiro fim de semana, eles ficaram em Londres para a festa de um amigo.

Desde então, a empolgação inicial em relação à posse do terreno perdera a intensidade. A bem da verdade, Maggie ainda gostava de mencionar seus vinte acres de terra no meio de uma conversa. Ainda gostava de se imaginar proprietária de terras e falar, de forma casual, sobre a compra de um cavalo. Mas a ideia de percorrer todo aquele campo enlameado a deixava exaurida. Não havia nada de especialmente belo ou interessante. Era apenas... campo.

O telefone tocou, e ela olhou o relógio. Só podia ser Giles querendo saber o que estivera fazendo. Havia prometido a si mesma — e a ele — que subiria aos quartos do sótão hoje, para decidir como iria decorá-los. Na realidade, ela não tinha feito nada além de descer, tomar café da manhã e voltar para o quarto. Sentia-se pesada e prostrada; um tanto deprimida pelo mau tempo; incapaz de se animar.

— Oi, Giles — disse ela ao atender.

— Como estão as coisas? — perguntou ele, entusiasmado. — Aqui está um dilúvio.

— Tudo tranquilo — respondeu Maggie, tentando se ajeitar na cadeira. — Também está chovendo aqui.

— Você parece um pouco triste, amor.

— Eu estou bem — disse Maggie, abatida. — Minhas costas estão doendo, está chovendo sem parar e não tenho ninguém com quem conversar. No mais, está tudo ótimo.

— O berço chegou?

— Sim, está aqui — respondeu Maggie. — Foi montado no quarto do bebê. Ficou lindo.

De repente, ela sentiu um aperto na barriga e inalou bruscamente.

— Maggie? — gritou Giles, assustado.

— Tudo bem — disse ela, após alguns segundos. — Apenas outra contração de treinamento.

— Eu achava que, a essa altura, você já tivesse tido treinamento suficiente — disse Giles antes de dar uma risada. — Bem, eu tenho de desligar. Se cuide.

— Espere — pediu Maggie, aflita para mantê-lo ao telefone. — A que horas você acha que vai chegar em casa?

— As coisas por aqui estão num ritmo frenético — explicou Giles, abaixando a voz. — Vou tentar sair o mais cedo possível, mas não dá para prever. Ligo mais tarde para te avisar.

— Certo — assentiu Maggie, desconsolada. — Tchau.

Depois que ele desligou, ela manteve o aparelho colado à orelha durante mais alguns minutos. Então o pousou lentamente e olhou ao redor da sala vazia, que parecia ecoar com o silêncio. Maggie olhou para o telefone inerte e sentiu-se abandonada, como uma criança no colégio interno. Sentiu-se como se quisesse voltar para casa.

Mas esta era a sua casa. Sem dúvida. Ela era a Sra. Drakeford, dona da propriedade Os Pinheirais.

Arrastou-se até o banheiro com a intenção de tomar um banho quente para aliviar as costas. Depois disso, iria almoçar. Não que estivesse com muita fome, mas iria comer mesmo assim. Pelo menos, seria algo para ocupar o tempo.

Quando entrou na água quente e reclinou-se, sentiu a barriga endurecer novamente. Outra maldita contração de treinamento. Já não tinha tido o suficiente? E por que a natureza tinha que pregar essas peças, afinal de contas? Já não era tudo complicado o bastante nessa situação? Quando fechou os olhos, lembrou-se da seção sobre alarme falso, no manual de gravidez. O livro afirmava, com autoridade: "Muitas mulheres costumam confundir as contrações de treinamento com o trabalho de parto."

Isso não aconteceria com ela, pensou com determinação. Ela não passaria o vexame de fazer Giles sair do escritório, levá-la correndo para o hospital e ter de dizer a ele, da forma mais sutil possível, que havia se enganado. "Você acha que *isso é* trabalho de parto?", ocorreu-lhe uma possível insinuação silenciosa do médico. "Espere só para ver!"

Bem, é o que ela iria fazer: esperar para ver.

Roxanne pegou o suco de laranja, bebeu um gole e reclinou-se, confortavelmente, na cadeira. Estava diante de uma mesa de mosaicos azuis e verdes, na varanda do Aphrodite Bay Hotel, contemplando a piscina e, ao longe, a praia. Um último drinque sob o sol, um último vislumbre do Mediterrâneo, antes do seu voo de volta para a Inglaterra. Ao seu lado, no chão, estava sua pequena mala, arrumada de forma prática, que ela levaria no avião como bagagem de mão. Em sua opinião, a vida era curta demais para se perder tempo junto às esteiras do aeroporto, esperando por malas contendo roupa desnecessária.

Ela bebeu outro gole e fechou os olhos, deleitando-se com a sensação do sol aquecendo o rosto. Aquela tinha sido uma semana proveitosa em termos de trabalho, pensou. Já havia escrito o artigo de 2 mil palavras para a *Londoner*, sobre férias no Chipre. Visitou também novos condomínios, o bastante para fazer um levantamento abrangente para a seção de imóveis de um jornal de circulação nacional. E, usando um pseudônimo, ela faria um artigo para uma das revistas concorrentes em forma de um diário despretensioso, sobre um expatriado vivendo no Chipre. A *Londoner* custeara metade da sua viagem. Estes artigos adicionais seriam mais que o suficiente para pagar o restante. Jeito fácil de ganhar dinheiro, pensou, satisfeita, usufruindo o momento.

— Está curtindo o sol? — perguntou alguém, e ela ergueu os olhos. Nico Georgiou puxou uma cadeira e sentou-se à mesa. Ele era um homem elegante, maduro e estava sempre bem-vestido. Além disso, era sempre impecavelmente bem-educado. O mais tranquilo e reservado dos irmãos Georgiou.

Ela os conhecera durante sua primeira viagem ao Chipre, quando fora enviada para cobrir a inauguração do novo hotel, Aphrodite Bay. Desde então, ela nunca ficara em qualquer outro hotel no Chipre, e, com o passar do tempo, estreitou os laços de amizade com Nico e seu irmão Andreas. Eles possuíam três dos principais hotéis na ilha, e um quarto estava em construção.

— Adoro o sol — disse Roxanne, sorrindo. — E adoro o Aphrodite Bay. — Ela olhou ao redor. — Não dá para dizer o quanto gostei de minha estada aqui.

— E, como sempre, nós gostamos de tê-la aqui — disse Nico. Ele ergueu a mão e um garçom se apressou na direção deles.

— Um café espresso, por favor — pediu Nico, e olhou para Roxanne. — E para você?

— Nada, obrigada. Tenho que partir logo.

— Eu sei. Vou levá-la ao aeroporto.

— Nico! Eu pedi um táxi.

— E eu cancelei — argumentou Nico, sorrindo. — Quero falar com você, Roxanne.

— É mesmo? — perguntou ela. — Sobre o quê?

O café de Nico chegou, e ele esperou que o garçom se retirasse antes de falar.

— Você deveria visitar o nosso novo resort, o Aphrodite Falls.

— Eu vi o local da construção. Parece impressionante. Todas aquelas cachoeiras.

— Será impressionante — corrigiu Nico. — Será diferente de tudo já visto no Chipre.

— Que bom! Mal posso esperar até a inauguração — disse ela, sorrindo. — Se você não me convidar para a festa de lançamento, vai se ver comigo. — Nico riu e pegou a colher, tentando equilibrá-la na xícara.

— O Aphrodite Falls é um projeto muito importante — explicou. Após uma pausa, ele prosseguiu: — Nós vamos precisar de... uma pessoa dinâmica para cuidar do lançamento e do marketing do resort. Uma pessoa com talento. Com energia. Com contatos no meio jornalístico... — Houve silêncio, e Nico levantou o olhar. — De preferência, alguém que goste do estilo de vida mediterrâneo — acrescentou lentamente, olhando Roxanne nos olhos. — Alguém, possivelmente, da Inglaterra.

— Eu? — perguntou Roxanne, surpresa. — Você não está falando sério.

— Estou falando muito sério — admitiu Nico. — Meu irmão e eu ficaríamos honrados se você trabalhasse com a gente.

— Mas não sei nada sobre marketing! Não tenho nenhuma qualificação, nenhum curso...

— Roxanne, você tem mais inteligência e faro do que muitas dessas assim chamadas, pessoas qualificadas — garantiu Nico, fazendo um gesto depreciativo. — Já contratei esse tipo de gente. Os cursos parecem embotar o intelecto delas. Os jovens entram na faculdade cheios de ideias e entusiasmo e saem apenas com diagramas e uma linguagem técnica ridícula.

Roxanne riu.

— Você tem razão.

— Nós forneceríamos acomodações para você — disse Nico, inclinando-se para a frente. — O salário seria, imagino, generoso.

— Nico...

— E, naturalmente, gostaríamos de que você continuasse fazendo algumas viagens a outros resorts do mesmo nível. Com... objetivo de pesquisa. — Roxanne olhou para ele com uma expressão desconfiada.

— Este emprego foi adaptado para mim?

Nico esboçou um sorriso.

— De certa forma... provavelmente sim.

— Certo. Mas... por quê?

Após um breve momento de silêncio, Nico disse, com uma voz inexpressiva:

— Você sabe por quê.

Uma angústia estranha atingiu Roxanne, e ela fechou os olhos, tentando raciocinar. O sol estava quente no seu rosto; a distância, ela podia ouvir crianças gritando, felizes, na praia. *Mãe!*, chamava uma delas. *Mãe!* Eu poderia viver aqui durante o ano todo, pensou. Acordar com o raiar do sol todos os dias. Participar, junto aos Georgiou, dos longos jantares comemorativos — como fizera uma vez, no aniversário de Andreas.

E aproximar-se de Nico, o homem cortês e humilde, que nunca escondera seus sentimentos em relação a ela — mas nunca os impusera também. Sempre gentil e leal; ela preferia morrer a magoá-lo.

— Não posso — disse ela. Ao abrir os olhos, viu que Nico a fitava. A expressão dele quase a fez chorar. — Não posso sair de Londres. — Então, suspirou antes de acrescentar: — Você sabe por quê. Simplesmente não consigo...

— Você não consegue deixá-lo — concluiu Nico. E, de uma vez só, bebeu todo o café.

ALGO ECOAVA NA mente de Maggie. Um alarme de incêndio? Um despertador? Uma campainha? Ela acordou assustada e abriu os olhos. Sonolenta, olhou o relógio que estava ao lado da banheira e viu, surpresa, que já era uma da tarde. Ficara ali por quase uma hora, semiadormecida na água morna. Levantou-se o mais rápido que pôde, pegou uma toalha e começou a secar o rosto e pescoço.

Quando estava saindo da banheira, sentiu outra contração de treinamento e, apavorada, agarrou-se à borda para não cair. Quando a dolorosa pressão diminuiu, a campainha tocou novamente no andar de baixo, um som alto e insistente.

— Droga, espere um minuto! — gritou. Então, puxou com fúria um roupão atoalhado que estava pendurado atrás da porta, enrolou-se nele e saiu do banheiro. No corredor, olhou-se no espelho e ficou espantada com sua aparência pálida e cansada. Bem distante da imagem de saúde exuberante. Mas no estado de espírito em que se encontrava, ela não se importava muito com seu aspecto.

Foi até a porta e percebeu, pelo vulto esguio do outro lado do vidro embaçado, que era Paddy. Praticamente todos os dias Paddy vinha à sua casa com alguma desculpa: uma manta tricotada para o bebê, flores colhidas do jardim ou a famosa receita dos bolinhos, copiada em um cartão florido.

— Ela fica me vigiando — queixara-se Maggie a Giles, em tom de brincadeira, na noite anterior. — Todo dia. Parece um mecanismo de relógio! — Por outro lado, a companhia de Paddy era melhor do que nada. E pelo menos, ela não trouxe Wendy consigo, novamente.

— Maggie! — exclamou Paddy assim que ela abriu a porta. — Que bom encontrá-la em casa. Eu fiz sopa de tomate e, como sempre, exagerei na quantidade. Você quer um pouco?

— Ah, sim. Claro. Entre. — Ao abrir caminho para Paddy entrar, sentiu outra contração; mais profunda e mais dolorosa do que as anteriores. Mordendo o lábio, ela agarrou a porta e abaixou a cabeça esperando a dor passar. Então olhou para Paddy, sem fôlego.

— Maggie, você está bem? — perguntou a sogra imediatamente.

— Estou — respondeu, voltando a respirar normalmente. — É só uma contração de treinamento.

— Uma o quê?

— Chamam-se contrações de Braxton-Hicks — explicou Maggie pacientemente. — Está no livro. É perfeitamente normal nas semanas que antecedem o parto. — Então sorriu e perguntou: — Quer café?

— Fique sentada — ordenou Paddy com uma expressão esquisita. — Eu vou fazer. Você tem *certeza* de que está tudo bem?

— Tenho, estou bem — respondeu Maggie, seguindo a sogra até a cozinha. — Só estou um pouco cansada. E com dor nas costas. Vou tomar um paracetamol daqui a pouco.

— Boa ideia — disse Paddy, franzindo o cenho. Em seguida, encheu a chaleira de água, ligou-a e tirou duas canecas do armário. Depois se virou e perguntou:

— Maggie, você não acha que pode ser a hora?

— O quê? — gritou Maggie, assustada. — Do parto? Claro que não. Ainda faltam duas semanas. — Ela lambeu os lábios ressecados. — Eu tenho tido contrações de treinamento como esta a semana toda. Isso... não é nada

— Se é o que você diz... — Paddy abriu o guarda-louça, pegou o bule e parou. — Quer que eu leve você até o hospital, só para ter certeza?

— Não! — respondeu Maggie imediatamente. — Eles dirão que eu sou uma idiota e me mandarão de volta para casa.

— Não acha melhor ir por precaução? — insistiu ela.

— Juro, Paddy, não há nada com o que se preocupar — afirmou Maggie, sentindo outra contração. — Estou só... — Mas não conseguiu terminar a frase. Ela prendeu a respiração, esperando a dor passar. Quando levantou os olhos, Paddy estava de pé, com a chave do carro na mão.

— Escute, posso não ser nenhuma expert — disse ela, animada —, mas até eu sei que isso não foi uma contração de treinamento. — E sorriu. — Minha querida, chegou a hora. O bebê vai nascer.

— Não pode ser — replicou Maggie, quase sem fôlego por causa do medo. — Não pode ser. Não estou pronta.

CHOVIA, UMA CHUVA lenta e fraca, quando Roxanne saiu da estação do metrô de Londres, em Barons Court. O céu estava nublado; o chão, molhado e enlameado, e uma embalagem de chocolate Mars Bar boiava em uma poça, ao lado de uma pilha do *Evening Standards*. Era como se fosse inverno. Ela apanhou sua mala e começou a andar rapidamente pela rua. Um caminhão passou e respingou lama em suas pernas, assustando-a. Mal conseguia acreditar que apenas algumas horas antes estava tomando sol.

Nico a levara ao aeroporto no seu Mercedes reluzente. Apesar dos seus protestos, ele carregou a mala dela até o terminal do aeroporto e certificou-se de que tudo estava em ordem no balcão do check-in. Nem uma vez ele mencionou o emprego no Aphrodite Bay. Em vez disso, falou sobre assuntos gerais, como política e livros, além dos planos para sua viagem a Nova York. Roxanne ouviu agradecida, feliz por sua delicadeza em evitar o assunto. Só quando iam se despedir no portão de embarque foi que ele disse, com súbita veemência:

— Esse seu namorado é um tolo.

— Você quer dizer que eu sou uma tola — replicara Roxanne, tentando sorrir. Nico reagira com um gesto negativo com a cabeça e tomou suas mãos.

— Volte logo para nos visitar — pediu baixinho. — E... pense na minha proposta. Pelo menos pense a respeito.

— Pode deixar — prometera ela, sabendo que sua decisão já tinha sido tomada. Nico a fitou, suspirou e beijou sua mão.

— Não há ninguém como você — disse ele. — Seu namorado tem muita sorte.

Roxanne riu. Depois, acenou alegremente quando atravessou o portão de embarque. Agora, com a chuva pingando em seu pescoço e vários ônibus passando rapidamente a cada segundo, já não estava tão alegre. Londres parecia um lugar cinzento e pouco acolhedor, sujo e cheio de pessoas desconhecidas. O que a prendia aqui, afinal de contas?

Ela chegou em casa, subiu os degraus da porta da frente e, rapidamente, procurou as chaves na bolsa. Seu pequeno apartamento ficava no último andar, o que o corretor descrevera como "Vista Completa de Londres". Quando alcançou o topo das escadas, estava sem fôlego. Abriu a porta e passou por cima de uma pilha de correspondência. Fazia frio, o aquecedor não estava ligado, e ela sabia que não teria água quente. Imediatamente, entrou na pequena cozinha, ligou a chaleira e voltou para a sala. Então, apanhou a correspondência e começou a folheá-la, jogando as que não interessavam, como contas e folhetos, de volta no chão. De repente, ao ver um envelope branco, escrito à mão, ela parou. Era uma carta dele.

Com as mãos geladas, ainda molhadas da chuva, ela rasgou o envelope e mergulhou os olhos nas poucas linhas.

Minha querida Rapunzel,

Não sei como me desculpar pela noite de quarta-feira. Explicarei tudo. Agora, como castigo merecido, terei que esperar, cheio de ciúmes, por seu retorno. Volte logo do Chipre. Rápido, rápido.

A carta terminava, como sempre, com uma fileira de beijos como assinatura. Ao ler aquelas palavras, ela pôde subitamente ouvir a voz dele; sentir o toque dele em sua pele; ouvir sua risada efusiva. Escorregou até o chão e leu a carta novamente. E, mais uma vez, devorando-a avidamente com os olhos. Por fim, levantou a vista, sentindo-se, de algum modo, restaurada. A verdade é que não havia nenhuma alternativa concebível. Não conseguia deixar de amá-lo; não conseguiria simplesmente se mudar para outro país e fingir que ele não existia. Precisava dele em sua vida como precisava de comida, ar e luz. E o fato de ter de dividi-lo, de não poder tê-lo por completo, só fazia com que ela o desejasse ainda mais.

O telefone tocou e, com uma súbita esperança, ela atendeu.

— Alô? — disse rapidamente, pensando que se fosse ele, ela pegaria um táxi e correria ao seu encontro imediatamente.

— Roxanne, é Giles Drakeford.

— Ah, oi — disse, surpresa. — A Maggie...

— É menina — adiantou-se Giles, parecendo mais emotivo do que ela jamais vira. — É menina. Nasceu há uma hora. Uma menininha perfeita. Dois quilos e novecentos. É o bebê mais lindo do mundo. — Ele respirou profundamente, com um leve tremor. — Maggie foi... maravilhosa. Tudo aconteceu tão rápido que eu quase não consegui chegar a tempo. Nossa, foi simplesmente a experiência mais impressionante da minha vida. Todo mundo chorou, até as enfermeiras. Decidimos que o nome dela será Lucia. Lucia Sarah Helen. Ela é... ela é perfeita. Uma filha perfeita. — Houve um breve silêncio. — Roxanne?

— Uma filha — repetiu Roxanne com uma voz estranha. — Parabéns. É... é maravilhoso.

— Não posso demorar — desculpou-se Giles. — Para falar a verdade, estou podre de cansado. Mas Maggie queria que você soubesse.

— Bem, obrigada por telefonar — disse Roxanne. — E mais uma vez, parabéns. E mande um beijo para Maggie.

Ela desligou o telefone e fitou o aparelho em silêncio por um instante. Então, de repente, começou a chorar.

CAPÍTULO SETE

O dia seguinte amanheceu claro e brilhante, com cara de verão e bons fluidos no ar. A caminho do escritório, Roxanne parou em uma floricultura e comprou um enorme ramo de lírios para Maggie, que escolhera em um catálogo ilustrado intitulado "Recém-nascidos".

— É menino ou menina? — perguntou a florista, digitando os detalhes no computador.

— Menina — respondeu Roxanne com um sorriso. — Lucia Sarah Helen. Não é lindo?

— LSH — disse a florista. — Parece nome de droga. Ou de exame. — Roxanne lançou um olhar irritado à mulher e entregou-lhe um cartão Visa. — Elas serão enviadas esta tarde — acrescentou a atendente, passando o cartão. — Está bem?

— Perfeito — assentiu Roxanne, imaginando Maggie sentada como uma das mulheres do catálogo em uma impecável cama branca, o rosto rosado e uma expressão serena. Um bebê adormecido nos braços, Giles observando a cena com um olhar emocionado e flores por todo o quarto. Aquilo tocou fundo no seu coração, e ela rapidamente ergueu os olhos com um sorriso.

— Pode assinar — disse a florista, entregando um pedaço de papel a Roxanne — e escreva a sua mensagem na caixa. — Roxanne apanhou a caneta e, após um momento de hesitação, escreveu:

"Mal posso esperar para preparar o primeiro coquetel para Lucia.

Parabéns.

Com carinho,

Roxanne."

— Não sei se isso caberá no cartão — disse a florista com ar de dúvida.

— Então use dois cartões — decidiu Roxanne, ansiosa para se livrar do cheiro enjoativo das flores e do catálogo cheio de lindas fotos de bebês. Assim que saiu da loja, a pétala de uma grinalda caiu em seu cabelo, como um confete, e ela a retirou, aborrecida.

Ela chegou ao escritório pouco depois das nove e meia e viu Candice sentada no chão, de pernas cruzadas, desenhando algo num pedaço de papel. Ao lado dela, com a cabeça também debruçada sobre o papel, estava a garota de cabelo loiro do Manhattan Bar. Durante alguns instantes, Roxanne fitou as duas, lembrando-se do telefonema de Maggie. Será que essa garota era mesmo um problema? Estaria realmente se aproveitando de Candice? Aparentemente, ela parecia inofensiva, com seu nariz sardento arrebitado e seu sorriso alegre. Mas Roxanne também notou que havia uma tensão no rosto dela quando não estava sorrindo, e uma frieza esquisita em seus olhos acinzentados.

Enquanto era observada, a garota levantou a cabeça e encontrou o olhar fixo de Roxanne, então piscou algumas vezes e abriu um sorriso meigo.

— Olá — disse ela. — Provavelmente não se lembra de mim.

— Claro que me lembro — disse Roxanne, retribuindo o sorriso. — Seu nome é Heather, não é?

— Isso mesmo. — O sorriso de Heather ficou ainda mais gentil. — E você é Roxanne.

— Roxanne! — exclamou Candice, erguendo a cabeça com os olhos brilhantes. — Já soube do bebê da Maggie?

— Claro — disse Roxanne. — O Giles telefonou para você ontem à noite?

— Sim. Ele parecia estar em êxtase, você não teve essa impressão? — Candice apontou para o pedaço de papel. — Olhe, estamos fazendo um cartão para o Departamento de Arte compor. Quando estiver pronto, vamos pedir para todo mundo assinar. O que você acha?

— Ótima ideia — disse Roxanne com olhar afetuoso. — Maggie vai adorar.

— Vou levá-lo ao estúdio — disse Candice, levantando-se. Então, lançou a Heather e Roxanne um olhar indeciso. — Você se lembra da Heather, não é?

— Claro — respondeu Roxanne. — Maggie me contou que ela agora faz parte da equipe. Foi bem rápido.

— É mesmo — assentiu Candice, ruborizada. — É... deu tudo certo. — Ela olhou novamente para Heather. — Bem, vou só levar este cartão lá embaixo. Não demoro.

Quando ela se afastou, as duas mulheres ficaram em silêncio. Roxanne olhou para Heather com ar examinador e ela a fitou de modo inocente, enrolando uma mecha de cabelo com o dedo.

— Então, Heather — disse Roxanne em tom amistoso. — Está gostando de trabalhar na *Londoner*?

— Estou adorando — respondeu Heather, fitando-a com uma expressão séria. — Estou muito feliz de estar trabalhando aqui.

— E deduzo que você esteja morando com a Candice.

— Sim. Ela tem sido tão gentil!

— É mesmo? — disse Roxanne em tom cortês. — Bem, isso não me surpreende. — Pensativa, ela fez uma pausa. — Candice é uma pessoa muito gentil e generosa. Não sabe dizer não a ninguém.

— Jura?

— Ah, sim. Não sei como você não se deu conta disso. — Com ar displicente, Roxanne examinou as próprias unhas por um momento. — Aliás, as amigas dela, inclusive eu, às vezes ficamos até preocupadas. Ela é o tipo de pessoa fácil de explorar.

— Você acha? — perguntou Heather com um sorriso ingênuo. — Pois eu diria que Candice sabe cuidar de si mesma perfeitamente bem. Quantos anos ela tem?

Ela sabe lutar de igual para igual, pensou Roxanne, impressionada com a atitude de Heather.

— Pois é — disse ela, mudando bruscamente de assunto. — Eu imagino que você nunca tenha trabalhado em uma revista.

— Não — respondeu Heather, impassível.

— Mas ouvi dizer que você é uma excelente escritora — prosseguiu Roxanne. — É óbvio que você impressionou Ralph Allsopp na entrevista.

Para sua surpresa, o pescoço de Heather corou levemente. Roxanne olhou o rubor com interesse, até ele se desvanecer novamente.

— Bem, Heather — disse ela. — Adorei ver você novamente. Com certeza, iremos nos encontrar muitas vezes.

Ela observou Heather se afastar lentamente em direção à sala de Justin e percebeu que ele ergueu a cabeça com um sorriso quando ela entrou. Comportamento típico de homem, pensou, com espírito crítico. Ele já tinha sido claramente seduzido pelo sorriso doce da jovem.

Pelo vidro, Roxanne examinou o perfil atraente e o nariz arrebitado da garota, tentando compreendê-la. Ela era jovem, bonita, provavelmente, um tanto talentosa, e, além disso, simpática. Resumindo, uma moça encantadora. Então, por que ela a incomodava tanto? Roxanne chegou a pensar que poderia estar com ciúmes e imediatamente afastou a ideia.

Neste momento, Candice voltou carregando uma prova de cor.

— Oi! — disse Roxanne, sorrindo entusiasmada. — Então, que tal um drinque depois do trabalho?

— Não posso — respondeu Candice, desolada. — Prometi a Heather que faria compras com ela. Vou comprar um presente para Maggie.

— Tudo bem — assentiu Roxanne com indiferença. — Fica para outra vez.

Ela observou a amiga entrar no escritório de Justin, sorrir para Heather e começar a falar. Imediatamente, Justin passou a gesticular, fazendo uma carranca diante da prova de cor. Com uma expressão séria, Candice fez um gesto de aprovação e também gesticulou. Enquanto ambos fitavam o papel, atentos, Heather se virou lentamente e encarou Roxanne com um olhar frio, através do vidro. Por um momento, elas apenas se olharam — então, Roxanne se virou de costas bruscamente.

— Roxanne! — Justin levantara os olhos e a chamara. — Você pode dar uma olhada nisto?

— Só um minuto! — gritou Roxanne e saiu do escritório. Num ímpeto, ela nem esperou pelo elevador. Correu escada acima e atravessou o corredor até o escritório de Ralph Allsopp.

— Janet! — disse ela, parando na mesa da secretária idosa de Ralph. — Posso falar com Ralph?

— Ele não está — disse Janet, levantando os olhos do seu tricô. — Não apareceu hoje.

— Ah, não! — disse Roxanne, desapontada. — Droga.

— Mas ele já soube do bebê de Maggie — acrescentou Janet. — Eu contei quando ele telefonou esta manhã. Ele ficou emocionado. O nome é tão lindo: Lucia. — Ela apontou para o tricô. — Estou fazendo um casaquinho para ela.

— É mesmo? — disse Roxanne, olhando o novelo de lã amarela como se fosse um objeto de outro planeta. Você é muito habilidosa.

— É fácil de fazer — afirmou Janet, movendo rapidamente as agulhas. — E ela não vai vestir a bebezinha com casacos de lã comprados em loja.

Será que não?, pensou Roxanne em dúvida. Por que não? Então, balançou a cabeça, impaciente. Ela não estava ali para falar sobre roupinha de bebê.

— Escute, Janet — disse ela. — Posso te perguntar uma coisa?

— Claro — disse Janet, apanhando o tricô novamente. — Mas não significa que vou responder.

Roxanne sorriu e abaixou o tom de voz:

— Ralph falou alguma coisa sobre a nova assistente editorial, a Heather?

— Não muito — respondeu Janet. — Só que tinha dado o emprego a ela.

Roxanne franziu o cenho.

— E quanto à entrevista? Ele deve ter dito alguma coisa.

— Ele a achou muito espirituosa — prosseguiu Janet. — Ela escreveu um artigo bem interessante sobre o transporte em Londres.

— É mesmo? — Roxanne a olhou, surpresa. — E era bom realmente?

— Ah, sim. Ralph me deu uma cópia. — Ela pousou o tricô e folheou, rapidamente, uma pilha de papéis sobre a mesa, de onde retirou uma folha. — Aqui está. Você vai gostar.

— Duvido — retrucou Roxanne. Ela olhou o papel e guardou-o na bolsa. — Bem, obrigada.

— Mande um beijo para Maggie quando a vir — acrescentou Janet afetuosamente, sacudindo o casaquinho amarelo. — Espero que a maternidade não seja um choque muito grande para ela.

— Choque? — repetiu Roxanne, surpresa. — Ah, não. Maggie vai conseguir se virar bem. Ela sempre consegue.

Uma voz chamando seu nome acordou Maggie de um sonho agitado, que parecia real, no qual ela perseguia algo sem nome e invisível. Abriu os olhos assustada e pestanejou algumas vezes, desorientada com a luz forte do teto.

— Maggie? — Ela focou a visão e enxergou Paddy, na beira da cama, com um enorme ramo de lírios nas mãos.

— Maggie, querida, não sabia se você estava dormindo. Como está se sentindo?

— Bem — respondeu Maggie com a voz rouca. — Estou bem. — Ela tentou se sentar e estremeceu ligeiramente ao sentir o corpo dolorido, afastando o cabelo do rosto ressecado. — Que horas são?

— Passa das quatro da tarde — respondeu Paddy, olhando o relógio. — Giles chegará a qualquer momento.

— Ótimo — sussurrou Maggie. Giles, assim como todos os outros visitantes, tinha sido expulso da ala às duas horas para que as mamães pudessem descansar. Maggie ficara acordada durante algum tempo, tensa, esperando Lucia chorar, mas logo depois obviamente acabou adormecendo. Mas não se sentia descansada. Estava com sono e confusa; incapaz de pensar com clareza.

— E como está a minha netinha? — perguntou Paddy, olhando para o berço ao lado da cama de Maggie. — Dormindo como um cordeirinho. Que bebê bonzinho! Ela é um anjo, não é?

— Ela ficou acordada um bom tempo durante a noite — disse Maggie, servindo-se de um copo d'água, com a mão trêmula.

— Verdade? — admirou-se Paddy com um sorriso afetuoso. — Devia ser fome.

— Era — confirmou Maggie, examinando a filha pelo vidro do berço. Um pacotinho enrolado em uma manta térmica, apenas o rostinho amassado do lado de fora. Ela não parecia real. Nada daquilo parecia real. Nada a preparara para isso, pensou Maggie. Nada.

O próprio parto, em si, fora como entrar em outro mundo; em um universo desconhecido, no qual o seu corpo reagia a uma força sobre a qual ela não tinha nenhum controle. Um mundo no qual sua dignidade, seus ideais, seu autocontrole e sua autoimagem haviam sido suprimidos; onde não se aplicava nenhuma regra da vida normal. Ela quis contestar; interromper o processo. Produzir alguma cláusula de desistência de última hora. Mas era tarde demais. Não havia nenhuma cláusula de desistência; nenhuma via de fuga. Nenhuma alternativa além de cerrar os dentes e seguir em frente.

Os momentos de dor já começavam a se apagar da sua memória. Em sua mente, as imagens pareciam um caleidoscópio; como se tivessem mudado completamente nos últimos minutos — as luzes fortes, a chegada do pediatra e o instante do parto. E este último, pensou Maggie, tinha sido o momento mais surreal de todos: o nascimento de outro ser vivo de suas próprias entranhas. Ao olhar para as outras mães por toda a ala da maternidade, ela não conseguia acreditar no quanto elas pareciam enfrentar esse momento tão extraordinário e significativo de maneira tão calma; como elas pareciam capazes de conversar sobre marcas de fraldas e enredos de novelas, como se nada realmente importante tivesse acontecido.

Talvez porque já tivessem passado por aquilo antes. Nenhuma outra mulher ali era mãe de primeira viagem. Todas embalavam seus bebês com a facilidade de quem já estava acostumada. Elas conseguiam amamentar, tomar o café da manhã e falar com seus maridos sobre a decoração do quarto de hóspedes, tudo ao mesmo tempo. Durante a noite, ela ouvira a moça na cama ao lado da sua falar, em tom de brincadeira, com a enfermeira de serviço:

— Este bebê é um esfomeado — dissera ela, rindo. — Não me deixa em paz um minuto. — Enquanto do outro lado da cortina floral, Maggie sentia as lágrimas rolarem ao tentar, mais uma vez, fazer Lucia mamar. O que havia de errado com ela?, pensou, angustiada, quando novamente Lucia mamou apenas alguns segundos e logo começou a chorar. Como ela estava chorando muito alto, uma enfermeira apareceu, olhou para Maggie e torceu a boca num gesto de desaprovação.

— Você a deixou ficar muito agitada — disse. — Tente acalmá-la primeiro.

Aflita e humilhada, Maggie tentara acalmar a chorosa e inquieta Lucia. Havia lido em um artigo que um recém-nascido é capaz de identificar o cheiro da mãe e que, mesmo depois de algumas horas do parto, pode ser tranquilizado apenas com som da sua voz. O artigo afirmava que nada se iguala ao vínculo entre mãe e filho. Mas quando Maggie tentou embalar seu bebê, tudo o que conseguiu foi fazê-lo chorar ainda mais. Com um suspiro de impaciência, a enfermeira finalmente pegou Lucia no colo, colocou-a na cama e a envolveu firmemente com uma manta. Em seguida, levantou-a outra vez. Como que por milagre, o choro cessou. Maggie viu Lucia, pacífica e tranquila nos braços de outra pessoa, e sentiu-se fracassada.

— Pronto — disse a enfermeira, agora em tom mais amável. — Tente de novo. — Tensa e desolada, Maggie recebeu a filha das mãos da mulher, certa de que ela iria chorar novamente. Levou-a ao peito e, como mágica, ela começou a mamar, satisfeita.

— Agora, sim — disse a enfermeira. — Você só precisa de um pouco de prática.

Ela esperou alguns minutos e, ao notar os olhos avermelhados de Maggie, perguntou: — Você está bem? Não está desanimada, está?

— Não, estou bem — respondeu Maggie mecanicamente, forçando-se a sorrir. — Juro. Eu só preciso aprender a lidar com isso.

— Certo — disse a enfermeira. — Bem, não se preocupe. Todo mundo tem dificuldade no início.

Ela deu uma última olhada e se afastou. Assim que ela saiu, Maggie voltou a chorar. Permaneceu imóvel, sentindo as lágrimas rolarem por suas faces, sem se atrever a se mover ou fazer qualquer barulho que pudesse incomodar Lucia — ou pior, que chamasse a atenção de uma das outras mães. Elas a considerariam uma maluca, por chorar diante da situação. Todo mundo na ala estava feliz. Ela devia estar feliz também.

— Esses lírios chegaram para você quando eu estava saindo — anunciou Paddy. — Quer que eu tente achar outro vaso ou prefere que eu os leve para casa?

— Não sei — respondeu Maggie, esfregando o rosto. — A... minha mãe telefonou?

— Sim — respondeu Paddy, sorrindo. — Ela virá amanhã. Infelizmente, ela não pôde tirar o dia de folga hoje. Ao que parece, havia uma reunião importante no trabalho.

— Ah, tudo bem — disse Maggie, tentando não demonstrar sua decepção. Afinal, ela era adulta. Para que precisava da mãe?

— Veja, Giles chegou! — exclamou Paddy, animada. — Vou buscar um chá. — Ela pôs os lírios cuidadosamente na cama e saiu. Onde ela iria encontrar chá, Maggie não fazia ideia, mas Paddy era assim mesmo. Se fosse abandonada no meio da selva com apenas um canivete, sem dúvida seria capaz de fazer uma xícara de chá — e provavelmente um prato de bolinhos, também.

Maggie olhou mãe e filho cumprimentarem-se. E quando Giles se aproximou da cama, ela tentou expressar alegria e amabilidade; transmitir a emoção apropriada de uma esposa feliz e carinhosa. A verdade é que ela se sentia distante, incapaz de demonstrar qualquer coisa, exceto de maneira superficial. Em menos de 24 horas, ela passara a habitar um novo mundo, sem ele.

Não havia planejado que as coisas fossem daquele jeito. Queria que ele estivesse ao seu lado; com ela, em todos os sentidos. Mas quando o marido recebeu a notícia no escritório, ela já estava em trabalho de parto. Ele chegou ao hospital nos últimos trinta minutos, quando ela mal era capaz de se dar conta de sua presença. Agora, embora afirmasse ter estado presente no nascimento da filha, era como se ele tivesse visto apenas a parte final, sem vivenciar o processo; e nunca teria a noção exata do que ela havia vivido.

Enquanto ela, abalada e silenciosa, observava a filha que acabara de nascer, ele contava piadas para as enfermeiras e servia taças de champanhe. Sentiu vontade de ter um momento a sós com ele; um momento de tranquilidade, para colocar os pensamentos em ordem. Uma oportunidade para os dois assimilarem a essência do que acabara de acontecer. Uma oportunidade para ela falar francamente, sem fazer fita. Mas depois do que pareceram apenas alguns minutos, uma enfermeira se aproximou e disse a Giles que era hora de todos os visitantes deixarem a ala da maternidade, e que ele poderia voltar no dia seguinte pela manhã. Enquanto o marido reunia seus pertences, Maggie sentiu o coração acelerar de medo. Porém, em vez de deixar transparecer o pânico, ela se limitou a sorrir quando ele a beijou para se despedir e até fez piadinha sobre outras mulheres esperando por ele em casa. Agora, ela estava sorrindo novamente.

— Você demorou.

— Dormiu bem? — Giles sentou-se na cama e acariciou o cabelo de Maggie. — Você parece tão serena. Eu contei a todos o quanto você se saiu bem. Todo mundo mandou lembranças.

— Todo mundo quem?

— Todo mundo com quem falei. — Ele olhou para o berço. — Como ela está?

— Ótima — respondeu Maggie, de modo superficial. — Praticamente não deu nenhum trabalho desde ontem, quando você foi embora.

— Que flores lindas! — elogiou Giles, vendo os lírios. — Quem as enviou?

— Nem vi! — respondeu Maggie. Ela abriu o envelope e pegou dois cartões gravados em relevo. — Roxanne — disse ela, rindo. — Ela diz que irá preparar o primeiro coquetel de Lucia.

— Só podia ser ela — disse Giles.

— É mesmo. — Quando Maggie leu a mensagem, pôde ouvir a voz rouca e arrastada de Roxanne. E, para seu horror, sentiu lágrimas traiçoeiras brotarem em seus olhos mais uma vez. Imediatamente, ela pestanejou e colocou os cartões na mesa de cabeceira.

— Pronto! — disse Paddy, surgindo de repente. Ela carregava uma bandeja com algumas xícaras e estava acompanhada de uma enfermeira que Maggie não reconheceu. Ela pousou a bandeja e sorriu para a nora. — Depois de tomar o chá, talvez você possa dar o primeiro banho na Lucia.

Maggie se assustou.

— Sim, claro.

Então, bebericou o chá e tentou sorrir, mas seu rosto estava vermelho de constrangimento. Nem mesmo por um momento ela imaginou que Lucia precisaria de um banho. Tal pensamento não lhe ocorrera. Qual era o seu problema, afinal?

— Ela mamou? — perguntou a enfermeira.

— Não, desde a hora do almoço.

— Ótimo — disse a enfermeira, satisfeita. — Bem, talvez seja melhor dar de mamar agora. Não é bom deixá-la muito tempo sem se alimentar. Ela é apenas uma criaturinha.

Uma culpa reincidente atravessou o peito de Maggie, e ela corou ainda mais.

— Claro — disse ela. — Vou... fazer isso agora mesmo.

Consciente de que todos a observavam, ela foi até o berço, apanhou Lucia e começou a abrir a mantinha.

— Me deixe segurá-la um pouco — pediu Giles subitamente. — Me deixe olhar para ela. — Ele aninhou a filha nos braços. Neste momento, ela deu um bocejo enorme, seus olhinhos amassados se abriram e ela olhou para o pai, com a boquinha aberta, rosada como uma flor.

— Não é a coisa mais linda do mundo? — sussurrou Paddy.

— Posso dar uma olhada? — pediu a enfermeira.

— Claro — assentiu Giles. — Ela é perfeita, não é?

— E tem uma cor tão saudável! — acrescentou Paddy.

— Era exatamente isso que eu estava observando — disse a enfermeira. Ela deitou Lucia na cama e, com movimentos rápidos, desabotoou o macacão. Em seguida, examinou seu peito e olhou para Maggie. — Ela sempre teve este tom de pele?

— Sim — respondeu Maggie, espantada. — Eu... acho que sim.

— Ela pegou um bronzeado — disse Giles com um riso hesitante.

— Não acho — retrucou a enfermeira, franzindo o cenho. — Alguém deveria ter notado isto. Acho que é icterícia.

A palavra pouco conhecida pairou no ar, como uma ameaça. Maggie fitou a enfermeira e sentiu o sangue sumir do rosto; estava com o coração disparado. Eles tinham mentido para ela. Todos tinham mentido. Seu bebê não era saudável.

— É muito sério? — perguntou ela com dificuldade.

— Ah, não! Isso passa em poucos dias. — A mulher olhou para Maggie e caiu na gargalhada. — Não se preocupe, querida. Ela vai sobreviver.

Ralph Allsopp estava sentado em um banco, do lado de fora do Charing Cross Hospital, observando um homem com a perna quebrada que tentava andar com o auxílio de muletas e duas enfermeiras se cumprimentarem e começarem a conversar animadamente. No seu colo havia um cartão, que ele comprara na loja do hospital, com a ilustração de um berço, um ramo de flores e um lindo bebê sorrindo. "Querida Maggie", ele escrevera com letras trêmulas na parte de dentro do cartão. Então parou e pousou a caneta, incapaz de continuar.

Sentia-se mal. Não em virtude da doença, que se aproximara furtivamente, despercebida, como um vigarista simpático. Ela deslizara, discretamente, um dedo do pé dentro do seu corpo. E logo outro. Em seguida, se alastrara rapidamente em seu sistema, com a certeza de um hóspede bem-vindo. Agora, tinha direitos de ocupante. Podia fazer o que bem quisesse; mas não podia ser desalojada. Era mais forte do que ele. E talvez por isso — porque tinha consciência da sua força —, até agora, ela o tratara com relativa bondade. Ou talvez isso fosse parte da sua estratégia: andara dentro dele na ponta dos pés, levantando acampamento onde quer que pudesse se firmar, deixando-o ignorar sua presença até ser tarde demais.

Agora, naturalmente, ele já não a ignorava. Agora, ele sabia de tudo. Três médicos diferentes lhe explicaram a doença minuciosamente. Todos se mostraram preocupados em fazê-lo entender cada detalhe com exatidão, como se ele fosse fazer uma prova sobre o assunto. Todos o encaravam, de forma experiente e compassiva; sugeriram apoio psicológico, hospitais e grupos de apoio a pessoas com câncer. E, após uma pausa, mencionaram sua esposa. Partiu-se do pressuposto de que ela e sua família saberiam a verdade, de que seus colegas de trabalho saberiam a verdade, de que o resto do mundo saberia a verdade. Também partiu-se do pressuposto que a divulgação da informação seria tarefa sua; escolha sua; responsabilidade sua.

E foi essa responsabilidade que fez Ralph sentir-se mal; que fez com que ele sentisse um frio na espinha, uma náusea no estômago. A responsabilidade era grande demais: a quem contar; o que dizer. Significaria causar muitos transtornos de uma só vez, porque, assim que contasse, tudo mudaria. Tinha a sensação de que se tornaria, imediatamente, propriedade pública. Sua vida — sua limitada e cada vez mais curta vida — não seria mais sua. Pertenceria àqueles a quem ele amava. E aí residia o problema; a angústia. A quem aqueles últimos meses, semanas, dias pertenciam?

Se contasse tudo agora, ele concederia o resto da sua vida à esposa, aos três filhos e aos amigos mais próximos. E assim deveria ser. Porém, incluir também significava excluir; revelar tambem significava atrair o foco. Ele achava que se contasse tudo agora, seus últimos meses seriam imediatamente colocados sob uma gigantesca lente de aumento, o que não lhe permitiria segredos; nem intrusos, ou qualquer elemento surpresa. Ele seria obrigado a passar o resto da vida, de maneira convencional e digna.

Afinal de contas, pacientes com câncer não são adúlteros. Ou será que costumam ser?

Ralph fechou os olhos e massageou a testa, exausto. Aqueles médicos pensavam que possuíam todo o conhecimento do mundo, com seus gráficos, exames e estatística. O que eles não sabiam é que, fora do consultório, a vida era bem mais complexa. Que havia fatores que eles desconheciam. Que a capacidade de sofrimento e angústia era enorme.

Ele poderia, naturalmente, ter contado tudo a eles. Oferecido a eles seu dilema, como fizera com seu corpo, e observá-los sussurrarem, conferirem e consultarem seus manuais. Mas de que adiantaria? Não havia solução, da mesma forma que não havia cura para sua doença. Todos os caminhos no futuro seriam dolorosos; o máximo que ele poderia esperar era minimizar a dor o máximo possível.

Num ímpeto de determinação, ele apanhou a caneta novamente e escreveu: "Uma nova luz no mundo. Parabéns. Com muito amor, Ralph." Decidiu que compraria uma garrafa grande de champanhe e a enviaria, junto com o cartão, por entrega rápida. Maggie merecia algo especial.

Ele fechou o envelope, levantou-se com ar obstinado e olhou o relógio. Faltava meia hora. Meia hora para livrar-se de todos os folhetos, prospectos, todas as evidências nos bolsos; para livrar as narinas daquele cheiro enjoativo de hospital. Passar de paciente a uma pessoa comum. Um táxi passou lentamente e ele correu para pegá-lo.

Enquanto o carro seguia pelo tráfego congestionado do final da tarde, Ralph olhou pela janela. As pessoas se esbarravam, mal-humoradas, ao atravessarem a rua. E ele observou, com grande satisfação, a normalidade de suas expressões, diferente dos olhares circunspectos dos médicos. Iria se agarrar àquela normalidade o máximo possível, pensou, resoluto, àquela indiferença agradável e maravilhosa em relação ao milagre da existência humana. As pessoas não nasceram para perambular pela terra, constantemente conscientes e agradecidas pelo funcionamento saudável de seus corpos. Elas nasceram para se empenhar, amar, lutar e questionar; beber e comer bem; e descansar ao sol.

Ele saltou do táxi na esquina e caminhou lentamente pela rua até a casa onde ela morava. Ao olhar para cima, viu tudo aceso, as cortinas abertas numa claridade intensa e desafiadora. Subitamente, a cena pareceu conter em si uma comoção estranha. Sua Rapunzel inocente na torre, sem saber o que o futuro reservava. Uma angústia atravessou seu coração e, por um momento, ele quis desesperadamente contar tudo a ela. Contar naquela noite; abraçá-la com força e chorar com ela até a madrugada.

Mas não iria fazer isso. Seria forte. Respirou fundo, apressou-se e seguiu até a entrada. Depois, apertou a campainha e, após um momento, o portão se abriu. Lentamente, ele subiu os degraus e, ao chegar ao topo das escadas, avistou-a na porta. Ela estava usando uma camisa de seda branca e uma saia curta preta. A luz atrás dela iluminava o seu cabelo. Por alguns instantes, ele apenas a fitou.

— Roxanne — disse finalmente. — Você está...

— Bem — completou ela, forçando um sorriso. — Entre.

CAPÍTULO OITO

A loja de presentes era pequena, tranquila e exalava um perfume suave. E embora o restante do centro comercial parecesse lotado, na verdade, estava praticamente vazio. Candice ouvia os próprios passos no chão de madeira e examinava, incerta, algumas almofadas bordadas e canecas com os dizeres: "É uma menina!" Ela parou diante de uma prateleira repleta de bichos de pelúcia, apanhou um ursinho e sorriu. Então, ela o virou para verificar o preço e, ao ver a etiqueta, levou um susto.

— Quanto custa? — perguntou Heather, surgindo atrás dela.

— Cinquenta libras — respondeu Candice em voz baixa, e imediatamente colocou o urso de volta na prateleira.

— Cinquenta pratas? — perguntou Heather, fitando o brinquedo, atônita. Ela deu uma risada e acrescentou: — Que absurdo! Nem mesmo tem uma carinha bonita. Vamos a outro lugar.

Ao saírem da loja, Heather tomou seu braço com a maior naturalidade, e ela sentiu o rosto corar de satisfação. Mal podia acreditar que fazia apenas uma semana que as duas estavam morando juntas. Já pareciam velhas amigas; almas gêmeas. Todas as noites, Heather insistia em preparar um jantar caprichado e abrir uma garrafa de vinho; todas as noites, havia algo planejado. Um dia, ela fez limpeza de pele em Candice; uma noite, trouxe filmes e pipoca para casa; numa outra ocasião, ela apareceu com uma centrífuga e anunciou que a instalaria na cozinha, para fazer sucos. Ao final dessa mesma noite, as duas ficaram com as mãos ardendo de tanto descascar laranjas e produziram menos de um copo de suco quente e sem gosto, mas deram muitas risadas. Mesmo agora, ao se lembrar disso, Candice sentia vontade de rir.

— Que foi? — perguntou Heather, virando-se.

— A centrífuga.

— Ah, meu Deus — disse Heather. — Não me lembre disso. — Depois, parou na entrada de uma grande loja de departamentos. — Que tal olharmos aqui? Deve haver uma seção de bebês.

— Boa ideia — disse Candice.

— Para falar a verdade, vou dar uma escapulida — declarou Heather. — Tenho que comprar uma coisa. Encontro você na seção de bebês.

— Tudo bem — assentiu Candice antes de se dirigir ao elevador. Eram sete da noite, mas a loja estava cheia e barulhenta, como se fossem duas da tarde. Quando chegou à seção de bebês, Candice sentiu um leve e súbito constrangimento, mas forçou-se a seguir em frente, passando entre várias mulheres grávidas que examinavam carrinhos. Uma fileira de vestidinhos bordados chamou sua atenção, e ela começou a passar os olhos pelos cabides.

— Cheguei! — A voz de Heather a interrompeu e ela ergueu os olhos.

— Foi rápido!

— Eu já sabia o que queria — explicou Heather, ruborizando. — Na verdade... na verdade é para você.

— O quê? — Confusa, Candice pegou a sacola de papel que Heather lhe dera. — Como assim é para mim?

— Um presente — explicou Heather, fitando-a com uma expressão séria. — Você tem sido tão boa para mim, Candice. Você... transformou a minha vida. Se não fosse você, eu seria... diferente.

Candice olhou bem nos olhos grandes e acinzentados de Heather e ficou encabulada. Se ela soubesse... Se ela soubesse a verdadeira razão da sua generosidade; se soubesse o rastro de culpa e desonestidade que estava por trás da sua amizade, será que ainda estaria ali, com olhar tão sincero e amável?

Sentindo-se mal diante da própria falsidade, Candice rasgou a sacola da qual tirou uma caneta fina, de prata.

— Não é nada de mais — disse Heather. — É que eu achei que você fosse gostar. Para usar nas suas entrevistas.

— É linda — admirou-se Candice, sentindo lágrimas brotarem nos olhos. — Mas não precisava.

— É o mínimo que posso fazer — justificou Heather, afagando o braço de Candice. — Estou tão contente de ter encontrado você naquela noite. Há algo de muito... especial entre nós. Não acha? Eu a considero minha melhor amiga. — Candice olhou para ela e, num ímpeto, inclinou-se e a abraçou. — Sei que suas amigas não gostam de mim — Heather sussurrou no seu ouvido. — Mas, sabe de uma coisa, não importa.

Candice afastou a cabeça e olhou para Heather, surpresa.

— Por que você acha que minhas amigas não gostam de você?

— Roxanne não gosta de mim. — Heather deu um breve sorriso. — Mas não se preocupe. Não tem problema.

— Mas isso é terrível! — exclamou Candice, franzindo a testa. — Por que você acha isso?

— Eu devo ter me enganado — respondeu Heather imediatamente. — Foi apenas a forma como ela me olhou... Sério, Candice, não se preocupe com isso. Eu não deveria ter dito nada. — Ela sorriu. — Ande, escolha um desses vestidinhos e vamos experimentar umas roupas.

— Tudo bem — assentiu Candice. Mas quando começou a examinar as roupinhas, franziu a testa, confusa.

— Olhe, estou me sentindo péssima! — disse Heather. — Por favor, esqueça o que eu disse. — Ela levantou o dedo e o deslizou lentamente sobre o vinco que se formara na testa de Candice. — Esqueça o que eu disse sobre Roxanne, está bem? Talvez eu seja sensível demais. Talvez eu tenha entendido tudo errado.

ROXANNE ESTAVA DEITADA no sofá, feliz da vida, usando apenas uma camiseta e ouvindo jazz baixinho e, ao fundo, o som de Ralph na cozinha. Ele sempre fazia o jantar — primeiro porque dizia que gostava; e, segundo, porque ela era péssima cozinheira. Ela relacionava alguns dos momentos mais felizes que passaram juntos, com refeições que ele tinha preparado depois do sexo. Aqueles eram os momentos dos quais ela se lembrava com mais carinho, pensou. Momentos em que quase chegava a acreditar que eles viviam juntos; que eram um casal normal.

Porém, eles não eram um casal normal. Provavelmente, jamais seriam. Então, de maneira involuntária — e quase imparcial — o pensamento de Roxanne se voltou ao filho mais novo de Ralph: Sebastian. O pequeno e doce Sebastian. A bênção. O acidente, melhor dizendo. E, ainda assim, apenas uma criança; apenas 10 anos. Dez anos, cinco meses e uma semana.

Roxanne sabia a idade exata de Sebastian Allsopp. Os outros dois filhos de Ralph tinham 20 e poucos anos e moravam sozinhos. Mas Sebastian vivia na casa dos pais, ia à escola, precisava ser lembrado de escovar os dentes e ainda tinha ursinho de pelúcia. Ele era muito pequeno para suportar o peso de um divórcio. "Vou esperar até ele completar 18 anos", dissera-lhe certa vez, depois de alguns conhaques. Dezoito. Outros sete anos, seis meses e três semanas. Em sete anos, ela teria 40.

Por causa das crianças era uma frase que, antigamente, não tinha significado para ela. Agora, parecia ter sido marcada com ferro quente em sua alma. Por causa de Sebastian. Ele tinha apenas 4 anos quando ela e Ralph dançaram juntos pela primeira vez. Uma coisinha fofa de pijamas, que dormia inocentemente, enquanto ela olhava profundamente nos olhos de seu pai e, com súbita premência, se dava conta do desejo que sentia. Estava com 27 anos. Ralph, 46. Tudo parecia possível.

Roxanne fechou os olhos, lembrando-se daquele momento. Era a estreia de uma produção visitante de *Romeu e Julieta*, com vários atores famosos, no teatro Barbican. Ralph ganhara duas entradas de cortesia e, no ultimo minuto, entrou no editorial da *Londoner* procurando alguém interessado em acompanhá-lo. Quando Roxanne se apresentou, disposta a assistir a peça, ele ficou um tanto surpreso, mas disfarçou sua reação com habilidade. Conforme confessara mais tarde, ele a considerava uma moça elegante e materialista; brilhante e talentosa, porém fútil. No final da peça, quando a olhou e notou que ela ainda fitava o palco com o rosto coberto de lágrimas sem o menor constrangimento, ele se surpreendeu e sentiu uma inesperada simpatia pela jovem. Depois, quando ela afastou o cabelo da testa, secou as lágrimas e disse, com sua energia habitual: "Estou morrendo de sede. Que tal um drinque?", ele jogou a cabeça para trás e deu uma gargalhada. Ralph tinha dois convites para a festa após o espetáculo — que não pretendia usar. Entretanto, telefonou para a esposa para avisar que chegaria um pouco mais tarde do que havia previsto.

Ele e Roxanne permaneceram em uma festa de pessoas desconhecidas, bebendo Buck's Fizz, falando sobre a peça e inventando histórias sobre os outros convidados. Então, uma banda de jazz começou a tocar, e o salão se encheu de casais. Após hesitar por um momento, Ralph a convidou para dançar. No instante em que ela sentiu os braços dele em volta do seu corpo e o olhou bem dentro dos olhos, ela percebeu. Simplesmente percebeu.

A lembrança provocou uma sensação familiar em Roxanne, em parte de aflição, em parte de alegria. Sempre recordaria aquela noite como uma das mais fascinantes de sua vida. Ralph havia se afastado para dar um telefonema, sobre o qual ela não se permitira especular. Depois, ele voltou completamente empolgado. Sentou diante dela, olhou-a nos olhos e disse lentamente: "Eu estava pensando em ir para outro lugar. Um hotel, talvez. Você gostaria de... me acompanhar?" Roxanne o fitou em silêncio por alguns segundos e, em seguida, pousou a taça na mesa.

Ela pretendia agir com calma; manter uma reserva elegante, o máximo possível. Mas assim que entraram no táxi, Ralph a encarou, e ela retribuiu o olhar com um desejo quase alucinado. Quando seus lábios se tocaram, ela pensou, de forma divertida: Ei, estou beijando o meu chefe. E logo o beijo dele se tornou mais intenso, os olhos dela se fecharam e sua mente perdeu a capacidade de coerência. Uma capacidade que só voltou de manhã, quando acordou num hotel em Park Lane, com um homem adúltero, 19 anos mais velho que ela.

— Quer vinho? — A voz de Ralph interrompeu seus pensamentos e ela abriu os olhos. Ele a fitava com uma expressão afetuosa. — Posso abrir a garrafa que eu trouxe.

— Só se estiver bem gelado — disse ela com ar desconfiado. — Do contrário, não quero.

— Está bem gelado — assegurou Ralph, sorrindo. — Eu o coloquei na geladeira quando cheguei.

— É bom que esteja — avisou Roxanne. Quando ele foi até a cozinha, ela se sentou abraçando os joelhos. Um minuto depois, Ralph voltou com duas taças de vinho.

— A propósito, por que você não foi trabalhar hoje? — perguntou Roxanne. Em seguida, ergueu sua taça e acrescentou: — Saúde.

— Saúde — repetiu Ralph. Ele bebeu um grande gole e disse com a maior tranquilidade: — Tive uma reunião com o meu contador a manhã toda, que passou da hora do almoço. Não valia a pena ir.

— Ah, certo — disse Roxanne antes de tomar outro gole. — Seu preguiçoso.

Um sorriso forçado surgiu no rosto de Ralph e ele se afundou, lentamente, em uma cadeira. Roxanne o fitou e franziu a testa.

— Está tudo bem? — perguntou. — Você parece cansado.

— Resquício da noitada de ontem — disse Ralph, fechando os olhos.

— Ah, entendi — disse Roxanne, bem-humorada. — Neste caso, eu não tenho a menor compaixão.

CANDICE TOMOU OUTRO gole de vinho e olhou em volta do restaurante lotado.

— Não posso acreditar no quanto está cheio! — admirou-se. — Não podia imaginar que as compras noturnas fossem tão disputadas.

Heather riu.

— Você nunca fez compras à noite?

— Claro que já fiz. Mas não fazia ideia deste clima de festa. — Ela bebeu mais um pouco e olhou ao redor novamente. — Sabe de uma coisa, acho que vou sugerir ao Justin um artigo falando sobre isso. Podíamos vir aqui, entrevistar algumas pessoas, tirar umas fotos...

— Boa ideia — disse Heather antes de beber. Diante dela havia um cardápio e uma caneta deixados pelo garçom, e Heather disfarçadamente os apanhou. Ela começou a rabiscar no cardápio alguns desenhos em forma de estrela pontuda, com enormes raios brilhantes. Candice a observou, um tanto hipnotizada e bêbada. Elas tiveram que esperar meia hora por uma mesa, período no qual acabaram consumindo um gim-tônica cada uma e meia garrafa de vinho. De alguma forma, ela parecia estar bebendo mais rapidamente do que a Heather. E de estômago vazio, o álcool parecia mais forte do que o normal.

— Engraçado, não é? — disse Heather, erguendo os olhos subitamente. — Somos tão íntimas e ainda assim não nos conhecemos realmente.

— Acho que não — disse Candice com um sorriso. — Bem, o que você quer saber?

— Fale sobre o Justin — sugeriu Heather após uma pausa. — Você ainda gosta dele?

— Não! — respondeu Candice, rindo. — Acho que consigo suportá-lo como editor. Mas não sinto... nada por ele. Acho que tudo não passou de um terrível engano.

— É mesmo? — perguntou Heather de modo superficial.

— Ele me impressionou quando eu o conheci. Achei que fosse incrivelmente inteligente, eloquente e maravilhoso. Mas não é nada disso. Pelo menos quando você presta atenção no que ele está dizendo. — Ela tomou outro gole de vinho. — Ele só gosta do som da própria voz.

— E existe alguém em vista na sua vida?

— No momento não — respondeu Candice animada. — E posso afirmar que não estou preocupada com isso.

Um garçom aproximou-se, acendeu a vela e começou a dispor facas e garfos sobre a mesa. Heather esperou até ele se afastar e ergueu os olhos novamente, com o rosto iluminado pela chama da vela.

— Então... homens não são importantes para você.

— Não sei — respondeu Candice, rindo. — Suponho que o homem certo seria importante para mim. — Ela observou Heather apanhar a garrafa de vinho, encher novamente sua taça e erguer os olhos brilhantes com repentina intensidade.

— Então, o que é? — perguntou ela com delicadeza. — Qual é a coisa mais importante para você? O que você... mais preza na vida?

— O que eu mais prezo? — Candice repetiu a pergunta, pensativa, fitando a própria taça. — Não sei. A minha família, talvez. Embora minha mãe e eu não sejamos mais tão unidas. E as minhas amigas. — Ela levantou os olhos com uma certeza súbita. — É isso, eu prezo as minhas amigas. Especialmente Roxanne e Maggie.

— Suas amigas. — Heather acenou lentamente com a cabeça. — Os amigos são muito importantes.

— E o meu emprego. Adoro o meu emprego.

— Mas não por causa do dinheiro — arriscou Heather.

— Não! Para mim dinheiro não é importante! — Candice corou e tomou outro gole de vinho. — Odeio materialismo. E ganância. E... desonestidade.

— Você quer ser uma boa pessoa.

— Eu quero pelo menos tentar. — Candice deu um riso constrangido e pousou a taça na mesa. — E você? O que você preza?

Após um breve silêncio, Heather fez uma expressão esquisita.

— Aprendi a não prezar nada na vida — disse ela finalmente e deu um sorriso curto. — Porque você pode perder tudo da noite para o dia, quando menos espera. Uma hora você tem e, no momento seguinte, pode perder tudo. — Ela estalou os dedos. — Simples assim.

Candice a fitou com sentimento de culpa, querendo repentinamente falar mais; talvez até contar a verdade.

— Heather... — disse ela, indecisa. — Eu... Eu nunca...

— Veja! — interrompeu Heather entusiasmada, apontando em direção às costas de Candice. — Chegou a nossa comida.

ROXANNE COMEU MAIS um pouco da massa, pousou o garfo e suspirou. Ela estava sentada diante da pequena mesa dobrável, de frente para Ralph, na penumbra, com Ella Fitzgerald cantarolando ao fundo.

— Estava delicioso — disse, abraçando a barriga. — Não vai comer o seu?

— Pode pegar — disse Ralph, apontando para o prato quase intocado. Com uma expressão de dúvida, Roxanne puxou-o na sua direção.

— Está sem fome? — perguntou. — Ou ainda está de ressaca?

— Um pouco de cada — respondeu Ralph com indiferença.

— Bem, não vou deixar isso ir para o lixo — disse Roxanne, mergulhando o garfo na massa. — Sempre sinto falta da sua comida quando viajo.

— Jura? — perguntou Ralph. — E todos aqueles chefes cinco estrelas?

Roxanne fez uma careta.

— Não é a mesma coisa. Eles não sabem fazer massa como você. — Ela inclinou a cadeira para trás até encostar no sofá, bebeu um gole de vinho e fechou os olhos com satisfação. — Aliás, acho egoísmo seu não vir preparar massa para mim todas as noites. — E deu mais um gole.

Ao perceber que ele permaneceu em silêncio, ela abriu os olhos. Ralph a fitava com uma expressão estranha.

— Sou um egoísta — disse ele finalmente. — Você tem razão. Tenho tratado você de forma extremamente egoísta.

— Não é verdade! — retrucou Roxanne com uma gargalhada. — Só estou brincando. — Ela pegou a garrafa de vinho, encheu novamente as taças e bebeu. — Esse vinho é delicioso.

— Sim, esse vinho é delicioso — repetiu Ralph lentamente antes de beber.

Durante algum tempo, ambos permaneceram em silêncio. Então, Ralph ergueu os olhos e, casualmente, disse:

— Vamos supor que, daqui a um ano, você possa estar fazendo alguma coisa. Qualquer coisa. O que seria?

— Daqui a um ano — repetiu Roxanne, sentindo o coração bater mais forte. — Por que um ano?

— Ou três anos — sugeriu Ralph, fazendo um gesto vago com a taça de vinho. — Cinco anos. Onde você se vê daqui a cinco anos?

— Isso é uma entrevista de emprego? — perguntou Roxanne em tom de brincadeira.

— Só curiosidade — explicou Ralph, dando de ombros. — Imaginação tola.

— Bem, eu... não sei — respondeu Roxanne e bebeu o vinho, tentando permanecer calma.

O que estava acontecendo? Ela e Ralph tinham um acordo tácito de nunca discutirem o futuro; nunca discutirem qualquer detalhe da vida que pudesse causar mágoas ou ressentimentos. Eles falavam sobre trabalho, filmes, comida e viagem. Fofocavam sobre colegas do escritório e especulavam sobre o homem de olhar duvidoso, vizinho de Roxanne. Assistiam a novelas na televisão e, em meio a crises de riso, ridicularizavam a atuação artificial dos atores. Mas, mesmo quando viam uma cena de adultério na tela, nunca falavam sobre a situação deles.

No início do relacionamento, ela insistira, aos prantos, para que ele falasse sobre a esposa e a família, sobre cada detalhe recente. Tremia de tristeza e humilhação toda vez que ele ia embora; fazia acusações e ultimatos, em vão. Agora, ela agia como se cada noite passada nos braços dele fosse inigualável, um momento único. Tal comportamento era simples autopreservação. Desta forma, evitava a decepção. Desta forma, poderia fingir — pelo menos para si mesma — que estava conduzindo a relação de acordo com a própria vontade; que optara por aquela situação, desde o início.

Ela ergueu os olhos e notou que Ralph ainda esperava por uma resposta e, ao ver sua expressão, sentiu um nó na garganta. Ele a fitava com olhos brilhantes, como se a resposta fosse de extrema importância. Tentando ganhar tempo, ela bebeu o vinho, jogou o cabelo para trás e forçou-se a dar um sorriso despreocupado.

— Daqui a um ano? — perguntou ela em tom superficial. — Bem, se eu pudesse estar em qualquer lugar, acho que gostaria de estar em uma praia deserta, em algum lugar no Caribe — com você, naturalmente.

— Fico feliz de ouvir isso — disse Ralph, sorrindo.

— Mas não seria apenas com você — acrescentou Roxanne. — Um grupo de garçons atenciosos, com uniformes brancos, estaria à nossa disposição. Eles nos entreteriam com comida, bebida e histórias interessantes. Então, como que por encanto, eles desapareceriam discretamente e nós ficaríamos sozinhos no mágico pôr do sol.

Ela fez uma pausa e bebeu um gole de vinho. Após um breve momento de silêncio, ergueu os olhos. Ao olhar para Ralph, seu coração estava disparado. Será que ele percebeu que eu acabei de descrever uma lua de mel?, pensou.

Ralph a fitava com uma expressão que ela nunca tinha visto antes. De repente, ele tomou as mãos dela e as beijou.

— Você merece — disse ele, abatido. — Você merece tudo isso, Roxanne. — Ela olhou para ele com um nó na garganta. — Me perdoe por tudo — murmurou ele. — Quando penso em tudo o que eu fiz você passar...

— Não peça perdão — pediu Roxanne sentindo lágrimas brotarem. Ela o puxou para junto de si, por cima da mesa e beijou seus olhos úmidos, seu rosto e seus lábios. — Eu te amo — sussurrou com uma súbita felicidade, ao mesmo tempo angustiante e possessiva. — Eu te amo, e estamos juntos. E isso é o que importa.

CAPÍTULO NOVE

O hospital era um enorme edifício vitoriano, com jardins bem-tratados na parte da frente e uma área cercada para as crianças brincarem. Quando Roxanne e Candice saíram do carro e começaram a andar em direção à entrada principal, Roxanne começou a rir.

— Este lugar é a cara da Maggie — disse ela, olhando em torno do cenário agradável. — Até o hospital parece um cartão-postal. Ela jamais teria o bebê em qualquer buraco horroroso de Londres, não é?

— Para que lado devemos ir? — perguntou Candice, apertando os olhos diante de um poste itinerário, codificado por cores, com setas que apontavam em todas as direções. — Ginecologia. Sala de parto. — Ela levantou os olhos. — Não é isso, é?

— Você pode visitar a sala de parto se quiser — disse Roxanne, estremecendo. — Até onde sei, a ignorância é uma bênção.

— Neonatal. Pré-natal. Maternidade. — Candice leu e franziu a testa. — Não consigo descobrir em qual direção temos que ir.

— Ah, não se preocupe — disse Roxanne, impaciente. — Nós vamos encontrá-la.

Elas entraram na espaçosa recepção e se dirigiram à simpática atendente, que digitou o nome de Maggie no computador.

— Ala Azul — disse ela com um sorriso. — Sigam o corredor até o fim; depois, peguem o elevador para o quinto andar.

Quando andavam pelo longo dos corredores, Candice observou as paredes bege e fez uma careta.

— Odeio cheiro de hospital — disse. — Lugar horrível. Se um dia eu tivesse um filho, gostaria que o parto fosse em casa.

— Não tenho dúvida disso — concluiu Roxanne. — E com flauta de pã tocando ao fundo e velas de aromaterapia incensando o ambiente.

— Não exagere! — retrucou Candice, rindo. — Eu só estava... não sei. Acho que me sentiria melhor em casa.

— Bem, se um dia eu tiver um filho, prefiro que seja por cesariana — disse Roxanne de forma sarcástica. — Anestesia geral. E só precisa me acordar quando a criança tiver 3 anos.

Elas entraram no elevador e apertaram o botão do quinto andar. Quando começaram a subir, Candice lançou os olhos a Roxanne.

— Estou nervosa! — disse. — Não é esquisito?

— Estou um pouco nervosa também — confessou Roxanne após uma pausa. — Suponho que seja apenas porque uma de nós finalmente cresceu. A vida real começou. A pergunta é: estamos prontas para isso? — indagou, arqueando as sobrancelhas, e Candice lançou-lhe um olhar analisador.

— Você parece realmente cansada — disse. — Está se sentindo bem?

— Estou ótima — respondeu Roxanne imediatamente, jogando o cabelo para trás. — Nunca me senti tão bem.

Entretanto, ela observou o próprio reflexo nas portas do elevador e viu que Candice tinha razão. Ela realmente parecia cansada. Desde a noite em que estivera com Ralph, tinha dificuldade para dormir; era impossível arrancar da mente a conversa que tiveram e o que aquilo significava. Era impossível deixar de alimentar esperanças.

Naturalmente, Ralph não dissera nada explícito. Não fizera nenhuma promessa. Depois daquela breve conversa, ele nem voltou a falar sobre o futuro. Mas alguma coisa estava acontecendo, algo estava diferente. Ela havia percebido isso, desde o momento em que ele entrou pela porta. Algo diferente no modo que ele a olhou e falou com ela. Quando se despediram, ele a fitou por um longo tempo, em silêncio. Era como se, secretamente, ele estivesse prestes a tomar a decisão mais difícil de sua vida.

Ela sabia que era uma decisão que não podia ser apressada, que não podia ser tomada de forma atropelada. Mas a angústia dessa incerteza constante era insuportável. E ambos sofriam por causa disso — ultimamente, Ralph parecia mais cansado e tenso do que jamais estivera. Um dia, no escritório, ela percebeu, chocada, que ele estava mais magro. Que inferno mental ele deveria estar atravessando. E, no entanto, se ele apenas se decidisse e tomasse coragem, o inferno acabaria para sempre.

Mais uma vez, uma esperança dolorosa tomou conta do seu coração, e ela apertou a bolsa com força. Não se permitiria pensar dessa maneira. Deveria voltar ao seu estado de espírito anterior e disciplinado. Mas era muito difícil. Após seis anos regrados, recusando-se a alimentar esperanças ou sequer refletir sobre o assunto, sua mente agora se refestelava na fantasia. Ralph deixaria a esposa. E eles poderiam, finalmente, relaxar, desfrutar livremente da companhia um do outro. O longo e difícil inverno chegaria ao fim; o sol iria brilhar. A vida recomeçaria para ambos. Eles montariam uma casa. Provavelmente iriam até...

Neste ponto, ela parou. Não podia se permitir sonhar tão alto, precisava ter controle. Afinal, nada havia sido dito. Nada estava claro. Mas, seguramente, aquela conversa representara algo. Será que, seguramente, ele estava pelo menos cogitando?

E ela merecia, não é? Merecia muito, depois de tudo o que passou. Ao pensar nisso, sentiu um ressentimento estranho e se forçou a respirar lentamente. Durante os últimos dias, ao permitir que a mente mergulhasse em fantasias, descobrira que por trás da esperança exultante havia um lado sombrio. Uma raiva que ela suprimira durante muitos anos. Seis anos inteiros de espera e dúvida, agarrando-se aos momentos de felicidade quando era possível. Fora um período muito longo, uma sentença de prisão.

A porta do elevador se abriu e Candice olhou para Roxanne.

— Bem, chegamos — disse sorrindo. — Finalmente.

— É — assentiu Roxanne com um suspiro. — Finalmente.

Elas saíram do elevador e foram em direção a uma porta de vaivém na qual estava escrito: "Ala Azul". Candice olhou para Roxanne e, indecisa, abriu a porta. A sala era grande, mas dividida em cubículos por cortinas florais, sem identificação. Num gesto de dúvida, Candice ergueu as sobrancelhas para Roxanne, que, em resposta, deu de ombros. Nesse momento, uma mulher de uniforme azul-escuro, com um bebê no colo, se aproximou.

— Vocês estão visitando alguém? — perguntou ela com um sorriso.

— Sim — respondeu Roxanne, olhando espontaneamente para o bebê. — Maggie Phillips.

— Não. É Drakeford. — corrigiu Candice. — Maggie Drakeford.

— Ah, sim — disse a mulher ao lembrar-se do nome. — Lá no canto.

Roxanne e Candice se entreolharam e seguiram, devagar, pela ala. Lentamente, Candice puxou a cortina do último cubículo e lá estava Maggie. Parecia ao mesmo tempo familiar e estranha, sentada na cama com um bebezinho nos braços. Ela levantou os olhos e, por um momento, as três permaneceram em silêncio. Então, Maggie deu um largo sorriso, ergueu o bebê e disse:

— Lucia, essas são as rainhas dos coquetéis.

MAGGIE TIVERA UMA noite tranquila. Ao ver Candice e Roxanne se aproximarem, indecisas, com os olhos grudados no rostinho de Lucia, ela conseguiu sentir uma onda de satisfação. Percebeu que o segredo era dormir um pouco, só isso. Dormir um pouco todas as noites operava milagres.

As três primeiras noites tinham sido um inferno. Desgraça completa. Permanecera imóvel na escuridão, sem conseguir relaxar; incapaz de dormir, enquanto houvesse a menor possibilidade de Lucia acordar. Mesmo quando adormecia, cada ruído vindo do bercinho era suficiente para acordá-la. Ela ouvia choro em seus sonhos, acordava assustada e via Lucia dormindo tranquilamente. Então, se dava conta de que era outro bebê que chorava, e ficava apreensiva — com medo de que o choro do outro bebê acordasse Lucia — e tensa, incapaz de voltar a dormir.

Na quarta noite, às duas horas da manhã, Lucia recusara-se a voltar a dormir. Ela chorou quando Maggie tentou colocá-la no berço, se debateu quando Maggie tentou amamentá-la e berrou quando, sem saber o que fazer, Maggie começou a cantarolar. Após alguns minutos, alguém colocou o rosto pela cortina. Era uma enfermeira mais velha, no plantão noturno, que Maggie ainda não conhecia. E, ao olhar para Lucia, balançou a cabeça de forma engraçada.

— Mocinha, sua mãe precisa dormir! — disse ela, para surpresa de Maggie, que esperava um sermão sobre amamentação ou laços entre mãe e filho. Em vez disso, a enfermeira entrou no cubículo, observou o rosto abatido de Maggie e suspirou. — Isso não está nada bom! Você parece exausta!

— Estou mesmo cansada — admitira Maggie com a voz arrastada.

— Você precisa de um bom descanso — disse a enfermeira. Após uma pausa, ela acrescentou: — Quer que eu leve a bebê para o berçário?

— Berçário? — perguntou Maggie em tom inexpressivo. Ninguém tinha falado nada sobre berçário.

— Eu posso ficar de olho nela e você pode dormir. E quando ela quiser mamar, posso trazê-la de volta.

Maggie fitara a enfermeira, quase chorando de gratidão.

— Obrigada. Obrigada... Joan — disse ela, lendo o crachá da mulher na luz fraca. — E... ela vai ficar bem?

— Ela vai ficar ótima! — afirmara Joan de maneira tranquilizadora. — Agora descanse.

Assim que ela saiu, empurrando o bercinho de Lucia, Maggie caiu no primeiro sono tranquilo que tivera desde o parto. O sono mais profundo, mais sereno da sua vida. Ela acordara às seis da manhã sentindo-se praticamente restaurada, e viu Lucia ao seu lado novamente, pronta para mamar.

Desde então, Joan aparecia todas as noites oferecendo os serviços do berçário — e Maggie, embora com sentimento de culpa, sempre aceitava.

— Não se sinta culpada — dissera Joan uma noite. — Você precisa dormir para produzir leite. Não é bom se desgastar. Sabe, antigamente as mães ficavam na maternidade por duas semanas. Agora eles expulsam vocês depois de dois dias. Dois dias! — repetiu ela com ar de desaprovação. — Você já estaria em casa se a bebê não tivesse tido icterícia.

Mas apesar dos comentários tranquilizadores de Joan, Maggie realmente sentia-se culpada. Ela achava que deveria ficar com Lucia 24 horas por dia, como todos os livros recomendavam. Menos que isso, seria fracasso. E por causa disso, ela não falou nada a respeito da ajuda de Joan. Nem a Giles nem a Paddy, ou melhor, a ninguém.

Neste momento, ela sorria para Roxanne e Candice.

— Entrem! Sentem-se. É tão bom ver vocês!

— Mags, você está ótima! — disse Roxanne. Ela abraçou a amiga exalando seu perfume e sentou na beira da cama. Parecia mais magra e elegante do que nunca, pensou Maggie. Como um pássaro exótico do paraíso, naquele lugar cheio de patas-chocas meio grogues. E, por um instante, ela sentiu uma ponta de inveja. Imaginara que, logo depois do parto, recuperaria sua antiga forma, que vestiria suas roupas sem dificuldades. Mas sua barriga, escondida sob os lençóis, ainda estava terrivelmente flácida, e ela não tinha nenhuma energia para se exercitar.

— Então, Mags — disse Roxanne com a fala arrastada, olhando ao redor da ala. — Ser mãe é mesmo tudo o que dizem ser?

— Ah, sabe como é. — Maggie sorriu. — Não é tão ruim. Mas agora já tenho experiência.

— Maggie, ela é linda! — disse Candice, emocionada. — E não parece nem um pouco doente!

— Na realidade, ela não está doente — explicou Maggie, olhando o rostinho adormecido de Lucia. — Ela teve icterícia, e isso demora um pouco para desaparecer. Por conta disso, precisamos ficar no hospital por mais algum tempo.

— Posso pegá-la? — Candice estendeu os braços e, após uma pausa, Maggie entregou-lhe o bebê. — Ela é tão leve! — murmurou.

— Que momento tocante — disse Roxanne. — Vocês vão me fazer chorar logo logo.

Maggie riu.

— Isso, seria um milagre.

— Quer segurá-la? — Candice perguntou a Roxanne, que revirou os olhos de forma engraçada.

— Se não tiver outro jeito...

Não era a primeira vez que ela segurava um bebê no colo. Aqueles pacotinhos de outras pessoas não lhe despertavam nenhum sentimento além de enfado. Roxanne Miller não demonstrava ternura diante de um bebê — demonstrava tédio. Ela era famosa por isso. Se era realmente desinteresse, ou apenas uma reação defensiva deliberadamente cultivada com o passar dos anos, ela nunca se permitira analisar.

Mas ao olhar o rostinho adormecido da filhinha de Maggie, Roxanne sentiu suas defesas enfraquecerem; viu-se tendo pensamentos que nunca se permitira ter antes. Desejou ter um bebê. Desejou de todo o coração. A ideia assustou-a; deixou-a feliz. Fechou os olhos e, involuntariamente, imaginou-se segurando o próprio bebê. O bebê de Ralph. Então, imaginou Ralph olhando afetuosamente por cima do seu ombro. A cena a fez sentir-se tonta de esperança — e de medo. Estava pisando em terreno proibido, deixando a mente se arriscar em lugares perigosos. E com base em quê? Com base em uma conversa. Era ridículo. Era imprudente. Mas agora que havia começado, parecia não conseguir mais parar.

— Então, o que acha, Roxanne? — perguntou Maggie, divertindo-se com a situação. Roxanne fitou Lucia por mais alguns segundos e logo forçou-se a erguer os olhos com uma expressão indiferente.

— Muito bacana, relativamente falando. Mas vou avisar uma coisa: é melhor que ela não faça xixi em mim.

— Me deixe pegá-la de volta — disse Maggie, sorrindo. E, para seu próprio espanto, Roxanne sentiu-se decepcionada.

— Pronto, mamãe — disse ela lentamente, devolvendo Lucia aos braços da amiga.

— Ah, eu trouxe isso para você — disse Candice, pegando o buquê de flores que colocara no chão. — Sei que você já deve ter um montão...

— Sim, eu tinha — assentiu Maggie. — Mas morreram. Elas não duram cinco minutos aqui.

— Que maravilha! Quero dizer...

— Sei o que você quer dizer — disse Maggie, sorrindo. — E elas são lindas. Obrigada.

Candice olhou ao redor do quarto.

— Tem algum jarro aqui?

Maggie fez uma expressão de dúvida.

— Deve ter um no corredor. Ou em uma das outras alas.

— Vou procurar. — Candice pousou as flores na cama e saiu. Quando ela se afastou, Maggie e Roxanne sorriram.

— E você... Como está? — perguntou Maggie, acariciando o rostinho de Lucia.

— Tudo bem — respondeu Roxanne. — Sabe como é, a vida continua...

— Como vai o "Sr. Casado com Filhos"? — perguntou Maggie com delicadeza.

— Continua com filhos — respondeu Roxanne com indiferença. — E continua casado. — Ambas riram, e Lucia se mexeu, dormindo. — Embora... nunca se sabe — Sem conseguir resistir, ela acrescentou: — Mudanças podem estar em andamento.

— Sério? — perguntou Maggie, surpresa. — Você não está falando sério!

— Quem sabe? — Um sorriso estendeu-se no rosto de Roxanne. — É só aguardar.

— Você está querendo dizer que podemos vir de fato a conhecê-lo?

— Ah, isso eu não sei. — Os olhos de Roxanne brilharam. — Estou tão acostumada a mantê-lo em segredo.

Maggie olhou para ela e procurou o relógio.

— Que horas são? Eu deveria oferecer um chá. Tem uma chaleira na sala de espera...

— Não se preocupe — disse Roxanne, contendo um tremor diante da ideia. — Eu trouxe um refresco. Podemos tomar quando Candice voltar. — Ela olhou ao redor da ala da maternidade, tentando pensar em algo educado para dizer. Mas, para ela, o lugar parecia um inferno floral abafado. E Maggie estava aqui havia bem mais que uma semana. Como ela conseguia aguentar? — Quanto tempo mais você vai ter que ficar aqui? — perguntou ela.

— Vou para casa amanhã. O pediatra tem que examinar a Lucia, e depois, poderemos ir embora.

— Aposto que está aliviada.

— Claro — respondeu Maggie após uma pausa. — Sim, com certeza. Mas... não vamos falar sobre hospital. — Ela sorriu. — Me fale do mundo exterior. O que eu tenho perdido?

— Ah, meu Deus, não sei — respondeu Roxanne com ar preguiçoso. — Nunca sei das fofocas. Estou sempre fora quando as coisas acontecem.

— E aquela amiga da Candice? — perguntou Maggie, franzindo o cenho. — Heather Não-sei-de-quê. Você a viu novamente?

— Sim, eu a vi no escritório. Não vou muito com a cara dela. — disse Roxanne com uma careta. — Acho que ela é dissimulada.

— Não sei por que ela me deixa tão desconfiada — confessou Maggie com pesar. — Deve ser paranoia de gravidez. Provavelmente ela é uma moça encantadora.

— Bem, eu não iria tão longe. Mas vou te dizer uma coisa. — Roxanne se levantou e pegou a bolsa. — Ela certamente escreve muito bem.

— Sério?

— Veja isto — disse Roxanne, puxando uma folha de papel. — Eu peguei com a Janet. É mesmo muito interessante.

Ela observou Maggie ler as duas primeiras linhas do artigo, franzir a testa e correr os olhos até o fim do texto.

— Não acredito! — exclamou ela ao erguer a cabeça. — Ela conseguiu o emprego na *Londoner* por causa deste artigo?

— Não sei — respondeu Roxanne. — Mas você tem que admitir que está muito bom.

— É claro — disse Maggie em tom irônico. — Tudo o que a Candice escreve é muito bom.

— O quê? — perguntou Roxanne, perplexa.

— Candice escreveu isto para a *Londoner* — explicou Maggie, batendo no papel com a mão. — Eu me lembro. Palavra por palavra. É o estilo dela e tudo o mais.

— Não acredito!

— Não é de admirar que Ralph tenha ficado impressionado — disse Maggie, revirando os olhos. — Meu Deus, às vezes a Candice é muito idiota.

CANDICE LEVOU MAIS tempo do que esperava para encontrar um vaso, e já tinha puxado conversa com uma das enfermeiras em outra ala. Quando finalmente voltou, cantarolando, Roxanne e Maggie a fitaram com olhar ameaçador.

— Então — disse Roxanne quando ela se aproximou da cama. — O que você tem a dizer?

— Sobre o quê? — perguntou Candice.

— Isto — disse Maggie, mostrando o papel com um floreio. Candice ficou confusa e, ao olhar o texto mais atentamente, percebeu o que estava acontecendo. Um rubor se espalhou no seu rosto e ela desviou o olhar.

— Ah, isso — titubeou ela. — Bem... É que a Heather não tinha nenhum modelo de redação. Então eu... — Ela não conseguiu completar a frase.

— Aí você pensou em dar a ela um portfólio completo.

— Não! — disse Candice. — Só um artigo. Só... você sabe. — Ela deu de ombros num gesto de autodefesa. — Algo para ela poder começar. Pelo amor de Deus, não é nada tão grave assim.

Maggie balançou a cabeça.

— Candice, não é justo. Você *sabe* que não é justo. Não é justo com Ralph, não é justo com todas as outras pessoas que se candidataram ao emprego.

— Não é justo com a Heather, para falar a verdade — acrescentou Roxanne. — O que vai acontecer quando Justin pedir que ela escreva outro artigo como aquele?

— Ele não vai pedir! E ela é perfeita. Sabe de uma coisa, ela tem talento. É capaz de dar conta do trabalho. Só precisava de uma chance. — Candice olhou para Roxanne e Maggie com súbita impaciência. Por que elas não conseguiam ver que, em alguns casos, os fins mais do que justificam os meios? — Vamos, sejamos francas — exclamou ela. — Quantas pessoas conseguem emprego por nepotismo? Quantas pessoas indicam nomes, usam contatos e fingem ser melhores do que realmente são? Isso é a mesma coisa.

Houve silêncio. Então Maggie disse:

— E ela está morando com você.

— Sim. — Candice olhou para as duas amigas e se perguntou se havia deixado passar alguma coisa. — Qual é o problema?

— Ela está pagando aluguel?

— Eu... — Candice engoliu em seco — Isso é assunto meu e dela, vocês não acham?

Ela ainda não havia falado sobre aluguel com Heather — nem Heather tocara no assunto. No fundo, imaginava que ela iria, no mínimo, se oferecer para pagar alguma coisa. Porém, se isso não acontecesse, pensou Candice com súbita intensidade, qual era o problema? Algumas pessoas pagavam aluguel aos seus amigos, e outras não. E ela não estava desesperada por dinheiro.

— Claro — assentiu Roxanne com delicadeza. — Desde que ela não esteja se aproveitando.

— *Aproveitando?* — Candice balançou a cabeça, indignada. — Depois do que o meu pai fez à família dela?

— Candice...

— Não, ouça — pediu Candice, com a voz ligeiramente alterada. — Eu me sinto na obrigação de fazer alguma coisa por ela, certo? Então talvez eu tenha arranjado esse emprego sob pretensões um tanto falsas. E talvez eu esteja sendo mais generosa do que normalmente seria. Mas ela merece. Ela merece uma chance. — Candice sentiu o rosto em brasa. — E eu sei que você não gosta dela, Roxanne, mas...

— Como é que é? — perguntou Roxanne, atônita. — Eu mal falei com ela!

— Bem, ela acha que você não gosta dela.

— Talvez seja *ela* que não goste de mim. Já pensou nisso?

— Por que ela não gostaria de você? — replicou Candice ofendida.

— Não sei! E por que eu não gostaria dela?

— Isso é ridículo! — interrompeu Maggie. — Parem, vocês duas!

Por causa do barulho, Lucia se mexeu e começou a chorar. A princípio, baixinho; em seguida, mais alto.

— Vejam o que vocês fizeram! — disse Maggie.

Candice mordeu o lábio.

— Desculpe. Não pretendia me exaltar.

— Nem eu — disse Roxanne, estendendo o braço e apertando a mão de Candice. — Não me leve a mal. Tenho certeza de que Heather é uma garota legal. Nós apenas... nos preocupamos com você.

— Você é generosa demais — acrescentou Maggie, estremecendo. As outras duas se viraram e, fascinadas, observaram Maggie levar Lucia ao peito.

— Isso *dói*? — perguntou Candice, vendo o rosto de Maggie involuntariamente retorcido de dor.

— Um pouco — respondeu Maggie. — Apenas no início. — Lucia começou a mamar e, aos poucos, ela relaxou. — Pronto. Agora está melhor.

— Cacete! — disse Roxanne admirada, fitando o peito de Maggie. — Eu não queria estar no seu lugar. — Em seguida, fez uma careta para Candice, que deu uma risada.

— Ela gosta mesmo de uma bebidinha — disse Candice, vendo Lucia sugar com avidez.

— Como a mãe — acrescentou Roxanne. — Falando nisso... — Ela enfiou a mão na bolsa e, após vasculhar por um instante, retirou uma grande coqueteleira prateada.

— Não acredito! — exclamou Maggie, surpresa. — Você não ousaria!

— Eu falei que brindaríamos a chegada do bebê com coquetéis — disse Roxanne.

— Mas não podemos! — disse Maggie com uma risada. — Se alguém nos vir, serei expulsa do "Clube das Boas Mães".

— Pensei nisso também — disse Roxanne. Com uma expressão séria, ela pegou a bolsa novamente e retirou três mamadeiras.

— O quê?...

— Espere.

Ela abriu as mamadeiras, enfileirou-as na mesa de cabeceira, apanhou a coqueteleira e sacudiu com força, enquanto as outras duas observavam, atonitas. Em seguida, retirou a tampa da coqueteleira e, solenemente, encheu as mamadeiras com um líquido branco e espesso.

— O que é isso? — perguntou Candice.

— Leite é que não é — comentou Maggie.

— Piña Colada — respondeu Roxanne de maneira irreverente.

Candice e Maggie caíram na gargalhada. Piña Colada era uma piada entre elas — desde a hilariante primeira vez em que foram ao Manhattan Bar, quando Roxanne anunciou que, se alguém pedisse Piña Colada, ela fingiria que não conhecia.

— Não posso! — lamentou-se Maggie, tentando não sacudir o corpo. — Não posso rir. Coitadinha da Lucia.

— Saúde! — exclamou Roxanne, entregando-lhe uma das mamadeiras.

— A Lucia! — disse Candice.

— A Lucia! — repetiu Roxanne, erguendo a mamadeira.

— E a vocês duas! — completou Maggie, sorrindo para as amigas. Ela bebeu um gole e fechou os olhos de prazer. — Nossa, que delícia. Fazia um tempão que eu não bebia.

— Para falar a verdade — disse Candice, bebendo ruidosamente —, Piña Colada é mesmo delicioso.

— Não é ruim — disse Roxanne, pensativa. — Se pelo menos o nome fosse mais sofisticado...

— Falando em bebida, Ralph Allsopp nos enviou uma garrafa grande de champanhe — disse Maggie. — Não foi um gesto bacana? Mas nós ainda não a abrimos.

— Mentes brilhantes pensam de forma semelhante — disse Roxanne em tom superficial.

— Sra. Drakeford? — Uma voz masculina chamou do lado de fora e as três se entreolharam, assustadas. No momento seguinte, o rosto sorridente de um médico surgiu na parte lateral da cortina. — Sra. Drakeford, sou um dos pediatras. Vim examinar a pequena Lucia.

— Ah, sim — titubeou Maggie. — Huum... entre.

— Vou pegar o... leite, está bem? — disse Roxanne bem a tempo, pegando a mamadeira de Maggie. — Vou deixá-lo na mesa de cabeceira para mais tarde.

— Obrigada — disse Maggie com a boca retesada, claramente contendo uma risada.

— Acho melhor irmos embora — sugeriu Candice.

— Tudo bem — sussurrou Maggie.

— Nos vemos depois, querida — acrescentou Roxanne Ela engoliu a sua Piña Colada de uma só vez e enfiou a mamadeira vazia na bolsa. — Nada como tomar um leite saudável — disse ao pediatra, que concordou, surpreso.

— A Lucia é linda — disse Candice e se debruçou na cama para beijar Maggie. — Nos vemos em breve.

— No Manhattan Bar — acrescentou Roxanne. — Primeiro dia do mês. Você acha que conseguirá ir, Maggie?

— Claro — respondeu Maggie, sorrindo. — Estarei lá.

CAPÍTULO DEZ

Quando Candice chegou em casa naquela noite, seu rosto estava corado de felicidade, e ela ainda achava graça sempre que pensava nas mamadeiras cheias de Piña Colada. Também se sentia mais emotiva do que esperava. A visão de Maggie com sua filhinha — uma nova pessoinha no mundo — mexera profundamente com ela; mais do que se dera conta no momento. Agora, sentia-se transbordar de afeto por suas duas amigas.

O único momento constrangedor entre as três se dera ao falarem de Heather — e isso, pensou Candice, porque elas não entendiam o que ela havia feito. Afinal, como poderiam? Maggie e Roxanne jamais haviam sentido sua secreta e constante culpa; portanto, não eram capazes de compreender o que significava se livrar desse peso. Não podiam entender o alívio que ela sentia nas últimas semanas; o prazer absoluto de ver a vida de Heather entrando nos eixos.

Além disso, elas não tiveram a oportunidade de conhecê-la melhor. Não faziam ideia do quanto ela era uma pessoa amável e generosa; do quanto a amizade entre as duas se desenvolvera tão rapidamente. Talvez, no começo, ela tenha visto Heather apenas como vítima; talvez sua generosidade inicial tenha sido impulsionada mais por culpa do que por qualquer outra coisa. Mas, agora, havia uma relação verdadeira entre elas. Maggie e Roxanne reagiram como se o fato de tê-la morando em seu apartamento fosse um imenso prejuízo. Na verdade, o contrário é que era verdade. Agora que tinha uma companheira, Candice não podia se imaginar vivendo sozinha novamente. Pensou em como eram suas noites antes de Heather se mudar para lá: bebericando chocolate quente, sozinha. Ao passo que agora ficavam no sofá, de pijamas, lendo horóscopos em voz alta, dando risada. Heather não era um prejuízo, pensou Candice com carinho. Era um benefício.

Quando fechou a porta atrás de si, ouviu a voz de Heather na cozinha. Parecia que ela estava ao telefone, então avançou em silêncio pelo corredor, para não perturbar sua privacidade. A poucos passos da cozinha, ela parou, atônita.

— Não me venha com lamúrias, Hamish! — Heather falava em um tom baixo e enfurecido, tão diferente do seu habitual jeito alegre que Candice mal reconheceu sua voz. — Que merda isso significa para você? — E após uma pausa, ela acrescentou: — É, talvez eu não esteja nem aí, ou talvez eu me preocupe! — Ela já estava quase aos gritos antes de bater o telefone. Na sala, Candice estava horrorizada. Por favor, não saia, ela pensou. Por favor, não me veja aqui.

Logo depois, ela ouviu Heather ligar a chaleira, e o barulho a fez tomar uma atitude. Por mais absurdo que pudesse parecer, ela se sentia culpada e andou na ponta dos pés até o hall, abriu a porta novamente e bateu com força.

— Oi! — gritou, animada. — Tem alguém em casa?

Heather apareceu na porta da cozinha e, sem sorrir, lançou a Candice um olhar avaliador.

— Oi — disse ela finalmente. — Como foi a visita?

— Ótima! — respondeu Candice com entusiasmo. — A Lucia é linda! E a Maggie está bem... — Não concluiu a frase e Heather se encostou na porta.

— Eu estava no telefone — disse ela. — Imagino que você tenha ouvido.

— Não! — retrucou Candice imediatamente. — Acabei de chegar. Ela sentiu o rosto corar e virou a cabeça, fingindo ajeitar manga da jaqueta.

— Homem é fogo — disse Heather após uma pausa. — Quem precisa disso? — Candice ergueu os olhos, surpresa.

— Você tem namorado?

— Ex-namorado — explicou Heather. — Um safado. Não vale nem a pena comentar.

— Certo — assentiu Candice, confusa. — Bem... vamos tomar um chá?

— Por que não? — disse Heather, seguindo-a até a cozinha. — A propósito... — disse Heather, quando Candice pegou os saquinhos de chá. — Eu precisei de selos, então peguei alguns da sua penteadeira. Não tem problema, não é? Depois eu pago.

— Não seja boba! — disse Candice, virando-se de frente para ela. — Claro que não tem problema nenhum. Pode pegar sempre que precisar. — Ela riu. — O que é meu é seu.

— Tudo bem — assentiu Heather tranquilamente. — Obrigada.

Ao CHEGAR EM casa faminta e morrendo de frio, Roxanne se deparou com uma caixa na entrada do apartamento. Ela olhou confusa para a embalagem e, em seguida, abriu a porta e a empurrou com o pé. Depois, fechou-a, acendeu a luz e agachou-se para examinar a caixa mais de perto. O carimbo postal era do Chipre e a letra na etiqueta era do apaixonado Nico. O que ele tinha enviado dessa vez?

Com um sorriso, Roxanne rasgou o papelão e se surpreendeu com pilhas de tangerinas brilhantes, ainda com as folhas verdes presas aos talos. Ela apanhou uma delas, fechou os olhos e inalou o aroma doce, ácido e inconfundível. Em seguida, pegou o bilhete escrito à mão que estava em cima das frutas.

Querida Roxanne. Esta é uma pequena lembrança do que você está perdendo aqui no Chipre. Andreas e eu ainda estamos esperando que você reconsidere a nossa oferta. Com carinho, Nico.

Por um momento, ela permaneceu imóvel. Então, olhou para a tangerina, lançou-a no ar e a agarrou novamente. *Radiante e calmo, ensolarado e tentador,* pensou. Outro mundo; um mundo do qual ela quase havia se esquecido.

Mas o seu mundo era aqui. Aqui, na chuva leve de Londres, ao lado de Ralph.

QUANDO TODOS os visitantes foram embora, baixaram as luzes e Lucia adormeceu, Maggie permaneceu acordada, olhando para o teto alto, branco e convencional, tentando conter a sensação de pânico.

O pediatra mostrara-se muito otimista a respeito da recuperação de Lucia. A icterícia tinha sumido completamente, ela estava ganhando peso, e tudo evoluía bem.

— Você poderá ir para casa amanhã — disse ele, fazendo uma anotação no formulário branco. — Já deve estar cansada deste lugar.

— Totalmente — disse Maggie com um breve sorriso. — Não vejo a hora de voltar para casa.

Mais tarde, quando Giles chegou, ela contou a ele as novidades e ele vibrou de alegria.

— Finalmente! Que alívio. Você deve estar ansiosa. Ah, amor, vai ser tão bom ter você em casa de novo. — Em seguida, ele se inclinou e a abraçou com tanta força que ela mal conseguia respirar e, por um momento, chegou a ficar animada.

Mas agora, deitada no escuro, sentia apenas medo. Nesses dez dias, ela se acostumara ao ritmo de vida do hospital. Acostumara-se às três refeições por dia; à conversa amigável das enfermeiras; ao chá, que chegava no carrinho às quatro horas da tarde. Ela havia se habituado à sensação de segurança: à certeza de que, se alguma emergência acontecesse, haveria sempre um botão para apertar, uma enfermeira para chamar. Ao conforto de ter Joan levando Lucia às duas horas da madrugada e trazendo-a de volta às seis da manhã.

Envergonhada, sentira-se secretamente quase aliviada quando a icterícia de Lucia levou mais tempo do que o esperado para reagir ao tratamento de fototerapia. Cada noite a mais no hospital adiava o momento em que ela teria que trocar a segurança, a confiança e o clima de camaradagem da ala de maternidade por sua casa vazia e fria. Ela pensou em Os Pinheirais — seu lar — e tentou reunir alguma sensação de carinho pelo lugar. Mas a emoção mais forte que sentia pela propriedade era o orgulho por sua imponência — e, de alguma forma, nem isso a atraía mais. Qual era a vantagem de todo aquele espaço frio e aberto? Ela estava acostumada ao seu cantinho da cortina floral, aconchegante e confortável, com tudo ao alcance da mão.

Giles, naturalmente, jamais entenderia. Ele gostava da casa de um jeito que ela achava que nunca conseguiria gostar.

"Estou tão ansioso para tê-la em casa novamente", dissera ele naquela tarde, segurando a sua mão. "Você e Lucia em casa. Será... como eu sempre imaginei." Neste momento, ela se deu conta de um detalhe e sentiu uma ponta de inveja: Giles tinha uma visão perfeitamente clara de como seria a vida em casa com um bebê. Ao passo que ela ainda mal conseguia acreditar que aquilo estava, de fato, acontecendo.

Durante toda a gravidez, não conseguira se imaginar com uma criança. No seu raciocínio lógico, ela sabia que haveria um bebê; tentara inclusive imaginar-se empurrando o belo carrinho da Mamas & Papas ou balançando o moisés. Observara os pijaminhas brancos dizendo a si mesma que uma criança de verdade estaria morando com eles, em breve. Porém, ainda assim, repetia para si mesma que nada daquilo parecia real.

E agora, imaginando-se sozinha em casa com Lucia, tudo parecia igualmente irreal. Então, ela suspirou fundo, acendeu a luz de cabeceira, olhou o rostinho adormecido da filha e serviu-se de um copo d'água.

— Não está conseguindo dormir? — Uma enfermeira jovem enfiou a cabeça pela cortina. — Você deve estar louca para ir para casa.

— Ah, sim — respondeu Maggie mais uma vez, forçando um sorriso. — Não vejo a hora.

A enfermeira desapareceu e ela fitou o copo com tristeza. Não podia dizer a ninguém como realmente se sentia. Não podia dizer a ninguém que estava com medo de voltar para a própria casa com sua filha. Eles pensariam que ela estava absolutamente louca. E talvez fosse verdade.

Um pouco mais tarde, naquela noite, Candice acordou com um sobressalto e ficou deitada na escuridão do quarto. Por um momento, não conseguiu descobrir o que a tinha acordado. Então, percebeu um barulho vindo da cozinha. Ai, meu Deus, disse a si mesma. Será que é um ladrão? Permaneceu deitada, imóvel, com o coração disparado de pavor. Depois, ela saiu da cama lentamente, enfiou-se num roupão e abriu a porta do quarto.

A luz da cozinha estava acesa. Será que ladrões acendiam as luzes? Ela hesitou e, em seguida, atravessou rapidamente o corredor. Ao chegar na cozinha, parou, boquiaberta. Heather estava à mesa, com uma xícara de café nas mãos, rodeada de provas de página da *Londoner*. Ao perceber a presença de Candice, ela ergueu os olhos com uma expressão ansiosa e abatida.

— Oi — disse ela, voltando sua atenção imediatamente para as folhas de papel.

— Oi — respondeu Candice. — O que você está fazendo? Não está trabalhando, não é?

— Me esqueci de fazer isso — disse Heather, olhando para as provas de página. — Me esqueci completamente. — Ela esfregou os olhos vermelhos e Candice a fitou, assustada. — Trouxe isso para organizar em casa durante o fim de semana e acabei me esquecendo. Como posso ser tão *estúpida*?

— Bem... não se preocupe! Não é o fim do mundo!

— Tenho que refazer cinco páginas até amanhã! — disse Heather com um tom de desespero na voz. — E depois tenho que passar todas as correções para o arquivo digital, antes de Alicia chegar! Prometi que estaria tudo pronto!

— Não estou entendendo — disse Candice, afundando-se em uma cadeira. — Por que você está com uma carga tão grande de trabalho?

— Eu me atrasei — explicou Heather. Ela bebeu um gole de café e estremeceu. — Alicia me deu um monte de coisas para fazer e eu... Não sei, talvez não seja ágil como os outros. Acho que eles são mais inteligentes do que eu.

— Bobagem! — retrucou Candice imediatamente. — Vou falar com a Alicia. — Candice sempre gostou de Alicia, a austera revisora. Uma vez, chegara a cogitar a possibilidade de dividirem um apartamento.

— Não, não faça isso — pediu Heather. — Ela vai dizer... — Parou de falar subitamente, e fez-se silêncio na pequena cozinha, quebrado apenas pela marcação do relógio elétrico.

— O quê? — perguntou Candice. — O que ela vai dizer?

— Ela vai dizer que eu não merecia ter conseguido o emprego — respondeu Heather, desolada.

— Como é que é? — Candice riu. — Alicia jamais diria isso!

— Ela já disse — afirmou Heather. — Várias vezes.

— Você está falando sério? — perguntou Candice, atônita. Heather a fitou, em dúvida se deveria continuar, e suspirou.

— Ao que parece, uma amiga dela também havia se candidatado à vaga. Uma moça com experiência de dois anos em outra revista. E eu fui escolhida. Alicia ficou aborrecida.

Candice esfregou o nariz, confusa.

— Eu não sabia disso.

— Então não posso deixar que ela descubra que estou com dificuldades. Tenho que me virar de alguma forma. — Heather afastou o cabelo do rosto entristecido e bebeu outro gole de café. — Volte para a cama, Candice. Vá dormir.

— Não posso simplesmente deixar você aqui assim! — insistiu Candice. Ela pegou uma prova de página, cheia de correções coloridas e pousou-a na mesa novamente. — Me sinto péssima em relação a isso tudo. Não fazia ideia que você estava trabalhando tanto.

— Não tem problema. Contanto que eu consiga ter tudo pronto até amanhã de manhã... — A voz de Heather tremeu ligeiramente. — Vou ficar bem.

— Não — disse Candice, com súbita determinação. — Ora, isso é absurdo! Vou te ajudar. Não me tomará muito tempo.

— Jura? Você faria isso? — Heather lançou-lhe um olhar de súplica. — Ah, Candice...

— Vou chegar cedo ao escritório e passar as correções para o arquivo. Que tal?

— Mas... — Heather engoliu em seco. — Será que Alicia não vai descobrir que você me ajudou?

— Envio as páginas para o seu terminal quando acabar. E você pode imprimi-las. — Candice sorriu. — Fácil, fácil.

— Candice, você é um anjo — disse Heather, afundando-se na cadeira. — E vai ser só desta vez, prometo.

— Sem problema — disse Candice com um sorriso. — Para que servem as amigas?

No DIA SEGUINTE, ela chegou cedo ao escritório e, pacientemente, concentrou-se nas páginas que Heather recebera para corrigir. O trabalho tomou-lhe mais tempo do que esperava.

Já eram 11 horas quando acabou a última prova. Olhou para Heather, fez um sinal afirmativo com o polegar e apertou o botão que enviaria a página ao terminal da amiga. Logo em seguida, ouviu Alicia dizendo atrás dela:

— Esta página também está ótima. Bom trabalho, Heather!

Candice sorriu e pegou a xícara de café. Sentia-se quase como uma estudante, trapaceando os professores.

— Candice? — Ela ergueu os olhos ao ouvir a voz de Justin e o viu na porta da própria sala, com o ar impecável de sempre. Sua testa estava franzida, numa expressão pensativa — que ele provavelmente praticara diante do espelho do banheiro, ela pensou, rindo consigo mesma. Depois de ter vivido com Justin e visto sua vaidade de perto, ela deixara de levar a sério suas expressões faciais devidamente ensaiadas. Aliás, ela também não conseguia levá-lo a sério como editor em absoluto. Ele podia ser pomposo o quanto quisesse e usar palavras rebuscadas nas reuniões, mas nunca chegaria aos pés de Maggie. Podia ter um vocabulário extenso e saber o nome do maître do restaurante Boodles, mas não tinha a menor noção a respeito de gente.

Mais uma vez, não conseguia entender como, durante algum tempo, se apaixonara pela aparência enganosa de Justin; acreditando que realmente o amava. Isso só mostrava, pensou, o quanto uma boa aparência pode influenciar, de maneira traiçoeira, o julgamento de alguém. Se ele fosse menos atraente fisicamente, ela poderia ter prestado atenção ao seu caráter desde o início e percebido mais cedo o quanto ele era egoísta por trás de todo o encanto eloquente e superficial.

— O que foi? — perguntou, levantando-se com relutância e se dirigindo à sala dele. Este era outro detalhe que, na sua opinião, o diferenciava de Maggie. Se ela tivesse que dizer algo, sairia de sua sala e falaria. Mas Justin parecia gostar de atender em sua própria sala; de ver os funcionários da revista entrarem e saírem, como fiéis lacaios. Não vejo a hora de ter Maggie de volta, pensou saudosa.

— Candice, ainda estou esperando a lista de perfis que você prometeu — disse Justin assim que ela se sentou. Ele recuara atrás da mesa e olhava, com ar desolado, pela janela como se estivesse sendo fotografado para um ensaio de moda.

— Ah, claro — respondeu, corada de raiva. Era típico dele tentar apanhá-la em algum erro. Ela havia planejado digitar a lista naquela manhã, mas acabou dando prioridade ao trabalho de Heather. — Estou ciente disso — disse ela.

— Humm. — Ele girou a cadeira para ficar de frente para ela. — Não é a primeira vez que você atrasa um trabalho, não é?

— É a primeira vez! — respondeu Candice, indignada. — Além do mais, é apenas uma lista. Não é exatamente o editorial da revista.

— Humm. — Justin a olhou pensativo e Candice se irritou.

— Então, está gostando de ser editor interino? — perguntou ela para mudar de assunto.

— Muito — respondeu Justin com ar sério, acenando com a cabeça. — Muito mesmo. — Depois, apoiou os cotovelos na mesa e, lentamente, aproximou as pontas dos dedos. — Eu me vejo um tanto como...

— Daniel Barenboim* — completou Candice antes de conseguir se controlar e sufocando uma risada. — Desculpe — sussurrou.

---

*Pianista e maestro argentino-israelense que há anos vem tentando, através da música, promover a paz entre Israel e os palestinos. (*N. da T.*)

— Eu me vejo como um conciliador — corrigiu Justin, disparando-lhe um olhar furioso. — Pretendo instituir uma série de verificações aleatórias para localizar problemas com o sistema.

— Que problemas? — perguntou Candice. — *Há* problemas com o sistema?

— Tenho analisado a administração desta revista desde que assumi o poder...

Poder!, pensou Candice com desprezo. Logo, logo ele vai estar se intitulando "Imperador".

— E notei vários problemas que, francamente, Maggie ignorou.

— Ah, é mesmo? — Candice cruzou os braços e olhou para ele da forma mais blasé possível. — Você acha que, nessas poucas semanas, já conseguiu ser melhor editor que a Maggie?

— Não foi isso que eu disse. — Justin fez uma pausa. — Maggie tem, como todos nós sabemos, muitos talentos e qualidades maravilhosas...

— Bem, com certeza Ralph pensa assim — completou Candice com lealdade. — Tanto que ele enviou uma garrafa de champanhe para ela.

— Claro — disse Justin, recostando-se confortavelmente na cadeira. — Sabia que ele vai se aposentar em poucas semanas?

— O quê?

— Eu soube esta manhã. Pelo visto, ele quer passar mais tempo com a família — explicou Justin. — Portanto, acho que teremos um novo chefe. Parece que um dos filhos dele irá assumir. Ele vem nos visitar na semana que vem.

— Nossa! — disse Candice, espantada. — Essa possibilidade nunca passou pela minha cabeça. — Ela franziu o cenho. — A Maggie sabe disso?

— Duvido — respondeu Justin, desinteressado. — Por que deveria? Ela tem outras coisas com que se preocupar. — Tomou um gole do café e lançou os olhos por cima do ombro de Candice, pela janela, para o escritório. — A propósito, sua amiga está fazendo um bom trabalho.

— Quem, Heather? — perguntou Candice com orgulho. — Sim, ela é boa, não é? Eu falei que era. — Ela se virou para seguir o olhar de Justin, viu Heather olhando para os dois e sorriu.

— Ela veio me procurar no outro dia com uma ideia excelente sobre uma matéria — disse Justin. — Fiquei bem impressionado.

— É mesmo? — disse Candice, virando-se para ele, interessada. — Qual é a ideia?

— Compras noturnas — respondeu Justin. — Ela quer fazer uma matéria completa a respeito disso.

— O quê? — perguntou Candice, atônita.

— Vamos inseri-la na seção de estilo de vida. Vamos levar um fotógrafo a um shopping, entrevistar alguns clientes... — Justin franziu a testa, diante da expressão estupefata de Candice. — O que está havendo? Você não acha uma boa ideia?

— É claro que acho! — exclamou Candice, ruborizada. — Mas... — Ela não completou a frase. O que poderia dizer que não desse a impressão de que pretendia meter Heather em encrenca?

— O que foi então?

— Nada — respondeu Candice lentamente. Ela se virou mais uma vez e olhou pela janela, mas Heather havia desaparecido. — É... é uma ótima ideia.

Heather estava perto da máquina de café, ao lado de Kelly, a secretária do editorial. Ela era uma garota de 16 anos, de pernas longilíneas, rosto fino e olhos claros, sempre ansiosa pela fofoca mais recente.

— Você trabalhou muito esta manhã — disse ela, apertando o botão de chocolate quente. — Eu te vi digitando rápido! — Heather sorriu e recostou-se na máquina. — E enviou muitas coisas para Candice, não é? — acrescentou Kelly.

Heather deu um sobressalto.

— Sim — respondeu, desconfiada. — Como você percebeu?

— Ouvi seu computador acusando o envio de vários e-mails! — anunciou Kelly. — Vocês duas trocaram e-mails a manhã inteira! — Ela riu e pegou o copo de poliestireno, cheio de chocolate quente.

— É mesmo — assentiu Heather após uma pausa. — Como você é observadora. — Ela apertou o botão de café com leite. — Você sabe o que eram aqueles e-mails? — perguntou ela em tom mais baixo.

— O quê? — perguntou Kelly, curiosa.

— Candice me obriga a enviar para ela todo o meu trabalho para ser conferido — sussurrou Heather. — Cada palavra que eu escrevo.

— Você está brincando! — disse Kelly. — Por que ela faz isso?

— Não sei — respondeu Heather. — Acho que ela pensa que eu não sei fazer o trabalho, ou algo assim...

— Que cara de pau! — disse Kelly. — Eu não permitiria uma coisa dessas. — Ela soprou o chocolate quente. — Eu nunca gostei muito da Candice.

— Jura? — admirou-se Heather, aproximando-se de modo desinteressado. — Kelly... o que você vai fazer na hora do almoço?

Roxanne estava diante de Ralph, na pequena mesa de jantar da sua casa, e olhava para ele com ar acusador por cima do estrogonofe de carne.

— Você tem que parar de fazer uma comida tão gostosa! — disse ela. — Eu vou acabar engordando.

— Bobagem — retrucou Ralph, bebendo o vinho e acariciando a coxa de Roxanne. — Veja isso. Você está ótima.

— É fácil para você falar — respondeu ela. — Você não me viu de biquíni.

— Eu a vi com muito menos que um biquíni. — Ralph sorriu.

— Estou dizendo na praia! — corrigiu Roxanne, impaciente. — Ao lado de garotas de 15 anos. Havia centenas delas no Chipre. Aquelas garotas horrorosas, de corpos esguios, pernas longilíneas e enormes olhos castanhos.

— Detesto olhos castanhos — disse Ralph, tentando agradar.

— Você tem olhos castanhos — lembrou Roxanne.

— Eu sei. E eu os detesto.

Roxanne riu e reclinou-se na cadeira, aninhando os pés no colo de Ralph. Quando ele começou a massageá-los, ela sentiu novamente aquela ardilosa sensação no coração; um sentimento de esperança, de empolgação. Ralph planejara este encontro como um agrado a mais; há alguns dias, ele a surpreendera com um buquê de flores. Não era imaginação sua — ele estava definitivamente mudado. Desde que ela voltara do Chipre, ele vinha se comportando de modo diferente. Uma súbita onda de esperança tomou conta de Roxanne, e um sorriso iluminou seu rosto.

— A propósito, como foi a viagem? — acrescentou ele, acariciando os dedos do pé dela. — Nem perguntei. A mesma coisa de sempre?

— Mais ou menos — respondeu Roxanne, pegando a taça. — Ah, exceto algo que você nunca adivinharia. Nico Georgiou me ofereceu um emprego.

— Um emprego? — perguntou Ralph. — No Chipre?

— No novo resort que ele está construindo. É uma vaga de gerente de marketing ou algo assim. — Roxanne balançou o cabelo e olhou para Ralph de modo provocante. — A oferta é muito boa. O que você acha? Devo aceitar?

Em todos esses anos que estavam juntos, ela costumava provocá-lo desse jeito: mencionava oportunidades de emprego na Escócia, na Espanha, nos Estados Unidos — algumas verdadeiras, outras inventadas. A provocação era, em parte, uma brincadeira — e em parte, uma necessidade real de fazê-lo se dar conta de que ela sempre optava por ele; de que não estavam juntos simplesmente por falta de opção. Na verdade, antigamente, também era por uma necessidade de vê-lo sofrer. Ver sua decepção; para vê-lo experimentar, apenas por um segundo, a sensação da perda que ela sentia, cada vez que ele a deixava.

Mas, hoje, a provocação foi quase um teste. Um desafio. Um modo de fazê-lo falar sobre o futuro novamente.

— Ele até me enviou uma caixa de tangerinas — acrescentou ela, apontando para a cesta de frutas, na qual as tangerinas estavam arrumadas em uma pirâmide brilhante e alaranjada. — Então ele deve estar falando sério. O que você acha?

O que ela esperava é que ele sorrisse e dissesse: "Eu quero que esse cara vá se foder", como ele normalmente fazia. O que ela queria é que ele beijasse suas mãos e perguntasse, novamente, o que ela gostaria de estar fazendo em um ano. Mas Ralph não fez nada disso. Apenas a fitou, como se ela fosse uma estranha. Por fim, ele pigarreou e perguntou: — Você está pensando em aceitar?

— Pelo amor de Deus, Ralph! — gritou Roxanne, decepcionada. — Só estou brincando! É claro que não quero aceitar.

— Por que não? — Ele inclinou-se para a frente, olhando-a com uma expressão esquisita. — Não seria um bom emprego?

— Não sei! — exclamou Roxanne. — Já que você pergunta, imagino que seria um emprego maravilhoso. — Ela pegou um cigarro. — E naturalmente eles estão *loucos* para me contratar. Sabe que eu teria até moradia? — Ela acendeu o cigarro e olhou para ele através da fumaça. — Não me lembro de ter recebido nenhuma oferta de moradia das Publicações Allsopp.

— Então... o que você disse a eles? — perguntou Ralph, juntando as mãos como se estivesse rezando. — Qual foi a sua resposta?

— Ah, a de sempre — respondeu Roxanne. — Eu disse: agradeço, mas não posso aceitar.

— Quer dizer que você recusou.

— Claro! — disse Roxanne, rindo. — Por quê? Você acha que eu deveria ter dito sim?

Fez-se um silêncio profundo, e Roxanne ergueu os olhos. Diante da expressão tensa de Ralph, ela sentiu um frio na espinha.

— Você só pode estar brincando — disse ela, tentando sorrir. — Você acha que eu deveria ter aceitado?

— Talvez seja hora de você mudar de vida. Aceitar uma dessas oportunidades. — Ralph pegou sua taça de vinho com a mão trêmula e bebeu. — Eu prendi você muito tempo. Atrapalhei sua vida.

— Ralph, não seja bobo!

— É tarde demais para mudar de ideia? — Ralph ergueu os olhos. — Você ainda pode ir lá e dizer a eles que está interessada?

Roxanne o fitou, abismada, como se tivesse levado uma bofetada.

— Sim — disse ela finalmente. — Suponho que eu poderia, teoricamente... — Ela engoliu em seco e afastou o cabelo do rosto, quase sem conseguir acreditar no que estava acontecendo. — Você está querendo dizer que é isso que eu deveria fazer? Você... *quer* que eu aceite esse emprego? — Sua voz ficou mais frágil. — Ralph?

Ralph não respondeu de imediato. Por fim, a fitou e disse:

— Exatamente. Eu acho que você deveria aceitar.

Houve silêncio na sala. Isso é um pesadelo, pensou Roxanne. Isso é um maldito pesadelo.

— Eu... não entendo — disse ela, tentando se manter calma. — Ralph, o que está acontecendo? Você falou sobre o futuro. Falou sobre praias caribenhas!

— Eu não, você falou.

— Você me *perguntou!* — gritou Roxanne, furiosa. — Deus do céu!

— Eu sei. Mas foi... um sonho. Fantasia. Isso é vida real. E eu acho que, se você tem uma oportunidade no Chipre, deveria aceitá-la.

— Foda-se a oportunidade! — retrucou, prestes a chorar, e engoliu em seco. — E quanto a nós dois? E quanto a uma oportunidade para nós dois?

— Há algo que eu preciso falar para você — disse Ralph subitamente. — Algo que fará... muita diferença em nossas vidas. — Ele se levantou, andou até a janela e, após uma longa pausa, virou-se. — Estou planejando me aposentar, Roxanne — disse ele com ar sério. — Ir para o campo. Quero passar mais tempo com a minha família.

Roxanne fitou seus honestos olhos castanhos. No início, ela não compreendeu o que ele dizia. Então, quando se deu conta do que ele pretendia, sentiu uma dor no peito.

— Você está querendo dizer que está tudo acabado — sussurrou ela, sentindo a boca seca. — Está querendo dizer que já se divertiu o suficiente. E agora vai... brincar de família feliz.

Fez-se silêncio.

— Se você quiser colocar dessa forma — disse Ralph finalmente —, então, sim. É isso. — Ele a encarou e rapidamente desviou o olhar.

— Não — disse Roxanne, sentindo o corpo inteiro começar a tremer. — Não vou deixar você fazer isso. Você não pode fazer isso. — Ela deu um sorriso desesperado. — Não pode estar acabado. Não desta forma.

— Você irá para o Chipre — disse Ralph com um leve tremor na voz. — Você irá para o Chipre e construirá uma vida nova maravilhosa. Longe de tudo isso. — Ele esfregou a testa. — É melhor assim, Roxanne.

— Você não quer que eu vá. Não pode estar falando sério. Diga que não está falando sério. — Ela estava fora de controle, atordoada. Em um minuto, começaria a rastejar. — Você está brincando. — Ela engoliu em seco. — Não está?

— Não, Roxanne. Não estou brincando.

— Mas você me ama! — disse com um sorriso; as lágrimas começaram a rolar por seu rosto. — Você me ama, Ralph.

— Sim — assentiu Ralph com a voz embargada. — Amo. Eu te amo, Roxanne. Nunca se esqueça disso.

Ele se aproximou, tomou suas mãos e as beijou. Então, sem dizer mais nada, se virou, apanhou o casaco no sofá e foi embora.

Tomada pela angústia, Roxanne ficou observando Ralph se afastar e ouviu a porta bater. Por um momento, ela permaneceu em silêncio, pálida, tremendo; como se fosse vomitar. Então, com as mãos trêmulas, pegou uma almofada, cobriu o rosto e chorou baixinho.

CAPÍTULO ONZE

Maggie apoiou-se em uma cerca e fechou os olhos, inspirando o ar puro do campo. Eram nove da manhã, o céu estava azul e havia uma sensação de verão no ar. Em outros tempos, pensou, ela ficaria animada com um dia tão bonito. Teria se sentido energizada. Mas hoje, em casa, com sua filhinha adormecida no carrinho de bebê ao seu lado, tudo o que sentia era cansaço.

Estava pálida e esgotada por dormir pouco; nervosa e constantemente tinha vontade de chorar. Lucia acordava a cada duas horas querendo mamar. E ela não podia amamentá-la na cama, porque Giles precisava dormir para conseguir acordar cedo para trabalhar. Portanto, ela passava a noite inteira sentada na cadeira de balanço no quarto da filha, cochilando enquanto ela mamava e acordando logo depois, com um sobressalto, quando ela começava a chorar novamente. Quando os primeiros sinais da manhã se anunciavam, ela se arrastava sonolenta até o quarto com Lucia nos braços.

— Bom dia! — dizia Giles se espreguiçando na enorme cama, com um sorriso. — Como estão as minhas meninas?

— Bem — respondia Maggie todos os dias, sem mais detalhes. Porque, afinal de contas, de que adiantaria agir de outra forma? Giles não poderia amamentar Lucia; não conseguiria fazê-la dormir. Além disso, ela sentia uma espécie de triunfo obstinado, por se recusar a e queixar; por sua capacidade de sorrir e dizer a Giles que tudo ia maravilhosamente bem, e ver que ele acreditava. Ela o ouvia ao telefone, cheio de orgulho, dizendo aos amigos que Maggie se adaptara à maternidade como um pato à água. Depois, ele se aproximava, dava-lhe um beijo afetuoso e dizia que todos estavam surpresos com sua habilidade; que todos ficavam admirados ao saber que tudo se ajeitara tão rapidamente. "Mãe do Ano!", ele a chamara um dia. "Eu disse que seria assim!" Sua alegria era evidente. E ela não poderia estragar tudo agora.

Portanto, ela apenas entregava Lucia a ele e se afundava no conforto quente da cama, quase chorando de alívio. Aqueles trinta minutos, todas as manhãs, eram sua salvação. Ela observava Giles brincar com a filha, olhava em seus olhos, por cima da cabecinha do bebê, e sentia uma grande emoção; um amor tão forte que chegava a doer.

Depois, Giles se vestia, beijava as duas e ia para o trabalho, e o resto do dia seria dela. Horas e horas sem nada para fazer além de cuidar de um bebê. Parecia algo ridiculamente fácil.

Então, por que ela estava tão cansada? Por que cada tarefa simples parecia tão extenuante? Era como se nunca fosse conseguir se livrar da nuvem de cansaço que se abatera sobre ela; que nunca recuperaria sua antiga energia ou seu senso de humor. Coisas que mal a irritavam antes do parto agora a faziam chorar; pequenos contratempos que antigamente a teriam feito rir agora a deixavam em pânico.

No dia anterior, ela levara a manhã inteira para se vestir e arrumar Lucia para ir ao supermercado. Antes de acabar de fazer as compras, parou para amamentar a filha no banheiro feminino. Depois, terminou de comprar o que queria e entrou na fila. Nesse momento, Lucia começou a chorar. Maggie ficou constrangida ao ver que algumas pessoas olhavam e tentou acalmá-la o mais discretamente possível,mas ela chorava cada vez mais alto e parecia que todo mundo estava olhando. Por fim, uma mulher à sua frente se virou e disse, com conhecimento de causa: — Ele está com fome, pobrezinho.

Para seu espanto, Maggie gritou: — É menina! E ela não está com fome! Acabei de amamentá-la! — Em seguida, quase chorando, arrancou Lucia do carrinho e saiu correndo do supermercado, deixando um rasto de olhares assustados atrás de si.

Agora, lembrando-se do incidente, sentia-se desapontada. Como poderia ser uma mãe competente se não era capaz sequer de uma simples ida ao supermercado? Ela via outras mães andarem tranquilamente pelas ruas, conversando despreocupadas com as amigas; sentarem-se em restaurantes com seus bebês adormecidos ao lado delas. Como essas mulheres conseguiam ser tão calmas? Ela nunca se atreveria a entrar em um restaurante, com medo de que Lucia começasse a chorar, com medo dos olhares irritados e críticos de pessoas tentando usufruir de uma refeição tranquila. O mesmo tipo de olhar que ela sempre lançava às mães com bebês chorões.

Uma lembrança de sua vida antes da maternidade veio à sua mente; uma lembrança tão convidativa que a fez querer se jogar no chão e cair em prantos. Neste momento, como se para trazê-la de volta à realidade, Lucia começou a chorar; um choro baixinho, queixoso, quase perdido no vento. Maggie abriu os olhos e sentiu o familiar cansaço. Aquele choro penetrante a acossava a toda hora: ela o ouvia nos sonhos, no assobio da chaleira elétrica, no ruído das torneiras, quando tentava tomar banho. Não conseguia evitá-lo.

— Tudo bem, meu amor — disse ela em voz alta, sorrindo para Lucia. — Vamos voltar para dentro.

Giles havia sugerido que ela levasse Lucia para um passeio naquela manhã. E ao ver o céu azul, ela achou que seria uma boa ideia. Mas agora, empurrando com dificuldade o carrinho pela lama grossa, o lugar parecia um verdadeiro campo de batalha. *O que havia de tão especial no ar com cheiro de estrume, afinal de contas?* Pensou forçando o carrinho, quando ele emperrou em um trecho de espinheiros. E por causa do movimento brusco, Lucia começou a chorar mais alto.

— Desculpe! — disse Maggie ofegante. Então, deu um último empurrão que liberou a roda e começou a andar mais rapidamente, em direção à casa. Ao chegar diante da porta dos fundos, seu rosto estava molhado de suor.

— Pronto — disse ela, retirando Lucia do carrinho. — Vamos trocar a fralda e mamar.

Será que falar com um bebê de quatro semanas era como falar consigo mesma? Ela se perguntou enquanto subia rapidamente as escadas. Será que ela estava ficando maluca? Lucia berrava cada vez mais alto, e ela se viu correndo em direção ao quarto. Depois, deitou Lucia no trocador, desabotoou o macacãozinho e estremeceu. O pijaminha de dentro estava totalmente encharcado.

— Tudo bem — cantarolou. — Já vou trocar você... — Ela puxou o macacão e rapidamente desabotoou o pijama, irritada por estar atrapalhada. Lucia chorava cada vez mais alto e mais, recuperando o fôlego nos intervalos. Lágrimas surgiam nos cantos dos seus olhinhos, e Maggie sentiu o rosto arder de aflição.

— Já vou trocar você, Lucia — disse ela, tentando se manter calma. Com gestos rápidos, ela retirou a fralda molhada, lançou-a no chão e foi pegar uma nova. Mas a prateleira estava vazia. Uma onda de pânico tomou conta dela. Onde estavam as fraldas? De repente, lembrou-se que pegara a última antes de sair para o passeio, prometendo abrir outra caixa e reabastecer a prateleira em seguida. Mas, naturalmente, não fez isso.

— Certo — falou, afastando o cabelo do rosto. — Certo, fique calma. — Então,tirou Lucia do trocador e colocou-a no chão, onde estaria mais segura. O choro de Lucia aumentou de forma incomparável. Os gritos pareciam penetrar na cabeça de Maggie como uma furadeira.

— Lucia, por favor! — disse ela, notando que aumentara o tom de voz. — Eu só vou pegar uma fralda, está bem? Volto o mais rápido possível!

Ela correu pelo corredor até o quarto, onde havia guardado a caixa de fraldas, e começou a rasgar o papelão, desesperada. Quando finalmente conseguiu abrir a embalagem, viu que as fraldas estavam ensacadas, separadamente.

— Ah, meu Deus! — gritou e começou a arranhar o plástico, com força, como se fosse uma participante de uma daquelas ridículas competições japonesas. Por fim, conseguiu pegar uma fralda e arrancou-a, ofegante. Em seguida, voltou correndo e encontrou Lucia aos berros.

— Pronto, cheguei — disse Maggie sem fôlego. — Só um minuto. — Ela abaixou-se sobre Lucia e fixou a fralda rapidamente. Depois, segurando a filha em um dos braços, arrastou-se até a cadeira de balanço no canto do quarto. Cada segundo parecia contar, com o choro de Lucia cada vez mais alto nos seus ouvidos. Com uma das mãos sob o pulôver, ela tentou desatar o sutiã, mas o fecho estava preso. Com um resmungo, ela colocou Lucia no colo e enfiou a outra mão sob a blusa, tentando abrir o fecho; tentando se manter calma. O choro de Lucia ficava cada vez mais estridente e mais rápido, como a rotação aumentada de um disco.

— Já vai! — reclamou Maggie, mexendo no gancho, desesperadamente. — Estou tentando fazer o mais rápido possível, está bem? — Então, gritou: — Lucia, calma! Por favor, espere! Já vai!

— Não precisa gritar com ela, querida. — Veio uma voz da porta.

Maggie deu um sobressalto; e, ao ver quem era, sentiu o rosto empalidecer. Diante dela, com os lábios pressionados num gesto de desaprovação, estava Paddy Drakeford.

Candice estava com uma xícara de café nas mãos, perscrutando a tela do computador por cima do ombro do técnico, fingindo que entendia do assunto.

— Humm — disse o técnico finalmente, erguendo os olhos. — Você já teve algum programa antivírus instalado?

— Bem... não tenho certeza — respondeu Candice, corando diante do olhar do rapaz. — Você acha que é vírus?

— Difícil de dizer — respondeu o técnico, apertando algumas teclas. Discretamente, Candice olhou o relógio. Já eram onze e meia. Ela resolvera chamar um técnico acreditando que ele consertaria a máquina em alguns minutos, mas fazia uma hora que ele estava tentando identificar o problema e, pelo visto, parecia que levaria o resto do dia. Ela já havia telefonado para Justin dizendo que iria se atrasar e, após mostrar-se irritado, ele dissera:

— A propósito, Heather pediu para você trazer a pasta azul. Quer falar com ela? Ela está bem aqui.

— Não, eu... preciso desligar — disse Candice, apressada. Em seguida, desligou o telefone, suspirou de alívio e sentou-se com o coração disparado. Essa situação estava ficando ridícula. Ela precisava organizar a própria mente; libertar-se das garras da dúvida em relação a Heather que cresciam dentro dela.

Aparentemente, elas estavam se dando muito bem. Porém, no fundo, Candice começava a se perguntar se suas amigas estavam certas. Será que Heather estava se aproveitando dela? Ela ainda não pagara nenhum mês de aluguel, tampouco havia tocado no assunto. Além disso, mal agradecera a ela por ter feito grande parte de seu trabalho. E, para completar, Candice engoliu em seco, havia roubado, descaradamente, a ideia do artigo sobre compras noturnas, que Candice sugerira, e apresentado a Justin como se fosse dela.

Candice sentiu uma ponta de angústia e fechou os olhos. Sabia que precisava confrontá-la a respeito desse problema. Devia mencionar o assunto de maneira sutil e firme e ouvir o que Heather tinha a dizer. Talvez tudo não passasse de um equívoco, concluiu uma parte de sua mente. Talvez ela apenas não se tivesse conhecimento de que era incorreto apoderar-se da ideia de outra pessoa. Não era um bicho de sete cabeças — tudo que devia fazer era falar com ela e ver qual seria sua reação.

Mas Candice não conseguia. Só de pensar que poderia dar a impressão de estar fazendo acusações — ou a possibilidade de chegarem a uma discussão por causa disso — ficava apavorada. As coisas estavam indo tão bem entre elas. Será que valia mesmo a pena arriscar fazer um escândalo por causa de uma simples ideia?

E assim, durante mais de uma semana, ela não disse nada e tentou esquecer aquilo. Mas havia uma sensação ruim que não a abandonava.

— Você costuma fazer download na internet? — perguntou o técnico.

— Não — respondeu Candice, arregalando os olhos. Em seguida, pensou por um momento. — Para falar a verdade, sim. Tentei uma vez, mas não funcionou. Isso tem alguma coisa a ver?

O técnico fez uma careta e ela mordeu o lábio, sentindo-se tola. Neste momento, a campainha tocou e ela suspirou aliviada.

— Desculpe — disse. — Eu já volto.

Ed estava de pé no hall, usando uma camiseta velha, shorts e alpargatas.

— Então — disse ele sem preâmbulos. — Me fale de sua companheira de apartamento.

— Não há nada o que falar — retrucou Candice, corando involuntariamente. — Ela apenas... está morando comigo. Dividindo o apartamento.

— Isso eu sei. Mas de onde ela é? Como ela é? — Ed fungou por cima do ombro de Candice. — É café?

— Sim.

— O seu apartamento sempre tem cheiro gostoso — disse Ed. — Parece uma cafeteria. O meu cheira a merda.

— Alguma vez você já fez uma faxina?

— Tenho uma faxineira que faz. — Ele inclinou-se para dentro do apartamento e fungou novamente. — Vamos lá, Candice, me ofereça uma xícara de café.

— Ah, tudo bem. Entre. — Pelo menos seria uma desculpa para não voltar ao técnico.

— Vi sua amiga saindo esta manhã sem você — disse Ed, seguindo-a até a cozinha — e pensei: Oba! Hora de tomar café.

— Você não tem planos para hoje? — perguntou Candice. — Nenhuma propriedade para visitar? Assistir a programas vespertinos na televisão?

— Não precisa ofender! — resmungou Ed. Ele pegou o saleiro e o bateu na palma da mão. — Esta maldita licença do trabalho está me deixando louco.

— Por quê? — perguntou Candice em tom hostil.

— Estou entediado! — Ele sacudiu o sal sobre a mesa e escreveu a palavra "Ed". — Entediado, entediado, entediado.

— Você obviamente não tem nenhum recurso interior para superar isso — disse Candice, tomando o saleiro das mãos dele.

— Não. Nenhum. Fui a um museu ontem. *Um museu.* Acredita?

— Qual? — perguntou Candice.

— Sei lá. Um com cadeiras macias. — Candice fitou-o por um momento, revirou os olhos e virou-se para encher a chaleira. Ed sorriu e começou a vaguear pela cozinha.

— Quem é esta criança? — perguntou, apontando para uma fotografia presa no quadro de cortiça.

— É a criança cambojana que eu apadrinho — respondeu Candice ao pegar o café.

— Qual é o nome dele?

— Pin Fu. Quer dizer, Ju — corrigiu-se. — Pin Ju.

— Você envia presentes de Natal para ele?

— Não. Não é considerado útil — explicou Candice, enquanto colocava o pó de café na cafeteira. — Além do mais, ele não faz questão dessas futilidades ocidentais.

— Aposto que faz — argumentou Ed. — Ele deve ser louco por um boneco do Darth Vader. Você já o viu pessoalmente?

— Não.

— Já falou com ele por telefone?

— Não. Não seja estúpido.

— Então, como sabe que ele existe?

— O quê? — Candice levantou os olhos. — É claro que ele existe! Lá está ele. — disse, apontando para a fotografia. Ed lançou-lhe um sorriso perverso.

— Você confia demais nas pessoas. Como pode saber se eles não enviam a mesma foto para todos os otário, usam um nome diferente e ficam com o dinheiro? Por acaso o Pin Ju envia um recibo pessoal?

Candice revirou os olhos com desdém. Às vezes nem valia a pena responder às perguntas do Ed. Ela verteu água quente na cafeteira, e um cheiro delicioso inundou a cozinha.

— Você não me falou da Heather — lembrou Ed ao se sentar. Só de ouvir o nome, Candice sentiu um espasmo no estômago e desviou o olhar.

— O que você quer saber?

— Como a conheceu?

— Ela é... uma velha amiga.

— Ah, é mesmo? Bem, se ela é uma velha amiga, como eu nunca a vi antes? — Ed inclinou-se para a frente com ar de curiosidade. — Como você nunca sequer falou dela?

— Porque... perdemos contato durante um tempo, entendeu? — explicou Candice, irritada. — Por que você está tão interessado, afinal?

— Não sei — respondeu Ed. — Há algo nela que me intriga.

— Bem, se ela o intriga tanto, por que não a convida para sair? — perguntou Candice bruscamente.

— Talvez eu faça isso — disse Ed, sorrindo.

Em silêncio, Candice serviu o café e Ed bebeu um gole.

— Você não se importaria, não é, Candice? — acrescentou com um brilho nos olhos.

— Claro que não! — respondeu Candice imediatamente, jogando o cabelo para trás. — Por que eu deveria me importar?

A voz do técnico os interrompeu e ambos ergueram os olhos.

— Oi — disse Candice. — Conseguiu descobrir o problema?

— Vírus — respondeu o técnico com uma careta. — Infectou tudo.

— Puxa vida! — disse Candice, desanimada. — Bem, tem como resolver o problema?

— Já sumiu há muito tempo — explicou o técnico. — Esses vírus são muito ágeis. Entram e saem sem que se perceba. Tudo que eu posso fazer agora é tentar consertar o estrago deixado para trás. — Ele balançou a cabeça com ar de reprovação. — E no futuro, senhorita Brewin, sugiro que tente proteger melhor o seu computador.

Maggie estava sentada à mesa da cozinha, sentindo-se tensa e humilhada. Diante do fogão Aga, Paddy levantou a chaleira, verteu água fervente no bule e lançou os olhos ao moisés, ao lado da janela.

— Ela parece estar dormindo profundamente agora. Acho que toda aquela gritaria a deixou cansada.

A crítica subentendida ficou evidente e Maggie corou. Não conseguia encarar Paddy; não conseguia suportar aquele olhar desaprovador novamente. "Queria ver se você consegue!", quis gritar. Queria ver se consegue se manter calma depois de várias noites sem dormir. Mas em vez disso, ficou em silêncio, de cabeça baixa, traçando o modelo da madeira da mesa com o dedo. Fique firme, disse a si mesma, apertando a própria perna. Fique firme até ela ir embora.

Após presenciar a cena no quarto, Paddy a deixara sozinha para amamentar e ela se sentira angustiada, como uma criança castigada. Quando desceu com Lucia no colo, viu que Paddy tinha arrumado a cozinha, colocado a louça na máquina de lavar e limpado o chão. Ela sabia que deveria ficar agradecida, mas, em vez disso, interpretou o gesto como crítica. Uma boa mãe nunca teria deixado a cozinha chegar a um estado tão lastimável. Uma boa mãe nunca teria saído sem limpar a cozinha.

— Pronto — disse Paddy, trazendo uma xícara de chá. — Quer açúcar?

— Não, obrigada — respondeu Maggie, ainda de cabeça baixa. — Estou tentando perder peso.

— É mesmo? — Paddy fez uma pausa com o bule de chá na mão. — Quando eu estava amamentando, achava que tinha que comer por dois, senão os meninos ficariam com fome. — Ela deu um risinho e Maggie sentiu um espasmo de ódio irracional. O que ela estava querendo dizer? Que ela não estava alimentando Lucia apropriadamente? Que seu leite era fraco? Sentiu um nó na garganta e engoliu em seco.

— E como ela está se comportando à noite? — perguntou Paddy.

— Bem — disse Maggie de maneira breve, bebendo um gole do chá.

— Ela está entrando numa rotina?

— Não exatamente. Mas hoje em dia não se recomenda forçar a criança com rotinas. — Quando ergueu a cabeça, percebeu o olhar fixo de Paddy. — Dizem que o certo é amamentar quando o bebê chora e deixar que ele fixe seus próprios horários.

— Entendi — assentiu Paddy com outro risinho. — Está tudo mudado hoje em dia.

Maggie tomou outro gole do chá e olhou pela janela.

— É uma pena que seus pais não puderam ficar mais tempo — acrescentou Paddy. Maggie sentiu uma pontada de angústia e tentou espantar as lágrimas. Por que Paddy tinha que piorar as coisas? Seus pais haviam ficado dois dias enquanto Maggie estava no hospital. Depois, embora relutantes, precisaram partir. Afinal, ambos ainda trabalhavam, e a distância entre Derbyshire e Hampshire era grande. Maggie sorrira ao se despedirem, prometera que ficaria bem e que os visitaria em breve. Mas, na realidade, a partida deles a entristecera mais do que ela esperava. A lembrança do rosto amável de sua mãe ainda a fazia chorar. E, ainda por cima, Paddy a atormentava com isso.

— Bem — disse ela sem mover a cabeça —, eles são pessoas ocupadas.

— Imagino que sim. — Paddy tomou um gole do chá e pegou um biscoito da lata. — Maggie...

— Que foi? — Com relutância, Maggie virou a cabeça.

— Você já pensou em ter algum tipo de ajuda? Contratar uma babá, por exemplo.

Maggie a fitou como se tivesse levado um tapa na cara. Então Paddy realmente achava que ela era uma mãe inapta; que ela não era capaz de cuidar da própria filha sem ajuda profissional.

— Não — respondeu ela com um riso próximo às lágrimas. — Por que, você acha que preciso de ajuda?

— Isso é você quem decide, é claro...

— Eu prefiro cuidar dela sozinha — replicou Maggie com a voz trêmula. — Posso não fazer tudo certinho, mas...

— Maggie! Eu não quis dizer... — Ela não completou a frase e Maggie desviou o olhar. A cozinha ficou em completo silêncio, quebrado apenas pela respiração de Lucia.

— Acho que já vou — anunciou Paddy finalmente. — Não quero atrapalhá-la.

— Tudo bem — assentiu Maggie, dando de ombros.

Ela observou Paddy juntar suas coisas e disparar-lhe um olhar esquisito.

— Você sabe onde me encontrar — disse ela. — Até logo, querida.

— Tchau — disse Maggie com indiferença.

Ela esperou Paddy sair da cozinha e passar pela porta da frente; esperou o motor ser ligado e o cascalho crepitar sob as rodas. Então, só quando o carro desapareceu completamente e ela não ouvia mais nada, irrompeu em prantos.

CAPÍTULO DOZE

Roxanne estava sentada em um banco de madeira, tinha os ombros curvados e uma parte do rosto escondida atrás de um cachecol e olhava para o outro lado da rua — para a casa de Ralph Allsopp, em Londres. Era uma casa apertada em uma praça tranquila de Kensington, com grades pretas e porta azul. Uma casa cuja parte externa ela vira muitas vezes; uma casa que ela havia amaldiçoado e observado por horas a fio, chorando — e na qual nunca havia entrado.

No início do relacionamento, alguns anos atrás, ela costumava vir discretamente e ficar sentada por várias horas diante da casa. Ficava na praça, com um livro nas mãos, fitando a fachada, atrás da qual Ralph e sua família viviam; como se tentasse memorizar cada tijolo, cada pedra na entrada, perguntando a si mesma se aquele seria o dia em que ela iria avistá-la, ou avistá-lo, ou ver qualquer um deles.

Naquela época, Cynthia ainda passava a maior parte do tempo em Londres, e Roxanne a vira muitas vezes subindo ou descendo os degraus com Sebastian, ambos vestidos com elegantes sobretudos azul-marinhos (provavelmente da Harrods, a contar pelo número de vezes que as peruas de entrega da loja paravam diante da casa). Então, a porta se abria e Roxanne se aprumava e deixava o livro de lado. E Cynthia aparecia. Cynthia Allsopp, com sua expressão elegante e alienada. E o pequeno Sebastian, com seu inocente corte de cabelo a la Robin Christopher, do *Ursinho Pooh*. Roxanne observava os dois descerem os degraus e entrarem no carro, ou descerem a rua a pé. Assimilava cada nova peça do guarda-roupa de Cynthia, cada novo penteado, cada palavra que ouvia, cada detalhe possível. A imagem sempre a deixava desolada; fascinada — e, basicamente, deprimida. Porque Cynthia era a esposa dele. Aquela mulher elegante e indiferente era a esposa dele. E ela, Roxanne, a amante. A amante brega e de mau gosto. A empolgação que sentia ao avistá-los — uma sensação de poder — sempre dava lugar a um sentimento de vazio; uma consternação sombria e destrutiva.

Mesmo assim, ela insistia em voltar. Não conseguia resistir ao apelo daquela porta azul. Até o dia em que levou um susto ao ver Ralph descer os degraus com uma caixa cheia de livros nas mãos, lançar os olhos em direção à praça e avistá-la. Com o coração disparado, ela se abaixou imediatamente, rezando para que ele não fizesse estardalhaço; para que ele permanecesse calmo. Num gesto admirável, ele assim o fez. Mas não foi calmo ao telefone naquela noite. Ficou zangado — de uma forma que ela nunca tinha visto antes. Ela suplicou, argumentou; prometeu nunca pisar na praça novamente. E cumpriu a promessa.

Mas agora ela a estava quebrando. Agora, não dava a mínima se alguém a visse. Ela *queria* ser vista. Enfiou a mão no bolso e pegou um cigarro e o isqueiro. A ironia era que, agora, anos depois, já não importava mais. As luzes estavam apagadas; o local, vazio. Cynthia nem morava mais na maldita casa. Ela havia se mudado para a casa de campo, e só aparecia ali durante as liquidações da Harrods. E Sebastian montava seus pequenos pôneis e todo o mundo estava feliz. E essa era a vida que Ralph escolhia em vez da companhia dela.

Roxanne deu uma forte tragada e exalou com um tremor. Não iria mais chorar. Já tinha borrado quase toda a maquiagem. Nas últimas duas semanas, ficara em casa, bebendo vodca, usando a mesma legging todos os dias e olhando pela janela. Às vezes chorando, às vezes estremecendo, às vezes em silêncio. Havia deixado a secretária eletrônica ligada e escutara as mensagens se acumularem, como moscas mortas — mensagens irrelevantes, estúpidas, de pessoas nas quais ela não estava interessada. Uma delas de Justin, convidando-a para a festa da aposentadoria de Ralph — e ela sentira uma dor atravessá-la, como um choque elétrico. Ele realmente estava fazendo aquilo, ela pensara com lágrimas nos olhos novamente. Ele estava mesmo fazendo aquilo.

Candice tinha deixado inúmeras mensagens, assim como Maggie, e ela se vira tentada a ligar de volta. De todas as pessoas, aquelas eram as únicas com quem ela queria falar. Chegara até a pegar o telefone uma vez e começar a discar o número de Candice. Porém desistiu, tremendo de medo, incapaz de pensar no que diria; como começaria. Não saberia até que ponto poderia se abrir. Era um segredo grande demais. Era mais fácil — muito mais fácil — não dizer nada. E ela tivera seis anos de prática de silêncio.

As amigas, naturalmente, pensaram que ela estava viajando. "Ou talvez você esteja com o 'Sr. Casado'", dissera Maggie em uma das suas mensagens, e Roxanne riu, em meio às lágrimas. Maggie querida, pensou. Se ela soubesse... "Mas nos veremos no dia primeiro. Você estará lá, não é?", acrescentara Maggie, ansiosa.

Roxanne olhou o relógio. Era dia primeiro. Seis horas da tarde. Dentro de meia hora, elas estariam lá. As duas pessoas — neste momento — mais queridas no mundo. Ela apagou o cigarro, levantou-se e ficou de frente para a casa de Ralph Allsopp.

— Foda-se — disse em voz alta. — Foda-se! — Então virou-se e foi embora, batendo os saltos do sapato no chão molhado.

Ralph Allsopp ergueu a cabeça da cadeira na qual estava sentado e olhou pela janela. O céu escurecia e as luzes da praça começavam a ser acesas. Ele ligou um abajur e, imediatamente, a sala clareou.

— Está tudo bem? — perguntou Neil Cooper, desviando o olhar dos papéis.

— Claro — respondeu Ralph. — Eu só pensei ter ouvido algo. Não deve ser nada. — Ele sorriu. — Continue.

— Certo — assentiu Neil Cooper. Ele era jovem, usava um corte de cabelo austero e tinha um jeito um tanto nervoso. — Bem, como eu estava dizendo, acho que a melhor opção neste caso seria acrescentar um codicilo ao testamento.

— Entendi — disse Ralph. Ele fitou os vidros da janela, molhados da chuva de Londres. Testamentos, pensou, eram como a vida em família. Ambos começavam pequenos e simples. Depois cresciam com o decorrer dos anos, com casamentos e filhos; tornavam-se ainda mais complexos com infidelidade; com riqueza acumulada; com lealdades compartilhadas. Seu próprio testamento agora era do tamanho de um pequeno livro. Uma convencional saga de família.

Mas sua vida não tinha sido uma mera saga de família convencional.

— Um romance — disse ele em voz alta.

— Como? — perguntou Neil Cooper.

— Nada — respondeu Ralph, balançando a cabeça, como se quisesse esvaziá-la. — Um codicilo. Sim. E podemos redigir isso agora?

— Claro — respondeu o advogado, apertando a caneta. — Você precisa me dizer, em primeiro lugar, o nome do beneficiário.

Houve silêncio. Então, Ralph fechou os olhos por um momento e suspirou profundamente.

— O nome da beneficiária é Roxanne — disse, apertando o braço da cadeira. — senhorita Roxanne Miller.

Maggie estava sentada diante de uma mesa de plástico, em um café na estação de Waterloo, tomando chá. Ela havia chegado a Londres há uma hora e, inicialmente, pensou em aproveitar a oportunidade para fazer umas compras. Porém, ao saltar do trem, só de imaginar lojas cheias acabou desistindo da ideia. Em vez disso, entrou no restaurante, pediu um chá e permaneceu sentada o tempo todo. Sentia-se aturdida pelo esforço que fizera para chegar ali; mal podia acreditar que fazia essa longa viagem todos os dias.

Ela apanhou a revista de moda que comprara em um quiosque, mas logo a deixou de lado, incapaz de se concentrar. Estava atordoada; meio desorientada de tanto cansaço. Lucia ficara acordada praticamente a noite inteira, chorando com cólica, pelo menos era o que ela achava que fosse. Passou a noite andando de um lado para o outro, o mais longe possível de Giles, tentando acalmá-la com os olhos semicerrados, quase dormindo em pé. Quando amanheceu, Giles foi para o trabalho e, em vez de se arrastar de volta para cama, ela passou o resto do dia se preparando para sair à noite. Algo que antigamente não exigiria nenhum esforço.

Tinha decidido lavar o cabelo, na esperança de que a rajada de água a despertasse. Quando começou a secá-lo, Lucia acabou acordando e ela se viu forçada a balançar a cadeirinha com o pé, ao mesmo tempo em que continuava usando o secador. Por um momento, a situação pareceu cômica, e ela pensou em contar às amigas naquela noite. Quando abriu o armário, não sabia o que usar, e seu ânimo desapareceu imediatamente. Ela ainda não cabia em nenhuma das roupas que costumava usar antes da gravidez. Um guarda-roupa inteiro de roupas de marca diante dela — e não fazia a menor diferença, de nada adiantava.

Tinha sido escolha sua não comprar nada novo, em tamanho grande, contrariando a sugestão de Giles. Em primeiro lugar, porque isso significaria admitir derrota — e em segundo, porque acreditava piamente que em, no máximo um mês, estaria magra novamente. O manual assegurava que ela perderia peso com a amamentação, e ela deduziu que em poucas semanas estaria de volta ao normal.

Contudo, sete semanas depois do parto, ela não estava nem perto disso. Sua barriga estava flácida; seus quadris, enormes, e os seus peitos cheios de leite estavam ainda maiores do que durante a gravidez. Ao se olhar no espelho

— gorda, sem cintura e pálida de cansaço — sentiu vontade de cancelar o encontro. Como poderia entrar no Manhattan Bar daquele jeito? As pessoas iriam rir dela. Então, jogou-se na cama e afundou a cabeça nas mãos, chorando.

Mas logo depois abriu os olhos, secou as lágrimas e disse a si mesma para deixar de ser boba. Ela não estava indo a Londres para posar para fotos. Iria a Londres encontrar com suas duas melhores amigas. E elas não se importariam com sua aparência. Então, respirou fundo, levantou-se e foi até o guarda-roupa novamente. Evitando olhar para as roupas que usava antes da gravidez, ela pegou um pretinho básico que usara diversas vezes e o colocou na cama, para vesti-lo pouco antes de sair. Ela não queria se arriscar a sujá-lo com uma golfada de Lucia.

Às duas da tarde, Paddy tocou a campainha e Maggie a convidou para entrar com uma saudação gentil. Depois daquele dia em que Paddy a flagrara na cozinha, o clima entre as duas havia ficado um tanto esquisito. Tratavam-se de modo cordial, mas nada além disso. Quando Paddy se ofereceu para cuidar de Lucia para que Maggie pudesse sair ela aceitou educadamente, mas nenhuma demonstração de afeto surgiu entre elas.

Ao entrar, Paddy examinou o rosto de Maggie com uma careta e disse:

— Querida, você parece cansada. Tem certeza que quer ir até Londres só para beber uns coquetéis?

Conte até dez, Maggie disse a si mesma. Conte até dez. Não seja grosseira.

— Tenho — respondeu finalmente, forçando-se a sorrir. — É... encontrar minhas amigas é muito importante para mim.

— Bem, eu acho que seria melhor se você fosse para a cama cedo — disse Paddy e deu aquele risinho novamente. Maggie ficou tensa.

— É muita bondade sua cuidar da Lucia — disse ela, fitando o corrimão. — Eu agradeço muito.

— Ah, não é trabalho nenhum! — argumentou Paddy imediatamente. — O que puder fazer para ajudar eu farei.

— Obrigada — disse Maggie respirando fundo, tentando se manter calma; se esforçando para ser gentil. — Bem, só para você saber, o leite que eu retirei com a bomba está em mamadeiras, na geladeira. Precisa ser aquecido na panela. Deixei tudo na cozinha para facilitar. Se ela chorar, talvez seja melhor dar o remédio para cólica. Está na...

— Maggie. — Paddy ergueu a mão com um sorriso. — Querida, eu criei três filhos sozinha. Tenho certeza de que posso dar conta da pequena Lucia.

Maggie a fitou, sentindo-se humilhada; teve vontade de contestar, mas não conseguiu.

— Tudo bem — disse finalmente, com a voz trêmula. — Vou me vestir. — E subiu as escadas correndo, já sem ânimo para ir a Londres. Queria mandar Paddy embora e passar a noite sozinha, embalando seu bebê.

No entanto, naturalmente, ela não fez nada disso. Penteou o cabelo e vestiu o casaco, com a impressão de ouvir Lucia chorando. Então, disse a si mesma para deixar de ser boba. Mas ao descer as escadas, o choro ficou mais alto. Ela correu até a cozinha e sentiu o coração pular do peito ao ver Lucia sendo consolada nos braços firmes e eficientes de Paddy.

— O que houve? — perguntou, ofegante, no momento em que a campainha tocou.

— Nada! — respondeu Paddy, rindo. — Deve ser o seu táxi. Agora vá e divirta-se. Lucia vai se acalmar em um minuto.

Maggie ficara arrasada, fitando o rostinho contraído e vermelho da filha.

— Talvez seja melhor eu segurá-la um pouco... — sugeriu.

— Sério, querida, ela vai ficar bem! Não há por que pegá-la no colo e deixá-la confusa. Nós duas vamos dar um belo passeio em volta da casa daqui a pouco, não é, Lucia? Olhe, ela já está se animando!

E, obviamente, os berros de Lucia foram diminuindo até cessarem por completo. Ela deu um enorme bocejo e fitou Maggie com seus olhinhos azuis, lacrimejantes.

— Vá — ordenou Paddy baixinho. — Enquanto ela está calminha.

— Tudo bem — assentiu Maggie sem reação. — Certo, já vou.

De alguma forma, ela conseguiu sair da cozinha e ir até a porta da frente. Ao fechá-la atrás de si, pensou ter ouvido Lucia chorar novamente. Mas não voltou. Forçou-se a continuar andando, entrar no táxi e pedir para levá-la até a estação; chegara até a sorrir para o bilheteiro quando comprou a passagem. Só quando o trem para Waterloo saiu da estação, as lágrimas começaram a cair no seu rosto, manchando sua maquiagem, cuidadosamente aplicada e caindo nas páginas de sua revista.

Agora, ela estava com a cabeça apoiada na mão, ouvindo o alto-falante da estação à distância e pensando, espantada, no quanto as coisas tinham mudado em sua vida. Seria perda de tempo tentar explicar a Candice e Roxanne o enorme esforço físico e emocional que fizera para estar ali naquela noite. Só uma mãe compreenderia; acreditaria no que ela havia passado. E, assim, de algum modo, elas nunca entenderiam o quanto ela valorizava aquela amizade. O quanto aquele trio era importante em sua vida.

Maggie suspirou, pegou um estojo de pó compacto para verificar sua aparência e levou um susto ao ver as sombras escuras sob os olhos. Então, decidiu que essa noite ela se divertiria o máximo possível. Essa noite compensaria tudo; ela iria conversar e rir com suas amigas queridas. E, possivelmente, recuperar algo próximo de sua antiga personalidade.

Candice estava diante do espelho do banheiro feminino retocando a maquiagem. Sua mão tremeu ligeiramente ao passar o rímel, e seu rosto exibia um aspecto cadavérico sob a iluminação vinda de cima. Ela deveria estar ansiosa pelo encontro — uma oportunidade de rever Maggie e Roxanne; uma oportunidade para descontrair. Mas sentia-se incapaz de relaxar enquanto estivesse tão confusa a respeito de Heather. Mais uma semana se passara, e ela ainda não tinha falado nada. Não havia mencionado nenhum dos assuntos que a incomodavam. E Heather, por sua vez, não dissera nada. Então, a situação permanecia sem esclarecimento e uma sensação incômoda dominava sua mente.

À primeira vista, sem dúvida, elas ainda eram as melhores amigas. Candice tinha certeza de que Heather nem desconfiava que algo estava errado — e, com certeza, ninguém mais no escritório tinha percebido nada. Mas Maggie e Roxanne eram mais espertas. Elas veriam a tensão em seu rosto; notariam que havia alguma coisa estranha. Elas a questionariam até ela admitir a verdade e a repreenderiam por ter ignorado seus conselhos. Uma parte sua queria evitar, esquivar-se do encontro a todo custo.

Neste instante, a porta se abriu. Ela ergueu os olhos e viu Heather entrar, elegante, com um blazer roxo.

— Oi, Heather — disse ela, forçando um sorriso.

— Candice. — A voz de Heather denotava grande aflição. — Candice, você deve me odiar. Me sinto terrível!

— Por quê? — perguntou Candice ainda tentando sorrir. — Do que você está falando?

— Da sua ideia, claro! — respondeu Heather com uma expressão sincera. — A sua ideia de escrever sobre compras noturnas!

Candice levou um susto. Então, ajeitou o cabelo e engoliu em seco.

— Como... como assim? — perguntou, tentando ganhar tempo.

— Eu acabei de ver a lista dos artigos para o mês de julho. Justin incluiu aquele artigo como se fosse ideia minha. — Heather segurou as mãos de Candice. — Ouça, eu disse a ele, logo de cara, que era sua ideia. Não sei por que ele achou que era minha.

— É mesmo? — perguntou Candice com o coração disparado.

— Eu não devia ter falado nada sobre o artigo — disse Heather em tom de quem se desculpa. — Mas só mencionei por alto quando estávamos tomando um café e ele ficou realmente entusiasmado. Eu disse que a ideia era sua, mas acho que ele não prestou atenção.

— Ah, sim — disse Candice, morrendo de vergonha; sentindo uma enorme culpa. Como ela pôde ter duvidado de Heather tão facilmente? Como pôde tirar conclusões sem antes verificar os fatos? Tudo por culpa de Maggie e Roxanne, pensou com súbito ressentimento. Elas a colocaram contra Heather.

— Sabe, eu percebi que havia algo errado — confessou Heather, emocionada. — Eu notei que havia um clima esquisito entre nós. Mas não fazia ideia do que poderia ser. Achei que talvez fosse por causa de alguma coisa que eu tivesse feito no apartamento e tivesse deixado você aborrecida. Ou você já não me aguentasse mais... Então, vi a lista e entendi. — Heather olhou bem nos olhos de Candice. — Você achou que eu tivesse roubado a sua ideia, não é?

— Não! — respondeu Candice, enrubescendo. — Bem, talvez — acrescentou, mordendo o lábio. — Eu não sabia o que pensar.

— Você tem que acreditar mim, Candice. Eu nunca faria isso com você. Nunca! — Então, aproximou-se e a abraçou. — Você fez tudo por mim. Eu te devo tanto... — Quando se afastou, seus olhos estavam cheios de lágrimas, e Candice sentiu os próprios olhos lacrimejarem.

— Estou tão envergonhada — sussurrou. — Eu nunca deveria ter suspeitado de você. Devia saber que era culpa do maldito Justin! — Então, deu um sorriso trêmulo e Heather riu.

— Vamos sair hoje à noite — sugeriu Heather. — Amigas novamente.

— Seria ótimo — disse Candice, secando os olhos. Em seguida, sorriu, com a maquiagem borrada. — Mas vou encontrar com Roxanne e Maggie no Manhattan Bar.

— Ah, tudo bem — assentiu Heather de modo superficial. — Fica para outra vez...

— Não, escute — pediu Candice, tomada por um súbito e intenso afeto por Heather. — Venha comigo. Junte-se ao grupo.

— Tem certeza? — perguntou Heather. — Você acha que elas não irão se importar?

— Claro que não! Você é minha amiga, portanto é amiga delas também.

— Não tenho certeza. A Roxanne...

— Roxanne adora você! É sério. — Candice olhou bem nos olhos dela e acrescentou: — Por favor, venha. Significaria muito para mim. — Heather lançou-lhe uma expressão de dúvida.

— Tem certeza?

— Claro! — afirmou Candice, abraçando-a num gesto impetuoso. — Elas vão gostar de ver você.

— Tudo bem. — Heather sorriu. — Podemos nos encontrar lá embaixo, que tal? Em... quinze minutos?

— Perfeito. — Candice sorriu. — Nos veremos lá embaixo.

HEATHER SAIU DO banheiro e olhou ao redor. Em seguida, foi direto para a sala de Justin e bateu à porta.

— Sim? — disse ele.

— Posso falar com você um momento? — perguntou ela.

— Claro. — Justin sorriu. — Mais ideias maravilhosas para a revista?

— Dessa vez não. — Heather jogou o cabelo para trás e mordeu o lábio. — Na verdade... é um assunto um tanto delicado.

— Ah, certo — disse Justin surpreso, apontando para uma cadeira. — Bem, entre.

— Não quero criar caso — justificou-se Heather ao sentar. — Aliás, me sinto constrangida até de tocar no assunto. Mas eu tinha que falar com alguém... — Ela esfregou o nariz e deu uma pequena fungada.

— Meu anjo! Qual é o problema? — perguntou Justin, se levantando, e passou por trás dela e fechou a porta. Em seguida, voltou para sua mesa. Atrás dele, pelo vidro da janela, as luzes do escritório brilhavam: uma curva de losangos brilhantes contra a escuridão.

— Se você tiver qualquer tipo de problema, eu quero saber — disse Justin, reclinando-se. — Seja o que for. — Ele apanhou um lápis e o manteve entre as duas mãos, como se tentasse medir algo. — É para isso que estou aqui.

Após um breve momento de silêncio, ela perguntou:

— O que eu vou falar pode permanecer totalmente confidencial?

— Mas é claro! — respondeu Justin. — Tudo o que você disser ficará entre estas quatro paredes — afirmou, apontando ao redor — e entre nós dois.

— Bem... — disse Heather em tom de dúvida. — Se você está absolutamente seguro... — Ela respirou fundo, trêmula, jogou o cabelo para trás e lançou a Justin um olhar de súplica. — É sobre a Candice.

CAPÍTULO TREZE

Aquela era a "Noite das Lendas de Hollywood" no Manhattan Bar e quem abriu a porta de vidro para Maggie foi uma sorridente sósia de Marilyn Monroe. Maggie entrou no saguão, observou a atmosfera vibrante e fechou os olhos, deixando aquele clima simplesmente fluir em seu corpo por um momento: o zumbido das pessoas conversando, a música animada ao fundo, o cheiro de filé de peixe frito, de fumaça de cigarro e de fragrâncias de marcas famosas flutuando no ar; trechos de conversa ouvidos casualmente; o barulho de uma súbita risada — e, atravessando suas pálpebras cerradas, o brilho, as luzes e as cores. Gente da cidade se divertindo. Quando abriu os olhos, sentiu uma felicidade que quase a fez chorar. Ela não havia se dado conta do quanto sentira falta de tudo isso. Depois do silêncio e da lama dos campos, depois do choro constante e enfadonho de Lucia, este bar barulhento e aconchegante. Era como voltar para casa.

Ela entregou o casaco na recepção, pegou a ficha prateada e virou-se em direção à multidão. No início, pensou que seria a primeira a chegar. Mas logo avistou Roxanne. Ela estava sozinha em uma mesa de canto, com um drinque diante de si. Quando ela ergueu a cabeça, sem saber que estava sendo observada, Maggie estremeceu. Roxanne parecia abatida. Seu rosto estava sombrio, os olhos pareciam inchados e um vinco marcava sua boca. Maggie teria pensado que era ressaca ou jet lag — não fosse a expressão dos olhos. Aqueles olhos ágeis e brilhantes, sempre cheios de sagacidade e entusiasmo, esta noite estavam entediados e embotados, como se nada ao redor interessasse. Enquanto era observada, Roxanne pegou o copo e tomou um gole. Qualquer que fosse o problema, certamente era algo sério, pensou Maggie, preocupada.

— Roxanne! — chamou ela, e se aproximou da mesa, passando pela multidão. — Roxanne!

— Maggie! — O rosto de Roxanne se iluminou e ela se levantou de braços abertos. As duas se abraçaram por mais tempo do que o habitual. Quando Maggie se afastou, viu que os olhos da amiga estavam cheios de lágrimas.

— Roxanne, você está bem? — perguntou ela com delicadeza.

— Sim! — respondeu Roxanne sem pensar. Então sorriu e pegou a bolsa, em busca de um cigarro. — Como vai? Como está o bebê?

— Está tudo bem — disse Maggie lentamente. Ela se sentou e notou as mãos trêmulas de Roxanne, quando revirava a bolsa tentando achar um isqueiro.

— E Giles? Está gostando de ser pai?

— Ah, está amando — respondeu Maggie em tom de ironia. — Os dez minutos diários.

— Dez minutos? Então o nosso Giles não é exatamente um homem moderno? — perguntou Roxanne, acendendo o cigarro.

— É o que parece — disse Maggie. — Roxanne...

— Sim?

— Você está bem? Tem certeza?

Roxanne olhou para a amiga, por trás da nuvem de fumaça. Seus olhos azuis estavam cheios de angústia; ela parecia estar fazendo um esforço enorme para manter o controle.

— Já estive melhor — assumiu finalmente. — A propósito, obrigada pelas mensagens. Elas me ajudaram a seguir em frente.

— Seguir em frente? — Maggie a fitou, consternada. — Roxanne, o que está acontecendo? Onde você estava?

— Não fui a lugar nenhum. — Roxanne esboçou um sorriso trêmulo e deu um trago no cigarro. — Estava em casa, bebendo muita vodca.

— Roxanne, que diabos aconteceu? — Os olhos de Maggie se aguçaram. — Isso tem alguma coisa a ver com o "Sr. Casado"?

Roxanne olhou para a ponta acesa do cigarro e então o apagou num gesto brusco.

— Lembra quando eu disse que em breve teria novidades? Bem, nem precisava levar a sério. — E se voltou para Maggie. — O "Sr. Casado" já era. Por escolha dele.

— Ah, meu Deus — sussurrou Maggie, deslizando a mão sobre a mesa para pegar a mão de Roxanne. — Coitadinha. Aquele safado!

— Olá! — Uma voz alegre as interrompeu e ambas ergueram os olhos. Scarlett O'Hara sorria para elas com um caderno na mão. — Posso pegar seu pedido?

— Por enquanto não — disse Maggie. — Daqui a pouco.

— Não, espere — pediu Roxanne. Então, esvaziou o conteúdo do copo e o entregou a Scarlett. — Quero outra vodca dupla com limão. — E sorriu para Maggie. — A vodca é minha nova melhor amiga.

— Roxanne...

— Não se preocupe! Não sou alcoólatra. Sou amante do álcool. Há uma diferença.

Scarlett desapareceu, e as duas amigas se entreolharam.

— Não sei o que dizer — falou Maggie, apertando a borda da mesa. — Minha vontade é ir até a casa dele e...

— De jeito nenhum — replicou Roxanne. — Está... está tudo bem, juro. — Após uma pausa, ela ergueu a cabeça com os olhos brilhando e perguntou: — Só de curiosidade, o que você faria?

— Arranharia o carro dele — disse Maggie com fúria. — Isso deixa qualquer homem arrasado. — Roxanne deu uma sonora gargalhada.

— Nossa, como senti sua falta, Maggie.

— Eu também. Estava com saudades de vocês duas. — Ela suspirou e olhou o bar lotado. — Estava ansiosa para chegar esse dia, como uma criança. Contando os dias!

— Eu já estava achando que não havia mais espaço para nós na sua vida rural — disse Roxanne com um sorriso malicioso. — Você tem andado muito ocupada caçando e frequentando reuniões de caça? — Maggie fez uma expressão entristecida e Roxanne franziu a testa. — Falando sério, Maggie, está tudo bem mesmo? Você está com uma aparência estranha.

— Puxa, muito obrigada pelo elogio.

— De nada.

— Aqui está! — A voz de Scarlett O'hara as interrompeu. — Uma vodca dupla com limão — disse, pousando o copo na mesa e sorrindo para Maggie. — E você vai querer alguma coisa?

— Ah, não sei — respondeu Maggie, pegando o cardápio de coquetéis e largando-o em seguida. — Eu ia esperar até estarmos todas aqui.

— Onde está Candice, afinal? — perguntou Roxanne, acendendo outro cigarro. — Ela vem mesmo?

— Suponho que sim — respondeu Maggie. — Ah, desisto, não posso esperar mais. — Ela olhou para a garçonete. — Vou querer uma Jamaican Rumba, por favor.

— E uma marguerita para mim — pediu Roxanne. — Não vou deixar você beber sozinha — acrescentou, ao perceber o olhar de Maggie. Quando a garçonete se retirou, ela recostou-se na cadeira e olhou para a outra com ar examinador. — Então, me conte. Como é ser a Mamãe Drakeford dos Pinheirais?

— Ah, sei lá — respondeu Maggie após uma pausa. Ela apanhou um descanso para copos prateado e começou a girá-lo. Uma parte sua desejava muito confiar em alguém. Queria compartilhar as sensações de cansaço e solidão; descrever sua relação complicada com a mãe de Giles; expor a canseira monótona que sua vida se tornara da noite para o dia. Mas por outro lado, não aceitava admitir tal derrota, mesmo a uma amiga tão querida como Roxanne. Estava acostumada a ser Maggie Phillips: a editora da *Londoner*, inteligente e organizada, e sempre no comando. Não Maggie Drakeford, uma mãe pálida, cansada e desiludida, que não conseguia sequer ir às compras.

Não sabia como começar a explicar o quanto essas sensações de cansaço e depressão estavam entrelaçadas com um sentimento de amor; com uma alegria tão intensa que a deixava até enfraquecida. Como poderia descrever o encanto que sentia toda vez que via o brilho nos olhinhos de Lucia ao vê-la; toda vez que aquele rostinho enrugado se abria num sorriso? Como poderia explicar que, em alguns dos seus momentos mais felizes estava morta de cansaço?

— É bem peculiar — disse ela finalmente. — Não é exatamente como imaginei.

— Mas você está gostando. — Roxanne apertou os olhos. — Não está?

Houve silêncio. Maggie recolocou o descanso para copos na mesa e começou a traçar círculos com o dedo sobre ele.

— Claro — assentiu após uma pausa. — Lucia é maravilhosa, e... e eu amo a minha filha. Mas, ao mesmo tempo... — Ela suspirou. — Ninguém pode imaginar o que é.

— Olhe, lá vem a Candice — interrompeu Roxanne. — Desculpe, Maggie. Candice! — Ela se levantou e perscrutou a multidão. — O que ela está fazendo?

Maggie se virou e seguiu o olhar fixo de Roxanne.

— Ela está falando com alguém — disse, franzindo a testa. — Não dá para ver quem... — Ela parou de falar, horrorizada. — Ah, essa não.

— Não acredito — disse Roxanne lentamente. — Não acredito! Ela trouxe aquela garota.

QUANDO CANDICE ESTAVA atravessando o salão lotado para chegar à mesa de Maggie e Roxanne, sentiu Heather puxar seu braço e se virou.

— O que houve? — perguntou, se surpreendendo com sua expressão preocupada.

— Olhe, Candice, não sei se é uma boa ideia — hesitou Heather. — Não sei se vou ser bem-vinda. Talvez seja melhor eu ir embora.

— De jeito nenhum! — retrucou Candice. — Sério, elas irão adorar ver você. E vai ser bom para você conhecê-las melhor.

— Bem... está certo — concordou Heather após uma pausa.

— Vamos! — Candice sorriu e pegou a mão de Heather. Estava animada esta noite, transbordando de empolgação e afeto em relação à Heather e em relação a Maggie e Roxanne; até em relação à garçonete vestida como Doris Day que passou na frente delas, forçando-as a parar. — Não é divertido? — perguntou, virando-se para Heather. — Pense nisso: há algumas semanas teria sido você, vestida assim.

— Até você me resgatar da minha triste vida de garçonete. Minha Princesa Encantada — disse Heather, apertando a mão de Candice, que riu, abrindo caminho pela multidão.

— Oi! — disse ela ao chegar à mesa. — Está bem cheio esta noite!

— É mesmo — concordou Roxanne, olhando para Heather. — Cheio demais, eu diria.

— Vocês se lembram da Heather, não é? — perguntou Candice em tom animado. — Eu resolvi convidá-la.

— Dá para ver — murmurou Roxanne.

— Claro! — disse Maggie com um sorriso. — Olá, Heather. Prazer em vê-la novamente. — Ela hesitou, em seguida afastou a cadeira para abrir espaço na pequena mesa.

— Aqui está outra cadeira — disse Candice. — Não falta espaço! Ela sentou-se e sorriu para as duas amigas. — Então, como estão vocês duas? Como está a vida, Roxanne?

— Tudo bem — respondeu Roxanne após uma pausa, bebendoo um gole de vodca.

— E você, Maggie? E Lucia?

— Bem — respondeu Maggie. — Está tudo bem.

— Que bom! — disse Candice.

Houve um silêncio constrangedor. Então, Maggie lançou os olhos a Roxanne, que bebericava a vodca, impassível. Candice sorriu para Heather, que retribuiu o gesto com um sorriso tenso. Então, no canto do bar, a banda de jazz começou a tocar "Let's Face the Music" e, de repente, surgiu um homem de fraque e cartola, conduzindo uma mulher vestida como Ginger Rogers com um longo vestido branco. Quando as pessoas abriram espaço, os dois começaram a dançar em meio aos aplausos. O barulho pareceu trazer o grupo à vida.

— Está gostando de trabalhar na *Londoner*, Heather? — perguntou Maggie educadamente.

— Ah, sim. É um ótimo lugar para se trabalhar. E o Justin é um editor maravilhoso. — Roxanne fez um gesto de surpresa.

— Você acha mesmo?

— Claro! — respondeu Heather. — Eu o acho fantástico! — Então olhou para Maggie. — Desculpe, eu não quis dizer...

— Não seja boba — disse Maggie após uma pausa. Tenho certeza de que ele está fazendo um excelente trabalho.

— A propósito, parabéns pelo bebê — disse Heather. — Deve ser uma gracinha. Qual é a idade dela?

— Sete semanas — respondeu Maggie, sorrindo.

— Ah, certo — disse Heather. — E você a deixou em casa?

— Sim. Com a minha sogra.

— E será que não tem problema ficar longe da mãe, já que ela é tão novinha? — Heather estendeu a mão em um gesto de desculpa. — Não que eu saiba nada sobre bebês, mas uma vez vi um documentário falando que a mãe não deve se separar do bebê durante os três primeiros meses de vida.

— É mesmo? — O sorriso de Maggie se modificou. — Eu tenho certeza de que ela está bem.

— Ah, claro! — acrescentou Heather, pestanejando de maneira inocente. — Eu não sei mesmo nada sobre isso. Olhe, lá vem um garçom. Vamos fazer os pedidos? — Ela apanhou o cardápio de coquetéis, examinou-o durante um segundo e ergueu os olhos para Roxanne.

— E você, Roxanne? — perguntou em tom meigo. — Pensa em ter filhos algum dia?

Enquanto as outras ainda estavam em seu segundo coquetel, Roxanne estava no quinto copo. Não havia comido nada desde a hora do almoço, e a forte combinação de vodca e margueritas começava a fazer sua cabeça girar. Mas só tinha duas opções: continuar bebendo e tentar aliviar a tensão de alguma forma ou gritar. Toda vez que levantava os olhos e encontrava o olhar fixo de Heather sentia a acidez aumentar no seu estômago. Como Candice foi cair na lábia daquela garota? Como Candice — uma das pessoas mais sensíveis e observadoras que ela conhecia — pôde ser tão cega neste caso? Era loucura.

Ela olhou para Maggie por cima da taça e revirou os olhos com tristeza. A amiga parecia tão desanimada quanto ela. Que desastre!

— Na verdade, não sou muito fã deste lugar — disse Heather com desdém. — Tem um bar maravilhoso em Covent Garden que eu costumava frequentar. Vocês deviam ir até lá um dia.

— Sim, por que não? — sugeriu Candice, olhando para as amigas. — Poderíamos ir, para variar.

— Talvez — disse Maggie antes de beber um pouco do seu drinque.

— Isso me faz lembrar uma coisa! — disse Heather subitamente, com uma gargalhada. — Você se lembra daquela viagem que a escola fez a Covent Garden, Candice? Você foi? Lembra que nós nos perdemos e a Anna Staples fez uma tatuagem no ombro?

— Não! — respondeu Candice com uma expressão alegre. — Ela fez mesmo?

— Ela mandou fazer uma florzinha — disse Heather. — Ficou legal. Mas ela teve problemas. A Sra. Lacey mandou chamá-la na sua sala, e quando viu o esparadrapo que ela tinha colocado para cobrir a tatuagem, perguntou: "Tem algum problema no seu ombro, Anna?" — Heather e Candice deram uma risada, enquanto Roxanne e Maggie trocavam olhares irritados.

— Desculpe — disse Candice com os olhos brilhantes. — Estamos aborrecendo vocês.

— De jeito nenhum — retrucou Roxanne. Ela pegou um maço de cigarros e ofereceu a Heather.

— Não obrigada. Acho que fumar envelhece a pele. — E sorriu educadamente. — Mas isso é coisa minha.

Houve um silêncio tenso. Roxanne acendeu o cigarro, soltou uma baforada e, com ar furioso, examinou Heather por trás da nuvem de fumaça.

— Vou telefonar para ver se a Lucia está bem — anunciou Maggie, levantando-se. — Volto logo.

O saguão era o lugar mais tranquilo para se falar ao telefone. Maggie encostou-se na porta de vidro e olhou para a rua, observando um grupo de pessoas usando trajes de gala que passou apressado. Sentia-se entusiasmada, animada; mas, ao mesmo tempo, exausta. Depois de toda a preparação, todo o esforço, ela não estava se divertindo tanto quanto imaginara. Em parte, porque Candice tinha arruinado o habitual encontro íntimo do trio ao trazer sua amiga terrível. Mas também porque ela mesma se sentia apática; como se não pudesse acompanhar a conversa. Por várias vezes, ela se vira procurando a palavra certa e desistindo de falar. Logo ela, que era uma pessoa inteligente e articulada. Ao se apoiar contra a parede e pegar o celular, vislumbrou a própria imagem no espelho em frente e levou um susto ao ver o quanto estava gorda e pálida, apesar da maquiagem que aplicara cuidadosamente. Os olhos do reflexo a observavam com tristeza e, de repente, ela desejou estar em casa, longe da amiga detestável de Candice e dos seus comentários inapropriados, longe das luzes fortes e da pressão para se mostrar animada.

— Alô!

— Oi! Paddy, é Maggie. — Um grupo de pessoas entrou no saguão e Maggie se virou, tampando a orelha com a mão. — Só queria saber como estão as coisas.

— Tudo bem — respondeu Paddy com desenvoltura. Estava difícil ouvir o que ela dizia, como se ela estivesse a quilômetros de distância. E estava mesmo, lembrou Maggie com tristeza. — Lucia tossiu um pouco, mas não deve ser nada.

— Tossiu? — repetiu Maggie, assustada.

— Não se preocupe — disse Paddy. — Giles chegará logo e, se houver algum problema, podemos chamar o médico. — Um choro baixinho se ouviu ao fundo. Logo depois, Maggie sentiu uma reveladora umidade no sutiã. Ah merda, pensou, entristecida. Merda, merda.

— Você acha que ela está bem? — perguntou, com a voz trêmula.

— Querida, não se preocupe. Vá se divertir.

— Está bem — assentiu Maggie, quase chorando. — Obrigada. Bem, eu ligo depois. — Ela desligou do telefone e apoiou-se contra a parede, tentando respirar fundo; tentando organizar as ideias. Uma tosse não era nada para se incomodar. Lucia estava bem com Paddy. Este era seu dia de encontrar as amigas; tinha direito de se divertir e esquecer as responsabilidades.

Mas, de repente, tudo pareceu irrelevante. De repente, a única pessoa com quem ela queria estar era Lucia. Uma lágrima solitária rolou no seu rosto e ela a secou com um gesto brusco. Tinha que se recompor. Tinha que voltar e se esforçar para ser uma companhia agradável.

Talvez se estivessem só as três, pensou, desolada, ela teria desabafado. Mas não poderia fazer isso diante de Heather. Heather, com sua pele jovem e macia; olhos inocentes e seus constantes comentários maliciosos. Ela fazia Maggie se sentir velha e estúpida; uma brega entre as charmosas.

— Oi! — Uma voz a assustou. Heather estava diante dela, com uma expressão descontraída. — O bebê está bem?

— Sim — murmurou Maggie.

— Que bom. — Heather lançou-lhe um sorriso simpático e desapareceu no banheiro. Eu te odeio, pensou Maggie. Odeio você, Heather Trelawney.

Estranhamente, o pensamento a fez sentir-se melhor.

QUANDO HEATHER SAIU para ir ao banheiro, Roxanne virou-se para Candice e perguntou: — Por que você tinha que trazê-la?

— Como assim? — perguntou Candice, surpresa. — Eu só achei que seria divertido todas nós juntas.

— Divertido? Você acha que é divertido ouvir aquela vaca?

— O quê? — Candice a fitou, boquiaberta. — Roxanne, você está bêbada?

— Talvez eu esteja — respondeu Roxanne, apagando o cigarro. — Mas como se costuma dizer: "Amanhã de manhã vou estar sóbria, mas ela vai continuar sendo uma filha da puta." Você não *ouviu* o que ela disse? "Eu acho que fumar envelhece." — imitou Roxanne com um tom de deboche. — Vaca estúpida.

— Ela não teve má intenção!

— Mas é claro que teve! Deus do céu, Candice, será que você não vê quem ela é?

Candice esfregou o rosto e respirou fundo, tentando se acalmar. Então ergueu os olhos.

— Você cismou mesmo com ela desde a primeira vez que a viu, não é?

— De jeito nenhum.

— É sim! Você disse para eu não me envolver com ela, fez cara feia para ela no escritório...

— Ah, pelo amor de Deus — retrucou Roxanne impaciente.

— O que ela fez a você? — gritou Candice com a voz trêmula. — Você nem se *deu ao trabalho* de tentar conhecê-la...

— Candice! — gritou Maggie ao chegar à mesa. — O que está havendo?

— É a Heather — respondeu Roxanne.

— Ah — disse Maggie com uma careta.

— Qual é o problema? Você também não gosta dela? — perguntou Candice.

— Eu não disse isso — retrucou Maggie imediatamente. — Além disso, não é essa a questão. Eu só acho que teria sido melhor se nós três pudéssemos... — Ela foi interrompida pela tossidela de Roxanne.

— Oi, Heather — disse Candice, constrangida.

— Oi — repetiu Heather ao se sentar. — Tudo bem?

— Sim — respondeu Candice com o rosto em chamas. — Acho que vou... ao banheiro. Volto logo.

Quando ela saiu, houve silêncio. No canto do bar, Marilyn Monroe foi até o microfone e, com uma voz rouca, começou a cantar "Happy Birthday" para um homem barrigudo e com a cara suada, visivelmente encantado com a performance da moça. Quando ela dedicou a música a ele, a multidão à sua volta aplaudiu e ele socou o ar, em uma saudação de vitória.

— Bem — disse Maggie meio sem graça. — Vamos pedir outro coquetel?

— Boa ideia — concordou Roxanne. — A menos que você ache que coquetéis envelheçam a pele, Heather.

— Não saberia dizer — replicou Heather educadamente.

— Ah, é mesmo? — disse Roxanne com a voz arrastada. — Engraçado. Porque você parece entender a respeito de qualquer assunto.

— É?

— Enfim — apressou-se Maggie. — Tem um intacto aqui. — Ela apanhou um copo de uísque com soda, cheio de gelo picado, um líquido amarelado e decorado com uvas congeladas. — De quem é isso?

— Acho que era meu — respondeu Heather. — Mas não quero. Por que você não bebe, Roxanne?

— Você chegou a botar a boca no copo? — perguntou Roxanne. — Porque nesse caso, não quero; obrigada.

Heather lançou-lhe um olhar tenso, em seguida, balançou a cabeça, rindo.

— Você não gosta mesmo de mim, não é?

— Eu não gosto de gente oportunista — corrigiu Roxanne em tom sugestivo.

— Ah, é mesmo? — disse Heather com um sorriso amável. — Bem, eu não gosto de bêbadas velhas e patéticas, mas eu as trato de forma educada.

Maggie deu uma arfada e olhou para Roxanne.

— Do que você me chamou? — perguntou Roxanne lentamente.

— Velha bêbada e patética — repetiu Heather, examinando as unhas. Então, ergueu os olhos, sorriu e repetiu: — Velha - bêbada - patética.

Durante alguns segundos, Roxanne a fitou, trêmula. Então, de forma lenta e ponderada, apanhou o copo com o líquido amarelado. Em seguida, se levantou e ergueu o copo sob a luz.

— Você não faria isso — disse Heather em tom sarcástico, mas uma centelha de dúvida passou por seu rosto.

— Ah, sim, faria — declarou Maggie, cruzando os braços. Houve um momento de tensão, enquanto Heather olhava atônita para Roxanne. Então, com um gesto brusco do pulso, Roxanne esvaziou o copo na cabeça de Heather. A bebida gelada bateu direto no rosto dela, e Heather arfou, balbuciando furiosa, retirando gelo picado dos olhos.

— Cruzes! — vociferou ela ao ficar de pé. — Você é... louca! — Maggie olhou para Roxanne e caiu na gargalhada. Na mesa ao lado, as pessoas que estavam bebendo pousaram os copos na mesa e começaram a se cutucar.

— Espero não ter envelhecido a sua pele — disse Roxanne com a fala arrastada, enquanto Heather, enfurecida, forçava a passagem para fora. As duas amigas permaneceram em silêncio, observando-a sair pela porta, se entreolharam e caíram na gargalhada mais uma vez.

— Roxanne, você é maravilhosa — disse Maggie, esfregando os olhos.

— Eu devia ter feito isso desde a hora em que chegamos — completou Roxanne. Ela examinou a bagunça na mesa: copos vazios, poças de líquido e gelo picado por todos os lados; então, ergueu a cabeça e olhou para Maggie. — Parece que a festa acabou. Vamos pedir a conta.

Candice estava lavando as mãos quando Heather irrompeu no banheiro, com o cabelo e rosto encharcados; os ombros da sua jaqueta manchados, e ela tinha uma expressão de ódio no rosto.

— Heather! — disse Candice, assustada. — O que aconteceu?

— Sua amiguinha Roxanne!

— O quê? — perguntou Candice, atônita. — Como assim?

— Como assim? — repetiu Heather, com o rosto tenso de raiva. — Ela derramou um coquetel inteiro na minha cabeça. Ela é louca! — Heather foi até o espelho iluminado, pegou uma toalha de papel e começou a secar o cabelo.

— Ela derramou um *coquetel* na sua cabeça? — perguntou Candice, atônita. — Mas por quê?

— Sei lá! — respondeu Heather. — Eu só disse que achava que ela já havia bebido demais. Quero dizer, quantos drinques ela tomou esta noite? Eu só pensei que, talvez, ela devesse tomar algo mais leve. Mas no momento que eu sugeri isso, ela surtou! — Heather parou de secar o cabelo e encontrou os olhos de Candice no espelho. — Sabe de uma coisa? Na minha opinião ela é alcoólatra.

— Não posso acreditar! — disse Candice, horrorizada. — Não sei o que deu na cabeça dela. Heather, eu me sinto péssima com tudo isso! E a sua jaqueta...

— Agora vou ter que ir para casa trocar de roupa — anunciou Heather. — Vou me encontrar com Ed daqui a meia hora.

— Ah, claro. — disse Candice, surpresa. — É mesmo? Vocês... — Ela engoliu em seco. — Vocês estão saindo?

— Sim — respondeu Heather, jogando a toalha de papel molhada na lata de lixo. — Nossa, olhe o meu rosto! — Heather fitou o próprio reflexo desgrenhado e suspirou. — Ah, não sei, talvez eu tenha sido indelicada. — Ela se virou e encontrou o olhar fixo de Candice. — Talvez eu devesse ficar calada.

— Não! — exclamou Candice, sentindo uma súbita indignação, tomando as dores de Heather. — Não se culpe! Você se esforçou. Roxanne apenas...

— Ela implicou comigo desde o início — completou Heather, olhando para Candice com ar aflito. — Fiz o possível para ser simpática...

— Eu sei — disse Candice, revoltada. — Bem, eu vou ter uma conversa com Roxanne.

— Não brigue com ela! — pediu Heather quando Candice se afastou resoluta, em direção à porta do banheiro. — Por favor, não brigue por minha causa! — Mas suas palavras foram perdidas quando Candice saiu batendo a porta com violência.

Do saguão, Candice avistou Roxanne e Maggie deixando a mesa. Elas estão indo embora!, pensou, espantada. Sem pedir desculpas, sem dizer nada...

— Então — disse ela, aproximando-se. — Eu soube que vocês fizeram a Heather se sentir acolhida na minha ausência.

— Ela mereceu — justificou-se Maggie. — Ela não passa de uma filha da puta.

— Desperdício de uma boa bebida, se você quer saber — acrescentou Roxanne. Ela apontou para a conta sobre a mesa. — A nossa parte está aí. Paguei por nós três. Menos a conta dela.

— Não acredito, Roxanne! — disse Candice, furiosa. — Não está arrependida? Não vai pedir desculpas a ela?

— Por acaso ela vai me pedir desculpas?

— Ela não tem que se desculpar! Foi você quem derramou a bebida na cabeça dela! Caramba, Roxanne!

— Olhe, esqueça — sugeriu Roxanne. — Está óbvio que você não consegue ver nada de errado na sua melhor nova amiga...

— Bem, talvez se você tivesse feito um esforço e não implicasse com ela sem razão...

— Sem razão? — repetiu Roxanne, ofendida. — Você quer ouvir todas as razões, começando pela número um?

— Roxanne, pare com isso — pediu Maggie. — Não vale a pena. — Ela suspirou e apanhou a bolsa. — Candice, será que você não entende? Viemos aqui para ver você, e não para conversar com ela.

— Quer dizer que somos um grupo fechado; uma panelinha, que ninguém mais pode entrar?

— Não! Não é isso. Mas...

— Vocês só estão decididas a não gostarem dela, não é? — Candice fitou as amigas, com o rosto tenso. — Não sei por que nos preocupamos em nos encontrar se vocês não conseguem aceitar minhas amigas.

— Bem, não sei por que nos preocupamos em nos encontrar se for para você ficar falando sobre os tempos de escola a noite toda com alguém que nós não conhecemos! — replicou Maggie com uma súbita irritação na voz. — Fiz um enorme sacrifício para estar aqui, Candice, e mal troquei meia dúzia de palavras com você!

— Podemos conversar em outra oportunidade! — argumentou Candice. — Sério...

— Eu não posso! — gritou Maggie. — Não *disponho* de outra oportunidade. Esta noite *foi* a minha oportunidade!

— Bem, talvez tivéssemos conversado mais, se você não estivesse tão desanimada! — gritou Candice. — Quero me divertir quando saio e não ficar curtindo baixo-astral a noite inteira!

Fez-se um consternado silêncio.

— Tchau — disse Roxanne vagamente. — Vamos, Maggie — acrescentou, tomando o braço da amiga e, sem olhar para Candice, se afastou em direção à porta do bar.

Candice ficou observando as duas amigas passarem pelo grupo barulhento de pessoas e sentiu-se envergonhada. Merda, disse baixinho. Como pôde ter dito uma coisa tão terrível a Maggie? Como as três acabaram discutindo tão agressivamente?

Sentiu as pernas ficarem trêmulas e afundou-se em uma cadeira, fitando, entristecida, a mesa molhada; o caos de gelo e taças de coquetel e — em forma de repreensão — a conta, no livrinho verde.

— Oi! — disse uma garçonete vestida como a Dorothy de *O Mágico de Oz*, ao se aproximar. Ela limpou a mesa rapidamente, recolheu as taças e sorriu para Candice. — Posso fechar a conta? Ou você ainda não terminou?

— Terminei, obrigada — respondeu Candice com a voz entorpecida. — Só um momento. — Ela abriu a bolsa, pegou a carteira e contou três notas. — Pronto — disse, entregando o dinheiro à garçonete. — Isso deve ser suficiente.

— Oi, Candice? — Uma voz a assustou, e ela ergueu os olhos. Era Heather, limpa e arrumada, com o cabelo penteado e maquiada. — As outras foram embora?

— Sim — respondeu Candice, espantada. — Elas... elas tinham que ir. — Heather a olhou mais de perto.

— Vocês brigaram, não é?

— Mais ou menos — respondeu Candice, esboçando um sorriso.

— Eu sinto muito — disse Heather. — Juro. — Ela apertou o ombro de Candice e olhou o relógio. — Eu tenho que ir, desculpe.

— Claro — disse Candice. — Divirta-se. E dê um abraço no Ed — acrescentou quando Heather se afastava, mas ela não pareceu ouvir.

— A nota — disse a garçonete, devolvendo o livrinho verde.

Candice agradeceu, guardou o papel e levantou-se da mesa, sentindo-se cansada e decepcionada. Como as coisas deram tão errado? Como a noite foi acabar daquele jeito?

— Tenha uma boa viagem para casa e volte em breve — acrescentou a garçonete.

— Sim — assentiu Candice, desanimada. — Talvez.

CAPÍTULO CATORZE

Na manhã seguinte, Candice acordou com uma sensação esquisita. Ela permaneceu deitada olhando para o teto, tentando ignorar o que estava sentindo. Por fim, virou-se, enterrando a cabeça no edredom. Mas a sensação persistia, insistindo em incomodá-la. Ela discutira com Maggie e Roxanne, e sua mente a importunava com essa lembrança de modo implacável. Brigara com suas duas melhores amigas. O pensamento lhe trouxe um frio na espinha, fazendo-a querer se esconder debaixo do edredom para sempre.

Quando as lembranças da noite anterior começaram a invadir sua mente, ela fechou os olhos com força e tampou os ouvidos com as mãos. Mas não conseguia evitar as imagens — a frieza nos olhos de Roxanne, o choque no rosto de Maggie. Como ela foi se comportar tão mal? Como pôde deixá-las partirem sem esclarecer a situação?

Ao mesmo tempo que fragmentos da noite anterior reemergiam em sua memória, um ressentimento prolongado começava a se erguer em sua mente. Uma justificativa atrasada começou a penetrar seu corpo, uma justificativa que se tornava mais forte à medida que ela se lembrava do que tinha acontecido. Afinal de contas, que crime ela havia cometido? Levara uma amiga consigo, só isso. Talvez houvesse uma antipatia mútua entre Heather e Roxanne e, provavelmente, Maggie quisesse desfrutar de uma conversa mais aconchegante e reservada. Mas será que ela era a culpada por tudo o que aconteceu? Se as coisas tivessem se desenrolado de forma diferente, ou melhor, se elas tivessem acolhido e aceitado Heather com carinho, estariam telefonando agora para lhe dar os parabéns por ter uma amiga tão bacana. Não era sua culpa as coisas não terem dado certo. Ela não devia ter gritado com Maggie — mas Maggie não devia ter chamado Heather de filha da puta.

Mesmo aborrecida, Candice girou as pernas para fora da cama e se sentou, imaginando se Heather já teria tomado banho. Então, percebeu que o apartamento estava completamente silencioso. Desconfiada, levantou-se, abriu a porta e ficou atenta a qualquer barulho. Mas não ouviu nada. A porta do outro quarto estava entreaberta. Ela foi até a cozinha e, ao passar pelo quarto de Heather, olhou casualmente para dentro. Estava vazio, e a cama, em ordem. O banheiro estava igualmente vazio. O apartamento inteiro estava vazio.

Candice olhou o relógio na parede da cozinha. Eram sete e vinte. Talvez ela tivesse se levantado bem cedo, disse a si mesma, enquanto ligava a chaleira. Ou tido insônia, ou começado um novo regime rigoroso.

Ou pode ter passado a noite fora, com Ed.

Uma sensação esquisita atravessou o corpo de Candice, e ela balançou a cabeça, mal-humorada. Não era da sua conta o que Ed e Heather poderiam estar fazendo, disse a si mesma de forma resoluta. Se ele quis convidá-la para sair, tudo bem. E se Heather estava desesperada a ponto de passar a noite com um homem que achava que "gourmet" significava três recheios de pizza, tudo bem também.

Ela voltou ao banheiro, tirou a camisola e entrou no chuveiro — notando, a contragosto, que o cômodo não tinha sido usado aquela manhã. Rapidamente, ensaboou o corpo usando um gel com perfume de flores e próprio para elevar o espírito. Em seguida, abriu o chuveiro com água forte e quente, para retirar todo o gel, toda a sensação esquisita, toda a curiosidade em relação a Heather e Ed. Queria limpar o corpo e sair do banho totalmente renovada e revigorada.

Quando voltou para a cozinha, apenas de roupão, havia uma pilha de correspondência no capacho e a água já tinha fervido. Calmamente, ela fez um chá de camomila, como recomendado pela dieta de desintoxicação que saíra na *Londoner* no mês anterior, e começou a abrir as cartas, deixando o envelope lilás no final da pilha, deliberadamente.

Uma conta de cartão de crédito mais alta do que a de costume. A chegada de Heather implicara mais compras, mais passeios, mais despesas. Um extrato bancário; seu saldo também parecia um pouco mais alto do que o habitual e, confusa, ela o examinou durante algum tempo, perguntando-se sobre a origem de uma quantia depositada. Então, dando de ombros, colocou o papel de volta no envelope e examinou as outras cartas: um catálogo de móveis em um saco plástico. Uma carta tentando convencê-la a participar de um sorteio de prêmios. E, por fim, o envelope lilás, a familiar caligrafia arredondada. Ela o fitou por um momento e o abriu, ciente do que encontraria.

Querida Candice, escrevia sua mãe. *Espero que tudo esteja bem com você. O tempo está razoavelmente bom por aqui. Kenneth e eu fomos a Cornwall por alguns dias. A filha de Kenneth está esperando outro bebê...*

Calmamente, Candice leu a carta até o fim. Em seguida, colocou-a de volta no envelope. As mesmas palavras paliativas de sempre; o mesmo tom neutro, distante. A carta de uma mulher paralisada pelo medo do passado, covarde demais para oferecer ou pedir ajuda à própria filha.

Por um breve momento, uma angústia a invadiu, mas logo se dissipou. Já havia lido cartas demais deste tipo para deixar que esta a aborrecesse. E, naquele momento, ela se sentia purificada e tranquila, quase anestesiada. *Não me importo*, pensou, ao empilhar as cartas sobre o balcão. *Não me importo.* Ela estava tomando chá quando a campainha tocou, assustando-a de tal forma que ela derramou a bebida na mesa.

Ela ajeitou o roupão, foi até a porta cautelosamente e a abriu.

— Então — disse Ed, como se estivesse no meio de uma conversa iniciada alguns minutos antes. — Soube que uma de suas amigas virou um coquetel na cabeça da Heather ontem à noite — acrescentou, balançando a cabeça em sinal de reprovação. — Candice, eu não sabia que você andava com gente tão selvagem.

— O que você quer?

— Conhecer essa tal de Roxanne, para começar — respondeu Ed. — Mas uma xícara de café também seria bom.

— Qual é o seu problema? — perguntou Candice. — Por que você não pode fazer o próprio café? E aliás, onde está Heather?

Assim que as palavras saíram de sua boca, ela se arrependeu.

— Pergunta interessante — disse Ed, apoiando-se na porta. — O que isso quer dizer? Que a Heather deveria estar fazendo o meu café?

— Não! — respondeu Candice imediatamente. — Eu só... — Ela balançou a cabeça. — Não importa.

— Você estava só curiosa? Bem... — Ed olhou o relógio. — Para dizer a verdade, não tenho a menor ideia. Ela provavelmente está a caminho do trabalho, não acha? — Ele levantou os olhos e deu um sorriso inocente.

Candice o fitou, virou de costas e voltou para a cozinha. Em seguida ligou a chaleira, limpou a mesa que estava suja com o líquido que derramara, depois sentou-se e bebeu mais um pouco do chá de camomila.

— A propósito, preciso agradecer-lhe — disse Ed, seguindo-a. — Pelo sensato conselho. — Ele pegou a cafeteira e começou a fazer café. — Você quer?

— Não, obrigada — respondeu Candice friamente. — Estou fazendo desintoxicação. E de que conselho você está falando?

— Sobre a Heather, naturalmente. Você sugeriu que eu a convidasse para sair.

— Sim, eu sei.

Houve silêncio enquanto Ed virava a água na cafeteira, e Candice fitou sua xícara de chá, a essa altura, já frio e sem gosto. Não pergunte, disse a si mesma com firmeza. Não pergunte. Ele só veio aqui para se gabar.

— Então... como foi? — acabou perguntando.

— Como foi o quê? — indagou Ed sorrindo, e Candice sentiu o rosto ruborizar.

— Como foi o encontro? — perguntou pausadamente.

— Ah, *o encontro* — repetiu Ed. — Foi ótimo, obrigado.

— Que bom. — Candice deu de ombros, num gesto desinteressado.

— Heather é uma moça muito atraente — prosseguiu Ed com ar pensativo. — Cabelo bacana, roupa bacana, estilo bacana...

— Fico contente em ouvir isso.

— Um tanto maluquinha, claro.

— Como assim? — perguntou Candice, zangada. Aquilo era típico do Ed. — O que você quer dizer com maluquinha?

— Ela é louca — insistiu Ed. — Você deve ter notado. Não seja boba. Sendo sua amiga há tanto tempo e tudo mais — acrescentou. Em seguida, bebeu um gole do café e olhou para Candice com ar debochado, por cima da borda da caneca. — Ou talvez você não tenha notado.

— Não há nada para notar! — retrucou Candice.

— Se você acha — argumentou Ed. Candice o fitou, frustrada. — Naturalmente, você a conhece melhor do que eu. Mas tenho que dizer, na minha opinião...

— Não estou interessada na sua opinião! — cortou Candice. — Meu Deus, o que você sabe sobre gente, afinal de contas? Você só se preocupa com... com comida e dinheiro.

— É assim? — disse Ed, arqueando as sobrancelhas. — Temos aqui uma análise de Candice Brewin. E em que ordem eu coloco esses dois elementos da vida? Devo colocar o dinheiro na frente da comida? Comida na frente do dinheiro? Os dois no mesmo nível?

— Muito engraçadinho — replicou Candice, de mau humor. — Você sabe o que quero dizer.

— Não sei não — retrucou Ed após uma pausa. — Não tenho certeza.

— Ah, esqueça — resmungou Candice.

— Tudo bem — disse Ed com uma expressão estranha. — Acho que é isso que eu vou fazer. — Ele pousou a caneca na mesa, andou lentamente em direção à porta e parou. — Me deixe só te dizer uma coisa. Você sabe tanto a meu respeito quanto sobre sua amiga Heather.

Em seguida, se afastou. Candice tentou dizer algo, chamá-lo. Mas a porta da frente bateu, e era tarde demais.

QUANDO CHEGOU AO trabalho, algumas horas depois, Candice parou na porta do escritório e olhou para a mesa de Heather. Estava vazia. E sua cadeira permanecia recolhida sob a mesa. Ela, obviamente, ainda não tinha chegado.

— Bom dia, Candice — disse Justin, passando em direção à sua sala.

— Oi — disse Candice, distraída, ainda fitando a mesa de Heather. Então, ela ergueu os olhos e perguntou: — Justin, você sabe onde está a Heather?

— Heather? — repetiu Justin, parando. — Não. Por quê?

— Por nada — respondeu Candice imediatamente. — Eu só estou curiosa. — E lançou-lhe um sorriso, esperando que ele retribuísse o gesto ou fizesse algum comentário. Em vez disso, ele a olhou com desagrado.

— Você a controla muito, não é?

— O quê? — Candice franziu a testa. — O que você quer dizer com isso?

— Você supervisiona a maior parte do trabalho dela, não é?

— Bem — disse Candice após uma pausa. — Acho que às vezes... eu verifico algumas coisas.

— Só isso?

Candice o fitou e sentiu o rosto corar de culpa. Será que ele havia percebido que ela fizera a maior parte do trabalho de Heather? Talvez ele tenha reconhecido seu estilo de redação; ou a vira trabalhando nos artigos que Heather deveria ter feito; ou tenha notado o constante envio de e-mails.

— Talvez um pouco mais — confessou. — Só uma ajuda de vez em quando. Sabe como é.

— Eu sei — assentiu Justin. E lançou-lhe um olhar examinador, correndo os olhos pelo seu rosto, como se procurasse erros tipográficos. — Bem, acho que ela provavelmente pode ficar sem a sua pequena ajuda de agora em diante. Você concorda?

— Eu... acho que sim — disse Candice, espantada pelo seu tom áspero. — Vou deixá-la mais à vontade.

— Ótimo — disse Justin com uma expressão examinadora. — Estarei de olho em você, Candice.

— Tudo bem! — disse Candice, irritada. — Pode ficar de olho o quanto quiser.

O telefone começou a tocar na sala de Justin e, após uma última olhada, ele se afastou. Candice ficou imóvel, sentindo uma aflição começar a dominá-la. Como ele percebeu que ela havia ajudado Heather? E por que ele estava tão zangado por causa disso? Tudo que ela estava tentando fazer, afinal de contas, era ajudar. Ela franziu a testa e começou a andar, lentamente, em direção à própria mesa. Ao se sentar e olhar para a tela do computador, outra preocupação lhe veio à mente. Será que seu desempenho estava sendo prejudicado em consequência da ajuda a Heather? Será que estava passando tempo demais ocupada com o trabalho dela?

— Atenção, pessoal! — A voz de Justin interrompeu seus pensamentos e ela girou a cadeira. Ele estava na porta da sua sala, olhando ao redor do escritório, com uma expressão estranha. — Eu tenho péssimas notícias. — Ele fez uma pausa e esperou que todo mundo se virasse na sua direção. — Ralph Allsopp está muito doente — acrescentou. — É câncer.

Todos ficaram em silêncio, então alguém suspirou.

— Ah, meu Deus.

— Pois é — confirmou Justin. — É um choque para todo mundo. Ao que parece, já faz algum tempo, mas ninguém sabia de nada. E agora... — Ele esfregou o rosto. — Está em estágio avançado. Muito mal, de fato.

Houve outro momento de silêncio.

— Então... então foi por isso que ele se aposentou. — Candice ouviu-se dizendo com a voz trêmula. — Ele sabia que estava doente. — Ao dizer aquelas palavras, ela lembrou-se de repente da mensagem que anotara do Charing Cross Hospital e sentiu um frio na espinha.

— Ele está no hospital — prosseguiu Justin. — Mas pelo que se sabe, a doença já se alastrou. Os médicos estão fazendo tudo o que podem, mas... — Ele baixou gradualmente a voz e olhou para os rostos atordoados. Justin parecia realmente aflito com a notícia, e Candice sentiu uma súbita compaixão por ele. — Acho que um cartão seria algo oportuno — acrescentou ele após uma pausa. — Assinado por todos nós. Com palavras animadoras, naturalmente...

— Quanto tempo os médicos acham que ainda resta a ele? — perguntou Candice meio constrangida. — É... — Ela parou e mordeu o lábio.

— Não muito, ao que parece — respondeu Justin. — Quando a doença se alastra é questão de...

— Meses? Semanas?

— Eu acho... — Ele hesitou. — Bem, pelo que Janet disse, é uma questão de semanas. Ou até... — Não completou a frase.

— Jesus Cristo! — disse Alicia com a voz trêmula. — Mas ele parecia tão... — Ela interrompeu-se e enterrou a cabeça nas mãos.

— Vou telefonar para Maggie e avisá-la — anunciou Justin de forma ponderada. E se vocês se lembrarem de alguém que deva ser informado... freelancers, por exemplo. David Gettins, com certeza, ficaria agradecido de ser informado.

— Roxanne também. — Alguém lembrou.

— Exatamente — concordou Justin. — Talvez alguém devesse telefonar para ela.

Roxanne se virou na espreguiçadeira, esticou as pernas e sentiu o calor do sol da tarde aquecer seu rosto, como um sorriso amistoso. Ela havia chegado ao aeroporto de Nice às dez da manhã e, em seguida, tomara um táxi para o Paradin Hotel. Gerhard, o gerente-geral, era um velho amigo e, após um rápido telefonema para o departamento de marketing do hotel, conseguiu um quarto por uma tarifa bastante reduzida. Ela insistira que não queria nada de luxo. Uma cama, um chuveiro e um lugarzinho à beira da piscina seriam mais do que suficientes. Um lugarzinho para relaxar com os olhos fechados, sentindo o sol quente e terapêutico acariciar seu corpo. Um lugarzinho para esquecer tudo.

Ela passara o dia todo em uma espreguiçadeira, sob o sol escaldante, espalhando óleo pelo corpo de vez em quando e tomando goles de água. Às seis e meia, olhou o relógio e se surpreendeu ao se dar conta de que, apenas 24 horas atrás, ela estava no Manhattan Bar, prestes a começar uma noite terrível.

Se fechasse os olhos, Roxanne ainda conseguiria experimentar o prazer que sentira ao ver os pedaços de gelo picado na cara daquela vaca. Mas fora um prazer sem cor; uma empolgação que, até mesmo naquele momento, tinha sido obscurecida pela decepção. Ela não queria brigar com Candice. Não queria acabar sozinha, bêbada e triste, na noite fria.

Maggie a abandonara. Depois que saíram do bar, ambas coradas e ainda estimuladas pela adrenalina da discussão, Maggie olhara o relógio e dissera, relutante:

— Olhe, eu...

— Não vá — insistira Roxanne, começando a demonstrar pânico na voz. — Ora, Maggie. Esta noite foi tão ruim. Temos que compensá-la de alguma maneira.

— Eu preciso voltar para casa — explicou Maggie. — Já é tarde.

— Não é, não!

— Tenho que voltar para Hampshire — dissera Maggie, preocupada. — Você sabe disso. E tenho de amamentar Lucia, senão meu peito vai estourar. — Então, segurou a mão de Roxanne e acrescentou: — Roxanne, eu ficaria, se pudesse...

— Você poderia, se quisesse — retrucou Roxanne com um resmungo infantil, sentindo um medo súbito de ser abandonada. Primeiro tinha sido Ralph, depois Candice. E agora, Maggie. Todos se voltando para outras pessoas nas suas vidas: seus amigos, suas famílias. Todos dando preferência a outras pessoas. Ao abaixar a cabeça, olhou para a mão quente de Maggie segurando a sua, notou a enorme aliança de safira e sentiu uma ponta de inveja. — Tudo bem, então vá — dissera ela de forma grosseira. — Vá ficar com o maridão. Não me importo.

— Roxanne — suplicara Maggie. — Roxanne, espere. — Mas a amiga havia soltado a sua mão e se afastado, cambaleando e xingando baixinho, ciente de que Maggie não a seguiria. Ciente, em seu íntimo, de que Maggie não tinha escolha.

Ela dormiu durante algumas horas, acordou ao amanhecer e tomou a decisão repentina de deixar o país, ir para qualquer lugar, contanto que fosse ensolarado. Não tinha mais Ralph ao seu lado. Talvez nem tivesse amigas. Mas tinha liberdade, contatos e um bom corpo para usar biquíni. Ficaria aqui enquanto quisesse, pensou, depois iria para outro lugar. Possivelmente até fora da Europa. Queria esquecer a Grã-Bretanha, esquecer de tudo. Ela não ouviria as mensagens, nem sequer organizaria a matéria do mês. Deixaria Justin trabalhar um pouco. Deixaria todos trabalharem um pouco.

Sentou-se na espreguiçadeira, ergueu a mão e viu, satisfeita, um garçom de branco se aproximar. Você nasceu para isso, pensou com prazer. Às vezes, tinha a impressão de que gostaria de passar a vida inteira em um hotel cinco estrelas.

— Olá — disse ela com um sorriso. — Eu gostaria de um sanduíche natural duplo, por favor. E um suco fresco de laranja. O garçom anotou o pedido, afastou-se, e ela afundou-se confortavelmente na cadeira.

Roxanne ficou no Paradin por duas semanas. O sol brilhou todos os dias, a piscina reluziu e o seu sanduíche chegou: suculento, crocante e delicioso. Ela não alterou sua rotina, não falou com os outros hóspedes e não se arriscou para fora dos portões do hotel mais do que uma vez. Os dias se passaram como as contas em um rosário. Sentia-se apática, alheia a tudo, exceto à sensação do sol e da areia, e do gosto forte e penetrante da primeira marguerita da noite. Em algum lugar na Inglaterra, todas as pessoas que ela conhecia e amava estavam tocando suas vidas normalmente, mas eles pareciam obscuros na sua mente, como se pertencessem ao passado.

De vez em quando, sentia lampejos de angústia tão fortes que ela só conseguia fechar os olhos e esperar que passassem. Uma noite, quando estava no bar, a banda começou a tocar uma canção que ela costumava escutar na companhia de Ralph, e, de repente, sentiu uma agonia no peito que trouxe lágrimas aos seus olhos. Mas ela permaneceu calma, deixando as lágrimas correrem em vez de secar o rosto. E logo a canção terminou, outra começou, e a sua marguerita chegou. E quando acabou de beber, já estava pensando em outra coisa.

Ao final de duas semanas, ela acordou, foi até a janela e sentiu os primeiros sinais de tédio. Estava inquieta e cheia de energia. De repente, os limites do hotel pareciam estreitos e reduzidos. Esses limites tinham fornecido segurança, mas agora pareciam uma prisão. Ela precisava sair, pensou repentinamente. Para bem mais longe. Então, sem se dar tempo para uma análise da situação, começou a arrumar as malas. Não queria se permitir ficar parada e refletir sobre suas opções. Pensar trazia sofrimento. Viajar trazia esperança e empolgação.

Quando se despediu de Gerhard com um beijo, no saguão do hotel, ela já havia feito reserva em um voo para Nairóbi e telefonado para seus amigos do Hilton. Teria sete dias com direito a meia tarifa e descontos especiais em um safári de duas semanas. Pretendia escrever sobre todas as experiências turísticas para a *Londoner* e para tantas publicações quanto pudesse. Tiraria fotografias de elefantes e veria o sol nascer no horizonte. Iria mergulhar os olhos na imensidão das planícies africanas e se perder completamente.

O avião não estava com sua capacidade máxima de passageiros e após argumentar com a moça do check-in, Roxanne conseguiu um upgrade. Ela entrou no avião com um sorriso satisfeito e instalou-se confortavelmente na poltrona larga. Enquanto os comissários de bordo demonstravam os procedimentos de segurança, ela pegou um exemplar gratuito do *Daily Telegraph* na poltrona e começou a ler as manchetes da primeira página, deixando as referências e nomes familiares encharcarem sua mente sedenta como se fosse chuva. Era como se tivesse passado uma vida inteira longe da Inglaterra. Ela folheou algumas páginas e parou em uma matéria sobre moda para as férias.

A aeronave começou a se mover mais rapidamente; o barulho dos motores tornou-se mais alto, quase ensurdecedor. O avião ganhou velocidade até parecer que não poderia ir mais rápido — e logo, com um solavanco, levantou no ar. Nesse momento, Roxanne virou a página e se surpreendeu: uma foto de Ralph, em preto e branco, ilustrava um texto. Automaticamente, começou a procurar trechos que se referissem às aquisições que ele estava planejando, eventos importantes em que ele pudesse estar envolvido.

Porém, ao se dar conta da página que estava lendo, seu rosto se enrijeceu com o susto.

Ralph Allsopp, dizia o título do obituário. *O editor que trouxe vida à falida revista Londoner.*

— Não! — disse Roxanne com uma voz que não parecia a sua. — Não! — Suas mãos tremiam tanto que ela mal conseguia ler o texto.

Ralph Allsopp, que morreu na segunda-feira...

— Não! — sussurrou, procurando desesperadamente uma explicação diferente, uma conclusão que refutasse aquele jogo de palavras.

Ele deixou a esposa, Cynthia, e três filhos.

A dor atingiu Roxanne como uma martelada. Ela olhou a foto e sentiu que começava a passar mal. Com as mãos trêmulas, começou a puxar o cinto de segurança. — Não. Eu tenho de sair.

— Senhora, está tudo bem? — Uma aeromoça se aproximou com um sorriso mecânico.

— Pare o avião — pediu a aeromoça. — Por favor. Tenho de ir. Tenho de voltar.

— Senhora...

— Não! Você não entende. Tenho de voltar. É uma emergência. — Ela engoliu em seco, tentando manter-se aparentemente calma. Mas algo fervilhava de maneira incontrolável dentro dela, dominando o seu corpo.

— Senhora...

— Por favor. Peça para darem meia-volta!

— Infelizmente, não podemos fazer isso — desculpou-se a aeromoça, forçando um sorriso.

— Não ouse rir de mim! — gritou Roxanne. Já não conseguia se controlar. — Não ria de mim! — As lágrimas rolavam por seu rosto em correntes quentes.

— Não estou rindo! — justificou-se a aeromoça, surpresa. Então lançou os olhos à página amassada na mão de Roxanne e sua expressão se modificou. — Não estou rindo — repetiu com delicadeza. Ela agachou-se e pôs os braços em volta de Roxanne. — A senhora poderá voltar quando chegarmos a Nairóbi — disse em seu ouvido. — Nós iremos providenciar tudo. — E, enquanto o avião voava cada vez mais alto, ela se ajoelhou e ficou acariciando as costas de Roxanne, ignorando a presença dos outros passageiros.

CAPÍTULO QUINZE

O enterro aconteceu nove dias depois, na St. Bride's, Fleet Street. Candice chegou cedo e encontrou várias pessoas reunidas do lado de fora da igreja, todas chocadas diante do ocorrido, com as mesmas expressões abismadas que vira durante a semana inteira. O prédio todo ficara chocado com a notícia de que Ralph tinha morrido apenas duas semanas depois de dar entrada no hospital. As pessoas ficaram apáticas diante dos computadores, incapazes de acreditar no que havia acontecido. Muitos choravam. Uma moça, nervosa ao ouvir a notícia, teve uma crise de riso — e depois, descontrolada, irrompeu em lágrimas. Então, enquanto todos ainda estavam atônitos, os telefones passaram a tocar insistentemente, e as coroas de flores começaram a chegar. E eles se viram forçados a se armar de coragem e começar a lidar com as mensagens que não paravam de receber, mensagens de condolências, perguntas curiosas a respeito do futuro da empresa disfarçadas sob comentários de preocupação

Charles, o filho de Ralph, tinha sido visto algumas vezes andando pelos corredores com uma expressão sisuda. Ele estava na empresa havia tão pouco tempo que ninguém o conhecia muito bem por trás da boa aparência e do terno elegante. Seu rosto era familiar devido às inúmeras fotografias que Ralph mantinha na parede de sua sala, mas ainda era um estranho. Sua passagem pelos escritórios, logo após a morte do pai, era acompanhada de uma sucessão de expressões de pêsames proferidas em voz baixa e comentários tímidos a respeito do homem maravilhoso que ele fora. Mas ninguém se atrevia a se aproximar de Charles Allsopp sozinho; ninguém se atrevia a perguntar-lhe quais eram os seus planos em relação à empresa. Pelo menos antes do enterro. E, dessa forma, o trabalho seguira como de costume, com todos cabisbaixos, se comunicando através de sussurros sob uma leve sensação de irrealidade no ar.

Candice enfiou as mãos nos bolsos e foi sentar-se, sozinha, em um banco. A notícia da morte de Ralph trouxera-lhe à mente a morte do próprio pai, com uma dolorosa nitidez. Ainda conseguia se lembrar do abalo, do choque, da tristeza. A esperança que sentia, a cada manhã, de que tudo tivesse sido um pesadelo. A súbita conscientização, ao olhar para sua mãe um dia, de que sua família estava resumida a duas pessoas — e que, ao invés de crescer, sua família estava diminuindo. Ainda se lembrava de sentir-se repentinamente sozinha e totalmente vulnerável. E se sua mãe morresse também?, pensava, amedrontada. E se ela ficasse completamente só?

Então, quando achou que estava se estabilizando e começava a enfrentar a situação, o pesadelo começou. As revelações, a humilhação. A descoberta de que o marido e pai querido tinha sido um caloteiro, um vigarista. Num gesto desajeitado, Candice enxugou a lágrima e fitou o chão, controlando o choro. Não havia ninguém com quem ela pudesse compartilhar essas lembranças e emoções. Sua mãe mudaria de assunto imediatamente. E Roxanne e Maggie — as únicas pessoas que conheciam a história — estavam sumidas. Ninguém tinha notícias de Roxanne havia várias semanas. E Maggie... Candice estremeceu. Ela tentara telefonar para Maggie um dia depois do anúncio da morte de Ralph. Queria pedir desculpas; queria reatar a amizade; queria compartilhar o choque e a dor. Mas quando ela disse hesitante:

— Oi, Maggie, é a Candice.

Maggie respondera:

— Ah, quer dizer que agora eu sou interessante, não é? Que vale a pena falar comigo?

— Eu não quis dizer... — Candice tentara explicar. — Maggie, por favor...

— Vou dizer uma coisa — acrescentou Maggie. — Espere até Lucia completar 18 anos e então me ligue. Certo? — E bateu o telefone.

Candice estremeceu mais uma vez ao se lembrar desse episódio e forçou-se a erguer os olhos. Era hora de esquecer os próprios problemas e se concentrar em Ralph. Ela lançou os olhos para a multidão que se movia de um lado para o outro, à procura de rostos conhecidos. Alicia estava sozinha, completamente abatida; Heather estava em um canto, consolando Kelly, que não parava de chorar. Havia muitas pessoas que ela não conhecia e até alguns famosos. Ralph Allsopp fizera muitos amigos, e havia perdido poucos.

Candice levantou-se, ajeitou o casaco e se preparou para falar com Heather. Porém, ao olhar para o portão, parou, estarrecida. Atravessando a entrada, mais bronzeada do que nunca, com o cabelo loiro caindo em cascata por cima de um casaco preto, vinha Roxanne. Ela estava de óculos escuros e andava lentamente, como se estivesse doente. Ao avistá-la, o coração de Candice se contraiu e as lágrimas começaram a brotar dos seus olhos. Se Maggie se recusava a fazer as pazes, Roxanne não iria se opor.

— Roxanne — gritou ela, correndo em sua direção, quase tropeçando. Quando a alcançou, levantou os olhos, ofegante. — Roxanne, sinto muito sobre a outra noite. Podemos esquecer tudo aquilo?

Ela esperou Roxanne concordar para poder abraçá-la e derramar algumas lágrimas. Mas Roxanne permaneceu em silêncio e, com uma voz rouca, como se fizesse um enorme esforço, perguntou:

— Do que você está falando, Candice?

— Do que aconteceu no Manhattan Bar — lembrou Candice. — Todas nós dissemos coisas que não queríamos dizer...

— Candice, não estou nem aí para o que aconteceu no Manhattan Bar — acrescentou em tom ríspido. — Você acha que isso importa agora?

— Bem... não — respondeu Candice, espantada. — Acho que não. Mas pensei... — Ela não completou a frase. — Onde você se meteu todo esse tempo?

— Eu estava fora — respondeu Roxanne. — Próxima pergunta? — Seu rosto estava crispado, quase inóspito, por trás dos óculos escuros. Candice a fitou, assustada.

— Como... como você ficou sabendo?

— Vi o obituário — disse Roxanne. — No avião. — Com um gesto rápido e brusco, ela abriu a bolsa e pegou um cigarro. — Na porra do avião.

— Nossa, deve ter sido um choque!

Roxanne a olhou durante um longo tempo, então simplesmente disse:

— É. Foi. — Com as mãos trêmulas, tentou acender o cigarro, várias vezes, mas a chama não pegava. — Droga — resmungou ofegante. — Merda...

— Me deixe ajudá-la — disse Candice, tomando o cigarro das mãos dela. Estava espantada diante da evidente falta de controle da amiga. Roxanne, que normalmente encarava todas as dificuldades com um sorriso e um comentário espirituoso, agora parecia mais abatida do que qualquer outra pessoa. Será que ela era muito próxima de Ralph? Ela o conhecia havia algum tempo, assim como todos os outros. Candice parecia confusa enquanto acendia o cigarro.

Ao devolvê-lo a Roxanne, parou, assustada. Ela estava atônita, fitando uma mulher de meia-idade, de cabelo bem-cortado e usando um casaco escuro, que acabara de saltar de um carro preto. Um garoto de uns 10 anos saltou logo depois e se juntou a ela. Em seguida, uma mulher jovem e Charles Allsopp saíram do carro.

Candice estranhou a reação de Roxanne e disse, curiosa:

— Deve ser a esposa. Sim, claro. Estou reconhecendo.

— Cynthia — acrescentou Roxanne. — Charles. Fiona. E o pequeno Sebastian. — Ela pôs o cigarro na boca e deu uma longa tragada. Cynthia ajeitou o casaco de Sebastian e examinou o rosto do filho.

— Quantos anos ele tem? — perguntou Candice, observando a cena. — O menor?

— Não sei — respondeu Roxanne, e deu um riso esquisito. — Eu... Parei de contar.

— Coitadinho — disse Candice, mordendo o lábio. — Imagine perder o pai nessa idade. Já é ruim... — Ela interrompeu a frase, e respirou profundamente.

Os membros da família, conduzidos por Cynthia e Charles, começaram a se dirigir à capela. Quando passaram por elas, Cynthia lançou um olhar na direção de Roxanne, que ergueu o queixo com altivez.

— Você a conhece? — perguntou Candice, curiosa, quando eles se afastaram.

— Nunca falei com ela — disse Roxanne.

— Ah, sim — concordou Candice, e mergulhou em um silêncio carregado de dúvidas. À sua volta, as pessoas começaram a entrar na capela. — Bem... vamos entrar? — perguntou Candice finalmente. Então ergueu os olhos e chamou: — Roxanne?

— Não posso — disse Roxanne. — Não posso entrar lá.

— Por quê?

— Não posso. — A voz de Roxanne saiu em um sussurro, e seu queixo estava trêmulo. — Não posso ficar lá. Com todos eles. Com... com ela.

— Com ela quem? — perguntou Candice. — Com Heather?

— Candice — disse Roxanne com a voz hesitante, enquanto tirava os óculos. — Quando você vai entender de uma vez por todas que eu não estou dando a mínima para sua amiga?

Candice fitou-a, completamente atônita. Os olhos de Roxanne estavam injetados e com olheiras mal disfarçadas por uma camada de maquiagem cor de bronze.

— Roxanne, o que está havendo? — perguntou ela, desesperada. — A quem você está se referindo, afinal? — Então, seguiu o olhar de Roxanne e viu Cynthia Allsopp entrando na capela. — Você está se referindo a *ela*? — perguntou, franzindo a testa, aturdida. — Você não quer ficar perto da esposa de Ralph? Mas pensei que você tinha dito... você tinha dito... — Lentamente, Candice interrompeu a frase e olhou para o rosto abatido de Roxanne. — Você não está querendo dizer... Não!

Ela deu um passo para trás e esfregou o rosto, tentando estabilizar sua respiração, acalmar os pensamentos, parar de tirar conclusões ridículas.

— Você não está querendo dizer... — Ela olhou bem nos olhos de Roxanne e, ao ver sua expressão, sentiu o estômago revirar. — Ah, meu Deus. — E engoliu em seco. — Ralph.

— Exatamente — assentiu Roxanne, imóvel. — Ralph.

MAGGIE ESTAVA NO sofá, na sala de estar, observando a agente de saúde fazer anotações na caderneta de Lucia. Os outros deviam estar no enterro agora. O enterro de Ralph. Ela mal podia acreditar que isso estava acontecendo. Este era, sem sombra de dúvida, um dos piores momentos da sua vida, pensou com serenidade, enquanto observava a agente registrar o peso de Lucia em um gráfico. Ralph estava morto. E ela havia brigado com suas melhores amigas.

Quase não suportava a lembrança daquela noite no Manhattan Bar. Tantas esperanças tinham sido depositadas naquele encontro, e tudo acabara tão mal. Ainda se sentia ferida sempre que se lembrava dos comentários cruéis de Candice. Depois de todo o esforço que fizera, depois de todo o sacrifício e culpa, para ouvir que ela não era uma companhia interessante. Para ser, efetivamente, rejeitada. Naquela noite, ela voltou para Hampshire exausta e aos prantos. Quando chegou em casa, encontrou Giles visivelmente desesperado tentando acalmar Lucia, que estava chorando, querendo mamar. Foi como se tivesse deixado os dois na mão, como se tivesse desapontado todo mundo.

— E aí, se divertiu? — perguntara Giles quando Lucia começou a mamar com voracidade. — Mamãe disse que você parecia estar se divertindo. — E Maggie o fitara sem reação, sem coragem de falar a verdade; sem coragem de reconhecer que a noite na qual depositara todas as suas esperanças tinha sido um desastre. Então, se limitou a sorrir e dizer: — Foi ótimo! — E afundou na cadeira, agradecida por estar em casa.

Desde então, ela saiu poucas vezes. Estava se acostumando a ficar sozinha; passara a assistir a muitos programas bobinhos na televisão durante o dia. Quando tomou conhecimento do que acontecera com Ralph, sentou-se e chorou na cozinha durante algum tempo. Em seguida, pegou o telefone e ligou para Roxanne. Mas não houve resposta. No dia seguinte, Candice ligou e ela a tratou de forma grosseira. Embora não pretendesse, não conseguia deixar de revidar com o rancor que ainda sentia. A humilhação ainda ardia em seu rosto quando se lembrava dos comentários de Candice. Era óbvio que ela a considerava uma pessoa brega, triste e chata. Era óbvio que preferia a companhia excitante e vibrante de Heather à sua. Ao desligar o telefone na cara dela, tivera um momento de forte adrenalina. Porém, logo depois, as lágrimas começaram a rolar em seu rosto. Pobre Lucia, pensou Maggie. Vive molhada das minhas lágrimas.

— Pode começar a introduzir alimentos sólidos aos quatro meses — aconselhou a agente de saúde. — É possível encontrar arroz especial para bebês no mercado. Se preferir, pode usar o orgânico. Depois pode começar a oferecer maçã, pera, algo simples, cozido e amassado em forma de purê.

— Certo — assentiu Maggie. Sentia-se como um robô, acenando com a cabeça e sorrindo em intervalos regulares.

— E você? — perguntou a moça, pousando o caderno e olhando diretamente para ela. — Você está bem? — Maggie fitou a mulher e ruborizou. Não esperava nenhuma pergunta sobre ela.

— Sim — respondeu finalmente. — Sim, estou ótima.

— Seu marido a ajuda?

— Ele faz o possível — explicou Maggie. — Ele... ele anda muito ocupado no trabalho, mas faz o que pode.

— Certo. E você... tem saído muito?

— Um pouco — respondeu Maggie, como se reagisse a uma crítica. — É difícil, com o bebê...

— Eu sei como é. — A agente sorriu de modo compreensivo e tomou um pouco do chá que Maggie havia servido. — E as amigas?

A palavra atingiu Maggie como um raio. Para seu espanto, sentiu lágrimas brotarem dos olhos.

— Maggie? — disse a agente, inclinando-se para a frente, num gesto de preocupação. — Você está bem?

— Sim. — Maggie sentiu mais lágrimas rolarem no rosto e confessou: — Não.

Um pálido sol de primavera brilhava quando Roxanne e Candice se sentaram no pátio da St. Bride's, ouvindo os sons distantes do hino "Hills of the North, Rejoice". Roxanne, desatenta, fitava o vazio, e Candice observava as nuvens pesadas, tentando entender se ela e Maggie tinham sido extremamente cegas ou se Roxanne e Ralph tinham sido extremamente discretos. Seis anos. Era incrível. Seis anos de segredo absoluto.

O que mais a impressionara ao ouvir a história de Roxanne foi saber o quanto os dois, obviamente, se amavam. Ficara surpresa com a profundidade do relacionamento por trás de todas as brincadeiras de Roxanne, de toda a sua irreverência e aparente frieza. "E quanto aos garotões?", Candice perguntara a certa altura da conversa — e recebeu como resposta um olhar intenso. "Candice", dissera Roxanne quase aborrecida, "*nunca* houve nenhum garotão".

Agora, mais calma, ela tragou profundamente o cigarro e soprou uma nuvem de fumaça no ar.

— Eu pensei que ele não me quisesse mais — disse ela sem mexer a cabeça. — Ele sugeriu que eu fosse para o Chipre. Falou que eu deveria ter uma vida nova. Eu fiquei completamente arrasada. Toda aquela asneira sobre aposentadoria. — Ela apagou o cigarro. — Ele deve ter pensado que estava me fazendo um favor, que seria para o meu bem. Ele devia saber que estava morrendo.

— Ah, ele sabia, com certeza — disse Candice sem refletir.

— O quê? — Roxanne se virou para fitá-la. — O que faz você pensar assim?

— Nada — respondeu Candice, arrependida por não ficar de boca fechada.

— Candice, o que você está querendo dizer? Você quer dizer... — Ela fez uma pausa, como se tentasse manter o controle. — Você está insinuando que Ralph sabia que estava doente?

— Não. — Mas a resposta não foi convincente. — Eu... Eu peguei um recado uma vez, do Charing Cross Hospital. Não era nada específico. Poderia ser qualquer coisa.

— Quando foi isso? — perguntou Roxanne com a voz trêmula, no momento em que se ouviu o último acorde do hino. — Candice, quando foi isso?

— Não sei — respondeu Candice, ruborizada. — Há pouco tempo. Alguns meses. — Ela olhou para Roxanne e estremeceu diante do seu olhar fixo.

— E você não disse nada — falou Roxanne, perplexa. — Você sequer falou comigo. Nem com a Maggie.

— Eu não sabia o que significava!

— Você não adivinhou? — A voz de Roxanne tornou-se mais áspera. — Não *imaginou*?

— Eu... Não sei. Talvez... — Candice parou de falar e passou a mão no cabelo.

Do interior da igreja, veio um estrondo de vozes em oração.

— Você sabia que Ralph estava morrendo e eu não. — Roxanne balançou a cabeça, aturdida, como se tentasse compreender um enorme volume de fatos confusos.

— Eu não sabia! — justificou-se Candice, aflita. — Roxanne...

— Você sabia! — gritou Roxanne. — A esposa dele sabia. O mundo inteiro sabia. E onde eu estava quando ele morreu? No maldito sul da França. Na maldita piscina.

Roxanne deu um soluço e seus ombros começaram a tremer. Candice a fitou em silêncio, horrorizada.

— Eu devia ter imaginado — disse Roxanne com a voz embargada. — Notei que havia algo errado. Ele estava magro, perdendo peso e... — Ela esfregou os olhos num gesto brusco. — Mas sabe o que eu pensei? Pensei que ele estivesse estressado porque estava planejando deixar a esposa. Pensei que ele estivesse planejando morar comigo.

E o tempo todo ele estava morrendo. E... — Ela fez uma pausa, demonstrando indignação. — E você sabia.

Consternada, Candice tentou abraçá-la, mas Roxanne a repeliu com violência.

— Não posso suportar! — disse ela, desesperada. — Não posso suportar a ideia de que todo mundo sabia menos eu. Você devia ter me contado, Candice. — Sua voz aumentou como o choro de uma criança. — Você devia ter me contado que ele estava doente!

— Mas eu não sabia nada sobre vocês! — gritou Candice com lágrimas nos olhos. — Como eu poderia saber? — Ela tentou segurar a mão da amiga, mas Roxanne se esquivou e levantou.

— Não posso ficar — sussurrou ela. — Não consigo olhar para você. Não consigo acreditar que você sabia e eu não.

— Roxanne, não é minha culpa — gritou Candice com o rosto cheio de lágrimas. — Não é minha culpa!

— Eu sei — assentiu Roxanne com a voz rouca. — Sei que não é. Mas mesmo assim não consigo suportar. — E, sem olhar para trás, se afastou rapidamente.

MAGGIE SECOU AS lágrimas e tomou um gole do chá quente.

— Pronto — disse a agente de saúde em tom amável. — Agora não se preocupe. Muitas mães de primeira viagem se sentem deprimidas no início. É perfeitamente natural.

— Mas não tenho motivos para estar deprimida — retrucou Maggie, estremecendo. — Tenho um marido carinhoso, uma casa grande e confortável, e não preciso trabalhar. Sou realmente uma pessoa de muita sorte.

Ela olhou ao redor da imensa e imponente sala de estar: o magnífico piano repleto de fotografias; a lareira abastecida com uma pilha de lenha; as janelas francesas que davam vista para o gramado. A agente de saúde seguiu seu olhar.

— Você está bem isolada aqui, não é? — indagou, pensativa. — Tem algum parente que more perto daqui?

— Meus pais vivem em Derbyshire — disse Maggie, fechando os olhos e sentindo o vapor quente do chá no rosto. — Mas a minha sogra mora a alguns quilômetros.

— E isso é bom?

Maggie abriu a boca com a intenção de responder afirmativamente.

— Não exatamente — confessou.

— Entendi — disse a mulher, educadamente. — Vocês não se dão muito bem?

— Não é isso... mas ela faz com que eu me sinta um fracasso — explicou Maggie, sentindo um súbito alívio doloroso ao abrir o coração. — É que ela faz tudo tão bem, e eu faço tudo tão... — Chorando novamente, sussurrou: — Tão mal.

— Tenho certeza de que isso não é verdade.

— É sim! Não consigo fazer nada direito! — Maggie teve um ligeiro tremor. — Eu nem sabia que estava em trabalho de parto. A Paddy precisou me *dizer* isso. Eu me senti tão... tão estúpida. Além disso, não consigo manter a casa arrumada, não sei fazer bolinhos... e, no outro dia, eu estava toda atrapalhada trocando a fralda de Lucia. Paddy entrou e me pegou gritando com ela. — Maggie esfregou os olhos e deu uma enorme fungada. — Ela me acha uma mãe horrível.

— Tenho certeza de que ela não pensa assim.

— Pensa, sim! Posso ver nos olhos dela toda vez que ela olha para mim. Ela me acha uma inútil!

— Não acho que você seja uma inútil! — Nesse momento, Maggie e a agente de saúde levaram um susto e se viraram. Paddy estava na porta da sala, espantada. — Maggie, de onde você tirou essa ideia terrível?

Paddy fora à casa de Maggie para saber se ela queria alguma coisa do mercado e encontrara a porta destrancada. Ao entrar no hall, percebeu a voz de Maggie alterada pela emoção e, com um súbito choque, ouviu seu nome ser mencionado. Dissera a si mesma para ir embora — mas, em vez disso, chegou mais perto da sala, incapaz de acreditar no que estava ouvindo.

— Maggie, minha querida, você é uma mãe maravilhosa! — disse ela com a voz trêmula. — É claro que é.

— Eu tenho certeza de que tudo não passa de um equívoco — disse a agente de saúde em tom apaziguador.

— Ninguém entende! — disse Maggie, limpando o rosto manchado. — Todo mundo pensa que sou uma supermulher. Lucia nunca dorme...

— Pensei que você tivesse dito que ela dormia bem — disse a agente de saúde franzindo a testa, enquanto consultava suas anotações.

— Eu sei! — gritou Maggie, angustiada. — Eu disse isso porque todo mundo parece pensar que isso é o que ela deveria estar fazendo. Mas ela não está dormindo. E eu também não estou dormindo. Giles nem imagina... ninguém imagina.

— Eu tentei ajudar! — justificou Paddy, olhando defensivamente para a agente de saúde. — Eu me ofereci para tomar conta de Lucia, arrumei a cozinha...

— Eu sei — assentiu Maggie. — E toda vez que você arruma a cozinha me faz sentir pior. Toda vez que você aparece... — Ela olhou para Paddy. — Toda vez que você aparece, estou fazendo algo errado. Quando falei que iria a Londres, você disse que eu devia ficar em casa e dormir cedo. — As lágrimas começaram a rolar por seu rosto novamente. — Era a minha oportunidade de encontrar as minhas amigas.

— Eu só estava preocupada com você! — retrucou Paddy, corada de aflição. — Dava para ver que você estava exausta; eu queria que você se poupasse!

— Bem, não foi o que você disse. — Maggie levantou os olhos, desconsolada. — Você me fez sentir uma criminosa. — Paddy a fitou em silêncio e, em seguida, afundou-se pesadamente em uma cadeira.

— Talvez você tenha razão — admitiu lentamente. — Na hora eu não pensei.

— Sou agradecida por tudo o que você fez — murmurou Maggie. — Eu juro. Mas...

— Parece que você precisa de mais apoio emocional — sugeriu a agente de saúde. — Você disse que o trabalho do seu marido exige muito dele?

— Ele é muito ocupado — explicou Maggie e assoou o nariz. — Não é justo esperar...

— Bobagem! — refutou Paddy sem meias-palavras. — Ele é o pai, não é? Então pode ajudar. — E lançou a Maggie um olhar malicioso. — Eu achava que hoje em dia as mulheres preferissem homens com ideias modernas.

Maggie deu uma risada nervosa.

— De modo geral, eu prefiro. É que ele trabalha tanto...

— E você também! Maggie, você tem que parar de esperar milagres de si mesma.

Maggie corou.

— Outras mulheres conseguem — retrucou, cabisbaixa. — Eu me sinto tão incompetente...

— Outras mulheres conseguem *com ajuda* — corrigiu Paddy. — A mãe fica por perto. O marido tira férias. As amigas cooperam. — Ela olhou para a agente de saúde. — Já viu algum marido morrer porque perdeu uma noite de sono?

— Não que eu saiba — respondeu a agente de saúde, sorrindo.

— Você não tem que fazer tudo — afirmou Paddy. — Você está se saindo muito bem. Muito melhor do que eu, na minha época.

— Jura? — perguntou Maggie com um sorriso trêmulo. — Mesmo não sabendo fazer bolinhos?

Paddy ficou em silêncio. Então, olhou para a pequena Lucia que dormia no cesto, e em seguida para Maggie.

— Eu faço bolinhos porque sou uma velha entediada — explicou. — Mas você tem muito mais o que fazer na vida. Não é?

QUANDO AS PESSOAS começaram a sair da capela, Candice ergueu os olhos. Seus membros estavam rijos; o rosto, seco e salgado das lágrimas; por dentro, sentia-se ferida pela raiva contundente de Roxanne. Não queria ver ninguém, pensou, e levantou-se para ir embora. Mas, nesse momento, Justin apareceu subitamente e bateu, de leve, no seu ombro.

— Candice — disse friamente. — Preciso falar com você.

— Ah, sim — concordou Candice ao limpar o rosto. — Não pode esperar?

— Eu gostaria que você fosse falar comigo amanhã. Às nove e meia.

— Tudo bem. Sobre o quê?

Justin deu-lhe uma olhada longa e disse:

— Vamos deixar para amanhã, certo?

— Certo — assentiu Candice, intrigada. Em seguida, ele acenou com a cabeça e se afastou, indo em direção à multidão.

Candice o fitou, perguntando-se qual seria o motivo daquela intimação. No momento seguinte, Heather surgiu ao seu lado.

— O que Justin queria? — perguntou ela de forma casual.

— Não tenho a menor ideia. Quer falar comigo amanhã. Parece algo sério. — Candice revirou os olhos. — Ele estava muito misterioso. Provavelmente é a respeito da sua mais recente ideia genial sobre alguma coisa.

— Provavelmente — concordou Heather. Em seguida, olhou para Candice com ar pensativo, sorriu e apertou-lhe a cintura. — Sabe de uma coisa? Vamos sair esta noite. Jantar em algum lugar bacana. Seria bom nos divertirmos um pouco, depois de toda essa tristeza. Que tal?

— Claro — disse Candice, aliviada. — Para falar a verdade, estou me sentindo meio oprimida.

— É mesmo? — perguntou Heather em tom amável. — Eu vi você e Roxanne mais cedo. Tiveram outra briga?

— Mais ou menos. — Uma imagem da expressão abatida de Roxanne passou por sua mente e ela estremeceu. — Mas isso... isso não importa. — Então, observou o sorriso largo e amistoso de Heather e, de repente, se animou; sentiu-se querida e encorajada. — Isso realmente não importa.

CAPÍTULO DEZESSEIS

Na manhã seguinte, quando Candice se arrumava para ir ao trabalho, não havia nenhum sinal de Heather. Sorriu enquanto preparava o café. As duas haviam ficado até tarde em um restaurante, na noite anterior, comendo massa, tomando vinho tinto suave e conversando. Havia uma facilidade de comunicação entre elas, um afeto sutil e natural que Candice adorava. Pareciam ver a vida exatamente do mesmo modo; acreditavam nos mesmos princípios; compartilhavam o mesmo senso de humor.

Heather tinha bebido mais do que Candice e, quando a conta chegou, ela agradeceu quase chorando, mais uma vez, por tudo que Candice fizera para ajudá-la. Em seguida, revirou os olhos, riu de si mesma e disse:

— Olhe só para mim: completamente bêbada como de costume. Ouça, Candice, se eu não acordar de manhã, me deixe dormir. Vou precisar tirar o dia de folga para me recuperar! — Tomou um pouco do café, olhou para Candice por cima da xícara e acrescentou: — E boa sorte na reunião com Justin. Vamos torcer para que seja algo bom!

Tinha sido uma noite maravilhosa, pensou Candice. Depois da tristeza e do pesar do enterro, aquela tinha sido uma noite para absorver os eventos do dia, refletir e seguir em frente. Ainda estava triste por causa da briga com Roxanne; ainda ficava espantada sempre que pensava no relacionamento que a amiga tivera com Ralph. Mas esta manhã, ela sentia uma nova energia, uma capacidade de olhar adiante e se concentrar em outras coisas na vida: sua amizade com Heather, o amor pelo seu trabalho.

Candice acabou de tomar café, andou nas pontas dos pés até o quarto de Heather e aguçou os ouvidos. Nenhum barulho. Ela sorriu, apanhou a bolsa e saiu. Estava um dia fresco, com a sensação de verão no ar, e ela andou rápido, curiosa a respeito do que Justin queria falar com ela.

Quando chegou ao trabalho, viu que a sala dele estava vazia. Então, foi até a sua mesa, ligou imediatamente o computador e, após fazer login, virou-se para conversar com qualquer pessoa que estivesse por perto. Mas Kelly era a única no editorial, e ela estava na sua mesa, digitando furiosamente, sem levantar a cabeça nem por um segundo.

— Eu vi você no enterro — disse Candice em tom amistoso. — Foi muito comovente. — Kelly olhou para ela com uma expressão estranha.

— Ah, sim — respondeu, e continuou digitando.

— Eu não fui à cerimônia religiosa — prosseguiu Candice. — Mas eu a vi entrando junto com a Heather.

Para sua surpresa, ela percebeu Kelly ruborizar.

— Ah, sim — disse ela mais uma vez. Então, digitou mais um pouco e, subitamente, se levantou. — Eu preciso ir agora... — anunciou, nervosa, e saiu da sala. Candice ficou imóvel observando a garota ir embora, em seguida voltou ao computador. Digitou qualquer coisa e logo se virou de costas novamente. Não havia razão para começar a trabalhar, já que teria de falar com Justin às nove e meia.

Mais uma vez, perguntou-se qual seria o assunto da conversa. Em outros tempos, ela poderia achar que ele pediria seu conselho sobre algo, ou pelo menos sua opinião. Mas desde que assumira a gerência da revista, Justin tornara-se cada vez mais seu próprio mestre e agia como se Candice — junto com toda a equipe — não estivesse no mesmo patamar que ele. Se não considerasse esse comportamento ridículo, ela poderia até ficar ofendida.

Às nove e vinte e cinco, Justin apareceu na porta do editorial, conversando com alguém no corredor.

— Tudo bem, Charles — dizia ele. — Obrigado. Eu fico muito agradecido. Sim, eu o manterei informado. — Então se despediu com um aceno, entrou na sala e deu de cara com Candice.

— Certo — disse ele. — Pode entrar.

Ele apontou para uma cadeira, fechou a porta atrás dela e abaixou a persiana. Então, lentamente, deu a volta na mesa, sentou e olhou para ela.

— Pois é, Candice — disse ele após alguns segundos. Em seguida, suspirou e acrescentou: — Me diga há quanto tempo você trabalha para a *Londoner*?

— Você sabe! — respondeu Candice. — Cinco anos.

— Isso mesmo — assentiu Justin. — Cinco anos. E você está satisfeita? Tem sido bem tratada?

— Sim! Claro que sim. Justin.

— Sendo assim, poderíamos concluir que, durante todo esse tempo, um nível de... confiança tenha sido construído. Poderíamos concluir que um empregado satisfeito não teria necessidade de recorrer a... atos desonestos. — Justin balançou a cabeça solenemente e Candice o fitou, em parte querendo rir do seu ar sério, tentando descobrir aonde ele pretendia chegar. Será que o editorial tinha sido arrombado? Ou alguém andava roubando coisas?

— Justin — disse ela calmamente. — Do que você está falando?

— Meu Deus, Candice, você está tornando isso muito difícil para mim.

— O que difícil? — perguntou Candice, impaciente. — Do que você está falando? — Justin a fitou como se não acreditasse na sua indignação e suspirou.

— Estou falando sobre despesas, Candice. Estou falando sobre uma prestação de contas irregular.

— Como é? Quem anda fazendo isso?

— Você!

A palavra atingiu Candice como um tapa na cara.

— O quê? — perguntou ela revoltada e deu uma risada pertinente. — Eu?

— Você acha engraçado?

— Não! Claro que não. É apenas... ridículo! Você está falando sério? Você não pode estar falando sério.

— Ah, qual é! — disse Justin. — Pode parar com a encenação. Você foi pega, Candice.

— Mas eu não fiz nada! — gritou Candice com a voz mais aguda do que pretendia. — Não sei do que você está falando!

— Quer dizer que você não sabe nada a respeito disso? — Justin abriu a gaveta e retirou uma pilha de formulários de prestação de contas, com recibos anexados. Ele folheou os papéis e, ao esticar levemente o pescoço, Candice pôde ver o seu nome em um dos documentos. — Corte de cabelo no Michaeljohn — leu Justin no primeiro formulário. — Vai me dizer que isso é despesa editorial?

— O quê? — reagiu Candice, horrorizada. — Eu não apresentei essa declaração! Eu jamais faria isso! — Justin passou à página seguinte. — Um tratamento de beleza no Manor Graves Hotel. — E virou outra página. — Almoço para três pessoas, no Ritz.

— Esse almoço foi com o senhor Derek Cranley e o publicitário — explicou Candice imediatamente. — Eu tive de oferecer a eles um almoço para conseguir uma entrevista. E eles se recusavam a ir a outro lugar.

— E a conta do Manor Graves Hotel?

— Nunca sequer fui lá! — Candice riu. — E eu não declararia algo assim! Isso é um engano!

— Então você não assinou este recibo, nem preencheu este formulário de declaração de despesas?

— Claro que não! — respondeu Candice, indignada. — Me deixe ver.

Ela puxou o papel das mãos dele e, ao examiná-lo, sentiu o estômago revirar. Sua assinatura estava em um recibo que ela sabia que nunca tinha assinado. Um formulário de prestação de contas havia sido detalhadamente preenchido, com uma caligrafia exatamente igual à sua. Ela começou a tremer.

— Um total de 196 libras — disse Justin. — Nada mal, para um mês.

De repente, Candice sentiu um calafrio. Então, lembrou-se do seu extrato bancário, a quantia que entrara na sua conta. O depósito cuja origem ela não se preocupara em investigar. Olhou rapidamente para a data no recibo: um sábado, seis semanas atrás; e, mais uma vez, verificou a assinatura. Parecia sua, mas não era. Definitivamente, aquela não era a sua assinatura.

— Pode parecer algo sem importância para você — disse Justin. Candice ergueu os olhos e o viu junto à janela, observando-a. A luz que vinha do lado de fora a impedia de examinar a expressão em seu rosto, mas a voz tinha um tom sério. — Despesas fraudulentas. — Então, ele fez um gesto de desinteresse. — Um daqueles pequenos delitos que não são levados a sério. Mas, na verdade, Candice, é algo sério.

— Eu sei disso! — gritou Candice, decepcionada. — Não me trate como se eu fosse uma idiota! Eu sei que é sério. Mas eu não fiz nada disso, entendeu?

Ela respirou fundo, tentando se manter calma, mas sua mente estava como um peixe debatendo-se no convés, tentando entender o que estava acontecendo.

— Então o que é isto? — perguntou Justin, apontando para os formulários de despesa.

— Outra pessoa deve tê-los preenchido. E falsificado a minha assinatura.

— E por que alguém faria isso?

— Eu... eu não sei. Mas ouça, Justin! Não é a minha letra. Apenas parece! — Ela folheou rapidamente as páginas. — Compare com este formulário! — ordenou, empurrando as páginas na direção dele, mas Justin balançou a cabeça, negativamente.

— Você está afirmando que alguém, por uma razão que ainda teremos de apurar, falsificou a sua assinatura?

— Exatamente!

— E você não sabia nada a respeito disso.

— Não! Claro que não!

— Certo. — Justin suspirou, num gesto de decepção diante da justificativa de Candice. — Quer dizer que quando as despesas foram aprovadas, há uma semana, despesas que você alega desconhecer, e você percebeu um crédito indevido na sua conta, você identificou o erro e devolveu o dinheiro imediatamente?

Ele olhou para ela com uma expressão impassível e Candice o fitou, atônita, sentindo o rosto em chamas. Por que ela não questionou o dinheiro que tinha aparecido na conta? Por que não agiu de maneira honesta? Como pôde ter sido tão... tão estúpida?

— Pelo amor de Deus, Candice, você poderia ao menos admitir a verdade — ordenou Justin, impaciente. — Você tentou dar um golpe na empresa e foi pega.

— Não! — gritou Candice com um nó na garganta. — Justin, você *sabe* que eu nunca faria uma coisa dessas.

— Para falar a verdade, neste momento eu sinto como se não a conhecesse tão bem — afirmou Justin.

— O que você quer dizer com isso?

— Heather falou comigo a respeito da sua ostentação de poder sobre ela — declarou Justin em tom hostil. — Na realidade, estou surpreso por ela não ter feito uma reclamação oficial.

— Como é que é? — reagiu Candice, perplexa. — Justin, do que você está falando?

— Vai se declarar inocente nesse caso também? — perguntou Justin em tom sarcástico. — Ora, vamos, Candice. Chegamos até a falar disso, no outro dia. Você reconhece que tem insistido em supervisar todo o trabalho dela? E que tem usado o seu poder para intimidá-la?

— Eu tenho *ajudado*! — justificou Candice, ofendida. — Ah, meu Deus! Como é que você...

— Isso provavelmente a faz se sentir superior, não é? O fato de ter arranjado um emprego para ela. — Justin cruzou os braços. — Aí ela começou a crescer pelos próprios méritos, e você não aguentou.

— De jeito nenhum! Justin...

— Ela me contou como você a tratou mal depois que ela me apresentou a ideia do artigo. — A voz de Justin tornou-se mais áspera. — Você simplesmente não consegue aceitar que ela é talentosa, não é?

— Claro que não é isso! — retrucou Candice com a voz trêmula. — Justin, você entendeu tudo errado! Está tudo distorcido! É...

Ela parou de falar e fitou Justin, tentando colocar seus pensamentos no lugar. Nada fazia sentido. Nada fazia...

De repente, ela parou, como se compreendesse o que estava acontecendo: o recibo do corte de cabelo no Michaeljohn. Aquele era seu. Seu recibo pessoal, da pilha de papéis que ficavam na sua mesinha de cabeceira, no seu quarto, no seu apartamento. Ninguém mais poderia ter...

— Ah, meu Deus — disse ela lentamente.

Em seguida, apanhou um dos formulários, examinou-o novamente e sentiu um frio na barriga. Agora, verificando mais de perto, conseguia ver os traços da caligrafia que imitava a sua. Como um aceno sarcástico, a caligrafia de Heather saltava aos seus olhos. Ela ergueu a cabeça, sentindo-se mal.

— Onde está a Heather? — perguntou, com voz trêmula.

— De férias. Duas semanas. Ela não te contou?

— Não — respondeu Candice. — Não, não falou nada. — Ela respirou fundo e afastou o cabelo do rosto molhado. — Justin, eu acho... Eu acho que ela falsificou essas declarações.

— Ah, é mesmo? — Justin riu. — Bem, isso é surpreendente.

— Não. — Candice engoliu em seco. — Não, Justin, é sério. Você tem que me ouvir...

— Candice, esqueça — disse Justin, impaciente. — Você está suspensa.

— O quê? — O abalo fez Candice empalidecer.

— A empresa executará uma investigação interna, e uma audiência disciplinar será realizada no momento oportuno — explicou Justin rapidamente, como se estivesse lendo instruções. — Enquanto isso, até que a situação seja resolvida, você permanecerá em casa, recebendo o seu salário integral.

— Você... você não pode estar falando sério.

— Na minha opinião, você tem sorte de não ser demitida imediatamente! Candice, o que você fez é fraude — disse Justin, erguendo o queixo. — Se eu não tivesse instituído fiscalizações casuais no sistema de despesas, isso talvez nem tivesse sido descoberto. Charles e eu conversamos esta manhã, e ambos achamos que esse tipo de comportamento precisa ser tratado com medidas severas, de maneira firme. Aliás, estamos pensando em usar isso como uma oportunidade para...

— Charles Allsopp. — Candice o fitou, percebendo a razão de tudo aquilo. Então acrescentou, lentamente: — Ah, meu Deus. Você está fazendo isso para impressionar Charles Allsopp, não é?

— Não seja tola — retrucou Justin, furioso, com um rubor no rosto. — Essa é uma decisão corporativa, baseada nas normas da empresa.

— Você está mesmo fazendo isso comigo! — Os olhos de Candice se encheram de lágrimas carregadas de rancor e angústia. — Está me tratando como uma criminosa, depois... de tudo. Quero dizer, nós moramos juntos por seis meses, não foi? Isso não significa *nada*?

Ao ouvir aquelas palavras, Justin ergueu a cabeça num movimento brusco e lançou-lhe um olhar triunfante.

Era isso que ele queria ouvir, pensou Candice, abismada. Ele queria que eu me humilhasse.

— Você acha que eu deveria tratá-la de forma diferenciada só porque você foi minha namorada? — perguntou Justin. — Você acha que eu poderia tratar esse assunto de maneira especial e fazer vista grossa. É isso?

Candice o fitou, atônita.

— Não — respondeu, o mais calmamente possível. — Claro que não. — E fez uma pausa. — Mas você poderia... confiar em mim.

Houve silêncio enquanto os dois se entreolharam, e, por um instante, Candice pensou que estava diante do velho Justin — o Justin que teria acreditado nela, o Justin que talvez até a defendesse. Então, como se chegasse finalmente a uma conclusão, ele se virou e abriu a gaveta.

— Pelo que me consta — acrescentou, friamente. — Você perdeu a minha confiança. E a de todo mundo. Tome. — Ele ergueu a cabeça e entregou-lhe um rolo de sacos plásticos pretos. — Pegue o que quiser e vá embora.

MEIA HORA DEPOIS, Candice estava do lado de fora do prédio, com o saco plástico nas mãos, tremendo, diante dos olhares curiosos dos transeuntes. Eram dez da manhã. Para a maioria das pessoas, o dia só estava começando. Todos correndo para seus escritórios, todos indo em alguma direção. Candice engoliu em seco e deu outro passo para a frente, como se estivesse andando na rua carregando um saco plástico, com algum propósito. Mas sentia a tranquilidade no rosto começar a desaparecer, a emoção à flor da pele ameaçando escapar. Nunca se sentira tão vulnerável, tão sozinha.

Quando saiu da sala de Justin, ela conseguiu manter um mínimo de dignidade. Conseguiu manter a cabeça erguida e, acima de tudo, recusara-se a parecer culpada. Mas tinha sido difícil. Todos, obviamente, sabiam o que tinha acontecido. Quando estava passando, percebeu olhares se voltarem na sua direção e rostos sendo desviados; expressões ansiosas de curiosidade, aliviadas por não terem envolvimento com o caso. Com um novo membro da família Allsopp responsável pela empresa, o futuro era incerto para todos. A certa altura, ela percebera o olhar de Alicia e notou um sinal de solidariedade. Mas ela também desviara o olhar. Candice não a culpava. Ninguém poderia se arriscar.

Com as mãos trêmulas, ela sacudiu o saco para abri-lo, incomodada pelo toque escorregadio do material. Jamais se sentira tão desprezível, tão humilhada. Na sala, todos trabalhavam em silêncio, nos seus computadores, o que significava que estavam prestando atenção. Quase incapaz de acreditar no que estava fazendo, Candice abriu a gaveta superior de sua mesa e examinou seu conteúdo familiar: cadernos, canetas, disquetes antigos, uma caixa com saquinhos de chá de framboesa.

— Não leve nenhum disquete — ordenara Justin ao passar por ela. — E não toque no computador. Os dados da empresa devem permanecer aqui.

— Me deixe em paz! — gritara Candice, furiosa, com lágrimas nos olhos. — Não vou *roubar* nada.

Agora, do lado de fora, uma lágrima brotou em seus olhos novamente. Todos pensavam que ela era uma ladra. E por que deveriam pensar de outra forma? As evidências eram bastante convincentes. Candice fechou os olhos. Ainda se sentia perplexa com a descoberta de que Heather havia fabricado provas contra ela, de que a apunhalara pelas costas. Seus pensamentos corriam de um lado para o outro, tentando usar a lógica, tentando compreender tudo. Mas não conseguia pensar com clareza enquanto estivesse lutando contra as lágrimas, com o rosto em brasas e um nó na garganta.

— Tudo bem, querida? — perguntou um homem de jaqueta jeans, e Candice deu um sobressalto.

— Sim, obrigada — murmurou ela, sentindo uma lágrima rolar pelo rosto. Antes que ele pudesse dizer mais alguma coisa, ela começou a andar sem saber para onde ir, com a mente em disparada. O saco plástico batia nas suas pernas, escorregando de suas mãos. Ela achava que todos que passavam por ela sabiam o que tinha acontecido. Diante de uma vitrine, olhou para o próprio reflexo e ficou surpresa com o que viu. Estava pálida, com o rosto crispado devido às lágrimas contidas. Sua roupa estava amassada; o cabelo, despenteado. Precisava chegar logo em casa, pensou, desesperada. Ela tiraria a roupa, tomaria um banho e se esconderia irracionalmente, como um animalzinho em um buraco, até se sentir capaz de sair.

Ao chegar à esquina, encontrou uma cabine telefônica. Então, abriu a pesada porta e entrou. Lá dentro estava fresco e silencioso, um paraíso temporário. Vou ligar para Maggie, pensou, aflita, pegando o aparelho. Ou Roxanne. Elas a ajudariam. Uma delas a ajudaria. Roxanne ou Maggie. E começou a discar, mas logo parou.

Roxanne não seria uma boa ideia. Principalmente depois da forma que elas haviam se despedido no enterro de Ralph. E nem Maggie. Principalmente depois das coisas que ela lhe dissera, depois daquele terrível telefonema.

Candice sentiu um frio na espinha e se apoiou no vidro gelado da cabine. Não poderia telefonar para nenhuma das duas. Ela havia perdido suas duas amigas. Havia perdido suas duas melhores amigas.

De repente, alguém bateu no vidro, assustando-a, e ela abriu os olhos.

— Você está usando o telefone? — gritou uma mulher com uma criança pequena pela mão.

— Não — respondeu Candice, meio confusa.

Ela saiu da cabine, colocou o saco na outra mão e olhou ao redor, desnorteada, como se tivesse saído de um túnel. Então, começou a andar novamente, em uma névoa de angústia, sem saber para onde ia.

Quando Roxanne subiu as escadas, trazendo pão e um jornal, ouviu o telefone tocar no seu apartamento. Pode tocar à vontade, pensou. Pode tocar à vontade. Não havia ninguém com quem quisesse falar. Então, lentamente, inseriu a chave na fechadura e abriu a porta. Em seguida, fechou-a atrás de si, pousou o pão e o jornal sobre a mesa e lançou um olhar fulminante para o telefone, que continuava a tocar.

— Você não desiste mesmo, não é? — disse, ao pegar o aparelho. — Alô?

— É a senhorita Roxanne Miller? — perguntou uma voz masculina desconhecida.

— Sim — disse Roxanne. — Sou eu.

— Ótimo. Permita-me que eu me apresente. Meu nome é Neil Cooper, e eu represento a empresa Strawson and Co.

— Não tenho carro — adiantou-se Roxanne. — Não preciso de seguro.

Neil Cooper deu um riso nervoso.

— Senhorita Miller, deixe-me explicar. Sou advogado. Estou telefonando para conversarmos sobre o espólio de Ralph Allsopp.

— Ah, sim — disse Roxanne, fitando a parede e tentando evitar as lágrimas. Ouvir o nome de Ralph, inesperadamente, da boca de outras pessoas ainda a surpreendia, ainda causava ondas de choque pelo seu corpo.

— Será que você poderia vir ao nosso escritório? — perguntou o advogado. De repente, Roxanne compreendeu: Ralph Allsopp. O espólio de Ralph Allsopp.

— Ah, meu Deus! — As lágrimas começaram a rolar livremente no seu rosto. — Ele deixou algo para mim, não é? Aquele safado estúpido e sentimental. E você quer que eu vá aí para pegar.

— Se pudermos marcar uma reunião...

— É o relógio dele? Ou aquela máquina de escrever antiga e vagabunda? — Roxanne deu um riso involuntário. — Aquela maldita Remington.

— Podemos marcar às quatro e meia, na quinta-feira? — perguntou o advogado, e Roxanne suspirou.

— Ouça — disse ela. — Não sei se você está ciente, mas Ralph e eu não éramos exatamente... — Ela fez uma pausa. — Eu prefiro ficar fora disso. Você não poderia apenas enviar o que quer que seja? Eu pagarei a postagem.

Após um breve silêncio, o advogado disse, em tom mais firme:

— Às quatro e meia. Estarei aguardando.

Candice se deu conta de que, inconscientemente, seus passos a levavam para casa. Ao entrar na sua rua, ela parou ao ver um táxi estacionado em frente à sua porta. Então permaneceu imóvel, observando, com a mente funcionando em ritmo lento. E se surpreendeu ao avistar Heather saindo pela porta. Ela estava de calça jeans e casaco e carregava uma mala. Seu cabelo loiro estava exuberante, como de costume; os olhos salientes e ingênuos. Ao fitá-la, sentiu-se confusa.

Estava mesmo acusando essa amiga, alegre e de bom coração, de tentar enganá-la? Naturalmente, os fatos a levaram a essa conclusão. Mas, ao vê-la falando de maneira amável com o motorista, suas convicções desapareceram. Não haveria outra explicação plausível?, pensou angustiada. Algum outro fator que ela desconhecia?

Como se percebesse que estava sendo observada, Heather se virou e levou um susto ao dar de cara com Candice fitando-a, paralisada. Por um momento, as duas se entreolharam em silêncio. O olhar de Heather percorreu Candice de cima a baixo, examinando o saco preto, seu rosto perturbado e os olhos injetados.

— Heather. — A voz de Candice soou rouca até para os próprios ouvidos. — Preciso falar com você.

— É mesmo? — perguntou Heather calmamente.

— Acabei de ser... — Candice fez uma pausa, esforçando-se para dizer as palavras em voz alta. — Fui afastada do trabalho.

— Sério? Que pena. — Ela sorriu, virou-se e entrou no táxi.

Com o coração disparado, Candice gritou:

— Espere! — E saiu correndo pela rua, ofegante, sacudindo o saco plástico. — Heather, eu... só queria entender.

— Ela alcançou a porta do táxi no momento em que a outra ia fechá-la e a segurou.

— Solte! — gritou Heather.

— Não consigo entender — disse Candice, respirando com dificuldade. — Pensei que fôssemos amigas.

— Pensou? Engraçado. O meu pai também pensava que seu pai fosse amigo dele.

Candice parou, atônita. Ela fitou Heather e sentiu o rosto corar. Suas mãos enfraqueceram e ela soltou a porta lentamente.

— Quando... quando você descobriu? — Sua voz estava embargada; sentia um nó bloqueando a garganta.

— Não tive que descobrir — explicou Heather com sarcasmo. — Eu sabia quem você era desde o início. Assim que eu a vi naquele bar. — Sua voz tornou-se mais áspera. — A minha família toda sabe quem você é, Candice Brewin.

Candice estava perplexa. Suas pernas tremiam, sentia-se tonta com o choque.

— E agora você sabe o que eu passei — disse Heather. — Agora você sabe como foi para mim perder tudo de repente. — Ela deu um sorriso satisfeito e examinou, mais uma vez, a aparência desgrenhada de Candice. — E então, está gostando? Acha divertido perder tudo da noite para o dia?

— Eu confiei em você — disse Candice, completamente incapaz de reagir. — Você era minha amiga.

— E eu tinha 14 anos! — gritou Heather com súbita violência. — Nós perdemos tudo. Pelo amor de Deus, Candice! Você realmente achou que poderíamos ser amigas depois de tudo o que o seu pai fez à minha família?

— Mas eu tentei reparar o mal que ele tinha feito! Tentei compensá-la! — Heather balançou a cabeça num gesto de irritação e puxou a porta. — Heather, escute! — implorou Candice em pânico. — Será que você não entende? — Ela inclinou-se para a frente, como se suplicasse para ser ouvida. — Eu estava tentando compensá-la! Estava tentando ajudá-la!

— Pois é — disse Heather friamente. — Talvez você não tenha tentado o bastante.

Ela lançou a Candice um último olhar, em seguida bateu a porta do táxi.

— Heather! — gritou Candice pela janela aberta, com o coração disparado. — Heather, espere! Por favor. Preciso do meu emprego de volta. — Sua voz aumentou com o desespero. — Você tem de me ajudar! Por favor, Heather!

Mas Heather nem sequer se virou. Logo depois, o táxi arrancou rua acima.

Candice permaneceu imóvel, abismada, olhando o carro se afastar, e deixou-se cair no chão, tremendo, ainda segurando o saco plástico. Um casal que passeava com um cachorro olhou com curiosidade, mas ela não reagiu. Estava alheia ao que acontecia ao seu redor; alheia a tudo, exceto ao intenso choque que acabara de sofrer.

CAPÍTULO DEZESSETE

Candice ouviu um barulho atrás dela e ergueu a cabeça. Ed estava na porta, fitando-a, e, pela primeira vez, sem qualquer sinal de sarcasmo no olhar. Ele parecia sério, quase inflexível.

— Eu a vi arrumando as coisas — disse ele. — Tentei telefonar para o seu trabalho, mas eles não transferiram a ligação. — Ele se aproximou e olhou para o saco de lixo completamente amassado jogado no chão. — Isso significa o que eu estou pensando?

— Fui... suspensa — declarou Candice, com dificuldade de proferir as palavras. — Eles acham que eu sou uma ladra.

— Mas o que aconteceu?

— Não sei — respondeu Candice, exausta, esfregando o rosto. — Eu não sei o que aconteceu. Me diga você. Eu somente... Tudo o que eu pretendia, desde o início, era fazer a coisa certa. — Ela olhou para ele. — Eu só queria fazer uma boa ação. E veja só no que deu. — Sua voz ficou mais contundente. — Perdi o meu emprego, perdi minhas amigas. Perdi tudo, Ed. Tudo.

Duas lágrimas rolaram no seu rosto, e ela as enxugou com a manga da jaqueta. Ed lançou-lhe um olhar examinador.

— Não é tão ruim — disse ele. — Você não perdeu sua boa aparência. Se é que isso tem alguma importância para você. — Candice o fitou e deu uma risada vacilante. — E também não perdeu... — interrompeu ele.

— O quê?

— Você não perdeu o seu amigo Ed — disse ele, olhando diretamente para ela. — Novamente, se é que isso tem alguma importância para você.

Houve um silêncio tenso.

— Eu... — Candice engoliu em seco. — Obrigada.

— Venha. — Ed esticou o braço para ajudá-la a se levantar. — Vamos entrar.

— Obrigada — sussurrou Candice, tomando sua mão. — Obrigada, Ed.

Eles se arrastaram escada acima, em silêncio. Ao chegar diante do apartamento, Candice hesitou por um momento e então abriu a porta. Imediatamente, ela teve uma sensação de vazio. O casaco de Heather não estava mais no gancho da parede do hall; seu bloco de anotações já não estava na mesinha de telefone; a porta de seu quarto estava entreaberta e o guarda-roupa, nitidamente vazio.

— Ainda está tudo aí? — perguntou Ed atrás dela. — Se ela roubou algo, podemos chamar a polícia.

Candice deu alguns passos na sala e olhou ao redor.

— Eu acho que está tudo em ordem — disse ela. — Pelo menos o que é meu.

— Bem, já é alguma coisa, não é?

Candice não respondeu. Ela foi até a lareira e olhou, em silêncio, para uma fotografia na qual ela aparecia ao lado de sua mãe e de seu pai, sorrindo ao sol, inocentemente feliz, antes de tudo acontecer. Então, começou a ficar ofegante; uma sensação esquisita tomou conta do seu corpo, queimando a sua garganta, seu rosto, seus olhos.

— Me sinto tão... idiota — disse ela. — Me sinto uma completa idiota. — As lágrimas de humilhação começaram a rolar, e ela enterrou o rosto nas mãos. — Acreditei em tudo o que ela dizia. Mas ela estava mentindo. Tudo que dizia era... mentira.

Ed apoiou-se no batente da porta, franzindo a testa.

— E qual era o problema? Ela odiava você?

— Ela sempre me odiou. — Candice levantou a cabeça e enxugou os olhos. — É uma... é uma longa história.

— E você não sabia de nada?

— Pensei que ela gostasse de mim. Pensei que fôssemos amigas. Ela dizia o que eu queria ouvir, e eu... — Candice sentiu-se invadida por uma onda de humilhação. — E eu me deixei levar.

— Ora, Candice — disse Ed. — Você não pode jogar a culpa toda só em você. Ela enganou todo mundo. Enfrente os fatos, ela era boa nisso.

— Mas você não foi enganado por ela, não é? — replicou Candice, com o rosto manchado de lágrimas. — Você disse que a achava louca.

— Eu a achei esquisita — explicou Ed, dando de ombros. — Mas não percebi que ela era psicopata.

Houve silêncio. Candice se afastou da lareira e caminhou em direção ao sofá, mas não se sentou. O sofá não parecia mais acolhedor. Não parecia seu. De repente, tudo no apartamento parecia contaminado.

— Ela deve ter tramado desde o início — disse ela, enquanto alisava o tecido do sofá distraidamente. — Desde o momento em que entrou por aquela porta, com todas aquelas flores, fingindo estar agradecida. — Candice fechou os olhos, sentindo uma dor aguda percorrer seu corpo. — Sempre tão gentil e grata. Sempre tão... — Ela engoliu em seco. — À noite, costumávamos sentar neste sofá para ver televisão. Fazer as unhas uma da outra. Eu a considerava uma grande amiga. Achava que tinha encontrado minha alma gêmea. E enquanto isso, o que ela estava pensando? — Candice abriu os olhos e fitou Ed com uma expressão sombria. — O que ela realmente estava pensando?

— Candice...

— Ela devia ficar ali, nutrindo seu ódio por mim. Perguntando-se o que poderia fazer para me magoar. — Candice começou a chorar novamente. — Como eu pude ser tão *idiota*? Fiz todo o seu maldito trabalho, ela nunca me pagou um centavo de aluguel... e eu achava que ainda devia a ela! Eu continuava me sentindo culpada. Culpada! — Candice assoou o nariz. — Sabe o que ela disse a todo mundo no editorial? Ela disse que eu a intimidava.

— E eles acreditaram? — perguntou Ed, espantado.

— Justin acreditou.

— Bem — disse Ed —, no caso dele não é de se estranhar.

— Eu tentei mostrar a ele — disse Candice, levantado a voz, aflita. — Tentei explicar. Mas ele se recusou a acreditar em mim. Ele apenas olhava para mim como se eu fosse uma.. criminosa.

Ela mergulhou em silêncio. Do lado de fora, a distância, uma sirene emitiu um longo silvo, como se imitasse o lamento da voz dela, fez um ruído e silenciou.

— Você precisa é de algo forte para beber — anunciou Ed. — Tem alguma bebida em casa?

— Um pouco de vinho branco — respondeu Candice após uma pausa. — Na geladeira.

— Vinho branco? Por que as mulheres adoram vinho branco? — Ed balançou a cabeça. — Fique aqui. Vou pegar uma bebida apropriada.

Roxanne bebeu um gole do cappuccino e, inexpressivamente, olhou pela janela do café e observou um grupo de turistas perdido. Ela dissera a si mesma que hoje voltaria às suas atividades. Estivera, ao todo, quase um mês de férias. Agora era hora de voltar ao telefone, começar a trabalhar novamente, voltar à vida de antes.

Mas, em vez disso, aqui estava ela, em um café em Covent Garden, bebendo seu quarto cappuccino e deixando a manhã passar. Sentia-se incapaz de se concentrar em qualquer coisa construtiva, incapaz de fingir para si mesma que a vida estava, de alguma forma, de volta ao normal. A angústia era como um nevoeiro cinzento que permeava cada movimento, cada pensamento, e que fazia tudo parecer inútil. Para que voltar a redigir? Para que se esforçar? Era como se tudo que ela fizera nos últimos anos tivesse relação direta com Ralph: seus artigos, escritos para entretê-lo; suas viagens ao exterior, para fornecer histórias que o fariam rir; suas roupas, compradas para que ele as apreciasse. Naturalmente, ela não se dera conta disso na época. Sempre se achou completamente independente. Mas agora ele não estava mais ali, e o sentido da vida parecia ter desaparecido.

Ela abriu a bolsa para pegar um cigarro e, enquanto tateava, encontrou o pedaço de papel com o nome e o endereço de Neil Cooper. Olhou fixamente o papel durante alguns segundos. Então, guardou-o de volta num movimento brusco, nervosa. Ficara perturbada com o telefonema do advogado; ainda tremia quando se lembrava da conversa. A voz do homem parecia expressar um tom condescendente, um conhecimento educado e discreto dos fatos. Uma empresa como a dele provavelmente lidava com amantes de clientes falecidos diariamente. Devia haver um departamento inteiro só para atendê-las.

As lágrimas brotaram nos olhos de Roxanne, e ela sacudiu o isqueiro, furiosa. Por que Ralph tinha que falar com um maldito *advogado* sobre eles dois? Por que ele tinha que falar com quem quer que fosse? Sentiu-se exposta, vulnerável, ao imaginar todo mundo num escritório luxuoso zombando dela. Eles ririam baixinho quando ela entrasse; examinariam suas roupas e seu cabelo; conteriam uma risadinha de escárnio quando pedissem para ela se sentar. Ou, pior, expressariam abertamente um sentimento de desprezo com olhares de censura.

Afinal, eles estavam do lado de Cynthia. Esses advogados faziam parte da vida segura e estabilizada que Ralph desfrutava ao lado da esposa. Uma união legitimada por uma certidão de casamento, por filhos e por incontestáveis propriedades compartilhadas, um vínculo reforçado por amigos da família, por primos distantes, por contadores e advogados. Um sistema completo de suporte, dedicado a sustentar e validar a sociedade formada por Ralph e Cynthia.

E, em contrapartida, o que ela e Ralph tiveram? Roxanne tragou o cigarro, sentindo a fumaça amarga queimar seus pulmões. O que ela e Ralph tiveram? Breves momentos. Experiências passageiras, lembranças, histórias. Alguns dias aqui, outros ali. Abraços rápidos; demonstrações de afeto sussurradas em segredo. Nada público, nada sólido. Seis anos inteiros de anseios e devaneios.

Uma árvore cai na floresta, pensou Roxanne, olhando vagamente pela janela; um homem diz a uma mulher que a ama. Mas não há ninguém por perto para presenciar — isso realmente tem efeito? Realmente aconteceu?

Ela suspirou e apagou o cigarro. Esqueça Neil Cooper, pensou, bebendo todo o cappuccino. Esqueça a reunião na quinta-feira. Esquecer. Era tudo o que ela queria.

Candice estava no sofá com a cabeça entre as mãos, os olhos fechados e um redemoinho de imagens e lembranças na mente: o sorriso inocente e as palavras efusivas de Heather. Heather inclinando-se, com o rosto iluminado pela luz da vela, perguntando o que ela mais prezava na vida. Heather abraçando-a pela cintura, afetuosamente. E o seu orgulho e alegria pela nova amiga; sua crença idealista de que estava compensando os erros de seu pai.

As lembranças a fizeram estremecer de angústia; de desgosto. Como pôde acreditar que a vida era tão fácil? Que as pessoas eram tão tolerantes? Como pôde ter visto as coisas de maneira tão simplista? Sua tentativa de reparar erros agora parecia ridícula; sua confiança em Heather, vergonhosamente ingênua.

— Fui uma tola — murmurou. — Uma boba, estúpida...

— Pare de falar sozinha. — A voz de Ed a assustou. — E beba isto — acrescentou ele, entregando-lhe um copo contendo um líquido transparente.

— O que é isso? — perguntou ela, desconfiada, antes de beber.

— Grapa. Pura maravilha. Beba — ordenou ele, apontando para o copo. Assim que provou a bebida, Candice engasgou.

— Cacete! — resmungou com a boca formigando.

— Como eu disse. — Ed sorriu. — Maravilha pura. Vamos, beba mais um pouco.

Candice se armou de coragem e tomou outro gole. Quando o álcool desceu, sentiu um calor dominar seu corpo e se viu sorrindo para Ed.

— Tem mais — disse ele, enchendo o copo novamente. — E agora — acrescentou, pegando o telefone. — Antes que você fique muito à vontade, precisa dar um telefonema. — Ele jogou o telefone no seu colo e sorriu.

— O quê? — perguntou Candice, confusa.

— Ligue para o Justin. Conte a ele o que Heather disse a você... e fale que ela fugiu. Prove que ela é louca. — Candice o fitou e, aos poucos, entendeu a sugestão.

— Ah, meu Deus — disse ela lentamente. — Você tem razão! Isso muda tudo, não é? Ele terá que acreditar em mim! — Ela bebeu outro gole da grapa e pegou o telefone. — Certo. Mãos a obra. — Com gestos rápidos, ela discou o número e, quando ouviu o toque de chamada, sentiu uma onda de excitação.

— Alô — disse ela, assim que alguém atendeu. — Eu gostaria de falar com Justin Vellis, por favor.

— Vou verificar se ele pode atender — disse a recepcionista. — Quem está falando?

— É... é Candice Brewin.

— Ah, sim — disse a recepcionista, em um tom que poderia ser de desdém ou simplesmente de indiferença. — Vou tentar transferir a ligação.

Quando ouviu o telefone de Justin tocar, Candice ficou apreensiva. Ela olhou para Ed, apoiando-se no braço do sofá, e ergueu o polegar em sinal de positivo.

— Justin Vellis.

— Oi, Justin — disse Candice, enrolando o fio do telefone com força entre os dedos. — É Candice.

— Sim — disse Justin. — O que você quer?

— Ouça. — Candice tentava falar rapidamente e, ao mesmo tempo, manter a calma. — Posso provar que o que eu disse na sua sala é verdade. Heather admitiu que armou um golpe contra mim. Ela queria se vingar. Ela gritou isso bem na minha cara, no meio da rua!

— Ah, é mesmo? — disse Justin.

— Exatamente! E agora ela saiu do apartamento com todas as suas coisas. Ela simplesmente... sumiu!

— E daí?

— Não é um tanto suspeito? — perguntou Candice. — Ora, pense bem.

Houve uma pausa, e então Justin suspirou.

— Ate onde eu me lembro, Candice, Heather saiu de férias. Não há nada de suspeito nisso.

— Ela não saiu de férias! — gritou Candice, frustrada. — Ela se foi para sempre! E admitiu que me meteu numa encrenca de propósito.

— Ela afirmou que falsificou a sua letra?

— Não — respondeu Candice após uma pausa. — Não exatamente com essas palavras. Mas disse...

— Candice, infelizmente não tenho tempo para essas coisas — interrompeu Justin friamente. — Você terá oportunidade de declarar tudo na audiência. Mas, por favor, não me ligue novamente. Vou avisar a recepção para não transferir as suas ligações.

— Justin, como você pode ser tão burro? — gritou Candice. — Como pode...

— Adeus, Candice. — Ele desligou o telefone e Candice permaneceu atônita, olhando para o aparelho.

— Me deixe adivinhar — disse Ed, bebendo um gole de grapa. — Ele pediu desculpas e te ofereceu um aumento de salário.

— Ele não acredita em mim — disse Candice. — Ele simplesmente não acredita em mim! — gritou, ofendida. — Como ele pode acreditar nela e não em mim? *Como*?

Ela se levantou, deixando o telefone cair no chão, e foi até a janela. Tremia de raiva, incapaz de se manter calma.

— Quem diabos ele pensa que é, afinal? — perguntou. — Só porque assumiu um cargo temporário já acha que manda na empresa inteira. Ele falou comigo como se eu fosse uma simples... funcionária, e ele o presidente de alguma importante corporação. É patético!

— Pau pequeno, obviamente — justificou Ed.

— Pequeno não — corrigiu Candice ainda olhando pela janela. — Porém um pouco fino. — Então se virou, olhou para Ed e deu uma gargalhada. — Nossa, nem acredito que esteja tão furiosa.

— Nem eu — assentiu Ed, impressionado. — Candice Zangada. Adorei.

— Eu me sinto como se... — Ela balançou a cabeça e deu um sorriso tenso, como se tentasse conter outra risada.

Então, uma lágrima correu no seu rosto. — E agora, o que eu vou fazer? — perguntou mais calma. Depois, secou a lágrima e suspirou. — Ao que parece, a audiência é daqui a duas semanas. No mínimo. O que eu vou fazer nesse meio-tempo? — Ela passou a mão no cabelo desgrenhado. — Não posso sequer entrar no edifício. Eles tomaram o meu cartão de acesso.

Houve silêncio durante alguns segundos, então Ed pousou seu copo na mesa e se levantou.

— Venha — ordenou ele. — Vamos sair daqui. Vamos para a casa da minha tia.

— O quê? — Candice olhou para ele, confusa. — A casa que você herdou?

— Mudança de ambiente. Você não pode ficar enfiada nesse apartamento o dia todo.

— Mas... é muito longe, não é? Wiltshire ou algo assim.

— E daí? — perguntou Ed. — O que não falta para nós é tempo. — Ele olhou o relógio. — São apenas onze horas.

— Não sei. — Candice esfregou o rosto. — Não sei se é uma ideia tão boa.

— Bem, o que mais você pretende fazer o dia todo? Ficar aí sentada e enlouquecer? Porra nenhuma!

Houve uma longa pausa.

— Tem razão — disse Candice finalmente. — Quer dizer, o que mais eu posso fazer? — Ela olhou para Ed e sentiu um sorriso se abrir no rosto; uma euforia súbita, diante da ideia de sumir por uns tempos. — Tem razão. Vamos.

CAPÍTULO DEZOITO

Ao meio-dia, Giles bateu à porta do quarto e esperou até que Maggie, sonolenta, levantasse a cabeça.

— Tem alguém querendo ver você — disse ele baixinho. Maggie esfregou os olhos e bocejou, quando ele entrou no quarto com Lucia nos braços. O quarto estava claro com a luz do sol, e ela sentia o cheiro de café no ar. E não estava cansada. Ela sorriu e esticou os braços acima da cabeça, desfrutando a sensação dos lençóis de algodão contra seu corpo relaxado. Que lugar maravilhoso era a cama, pensou, feliz.

— Ah, me sinto tão bem! — disse ela quando se sentou, recostando-se sobre alguns travesseiros. Então deu um enorme bocejo e sorriu para Giles. — Me sinto ótima. Mas estou estourando de leite...

— Não estou surpreso — disse Giles, ao colocar Lucia no colo da esposa e observá-la desabotoar a camisola. — Você dormiu 14 horas.

— Catorze horas! — repetiu Maggie surpresa, quando Lucia começou a mamar. — Catorze horas! Não me lembro da última vez que dormi mais do que... — Ela balançou a cabeça. — E não acredito que não acordei!

— Você estava protegida do barulho — disse Giles. — Eu desliguei todos os telefones e levei Lucia para um passeio. Só voltamos há alguns minutos.

— Você fez isso? — Maggie olhou para o rostinho de Lucia e sorriu com carinho. — Ela não é uma gracinha?

— Ela é linda — corrigiu Giles. — Como a mãe.

Ele sentou-se na cama e fitou ambas, em silêncio. Após um momento, Maggie olhou para ele.

— E como ela se comportou durante a noite? Você conseguiu dormir?

— Não muito — respondeu Giles, desolado. — Ela não gosta muito daquele berço, não é? — Os dois se entreolharam. — Tem sido assim todas as noites?

— Mais ou menos — disse Maggie após uma pausa.

— Não entendo por que você nunca me disse nada. — Giles ajeitou o cabelo despenteado. — Poderíamos arranjar alguém para ajudar, poderíamos...

— Eu sei. — Maggie estremeceu e olhou pela janela, para o céu azul. — Eu... sei lá. Não conseguia admitir o quanto estava sendo difícil. — Ela hesitou. — Você achava que eu estava me saindo tão bem, achava que Lucia era tão perfeita e estava tão orgulhoso de mim... Se eu dissesse que tudo estava sendo um pesadelo...

— Eu teria dito: que se dane o bebê, vamos devolvê-la — completou Giles, fazendo Maggie rir.

— Obrigada por tomar conta dela ontem à noite.

— Maggie, não me *agradeça*! — retrucou Giles; quase impaciente. — Ela é minha filha também, esqueceu? Eu tenho tanto direito de xingá-la às três horas da madrugada quanto você.

— Droga de bebê — disse Maggie, sorrindo para Lucia.

— Droga de bebê — repetiu Giles. — Droga de mãe boba — acrescentou, balançando a cabeça num gesto simulado de reprovação. — Mentindo para a agente de saúde. Não sei não. Você poderia ir para a prisão por causa disso.

— Não foi mentira — corrigiu Maggie, transferindo Lucia para o outro seio. — Foi... — Ela pensou por um momento. — Foi uma distorção da verdade.

— Uma estratégia de relações públicas, você quer dizer.

— Exatamente — assentiu Maggie com um sorriso cínico, zombando de si mesma. — A senhora Phillips afirmou: "A vida com o meu bebê é perfeita. Sim, ela é um anjo, e não estou tendo problemas, porque eu sou a Supermãe." — Ela fitou Lucia mamando e lançou a Giles um olhar sério. — Eu achava que tinha que ser como a sua mãe. Mas não tenho nada a ver com ela.

— Você não é tão mandona quanto a minha mãe — disse Giles, fazendo uma careta. — Ela me passou um verdadeiro sermão sobre as minhas responsabilidades. Eu me senti com 10 anos. Ela consegue ser bem autoritária quando quer.

— Que bom — disse Maggie, sorrindo.

— Por falar nisso — acrescentou Giles —, a madame gostaria do café da manhã na cama?

— A madame *adoraria* tomar café da manhã na cama.

— E quanto à *mademoiselle*? Devo levá-la comigo ou deixá-la aqui?

— Pode deixar a *mademoiselle* aqui — respondeu Maggie, acariciando a cabeça de Lucia. — Acho que ela ainda não acabou de tomar o café da manhã.

Quando Giles saiu, ela se recostou confortavelmente nos travesseiros, olhando para os campos além do jardim através da janela. Daquela distância, não dava para ver lama e nenhum arbusto. O sol brilhava e o vento agitava a comprida grama verde; um pequeno pássaro voou de uma cerca viva. Aquilo era a zona rural na sua paisagem mais idílica. O pano de fundo que ela imaginara nas suas fantasias de piqueniques no campo.

— O que você acha? — perguntou, olhando para Lucia. — Você gosta do campo? Gosta de vacas e ovelhas? Ou prefere carros e lojas? Vacas e ovelhas ou carros e lojas. Você escolhe.

Lucia a olhou atentamente por um momento, em seguida franziu o pequeno rostinho num bocejo.

— Exatamente — disse Maggie. — Você não dá a mínima, não é?

— *Voilà!* — Giles apareceu na porta carregando uma bandeja com suco de laranja, um bule com café fresco, croissants quentinhos e um pote de geleia de damasco da marca Bonne Maman. Ele olhou para Maggie em silêncio por um momento e pousou a bandeja em uma mesa.

— Você está linda — disse.

— Ah, sei — retrucou Maggie, corando levemente.

— É sério. — Ele se aproximou, pegou Lucia no colo e a colocou cuidadosamente no chão. Em seguida, sentou-se na cama e acariciou o cabelo de Maggie, seu ombro e, suavemente, seu seio. — Tem um lugarzinho nesta cama para mim?

Maggie o fitou, sentindo o corpo relaxado responder às suas carícias. Sensações guardadas na memória começaram a emergir na sua pele; sua respiração se acelerou.

— Acho que sim — respondeu, e sorriu envergonhada.

Lentamente, Giles inclinou-se e a beijou. Maggie fechou os olhos de prazer e abraçou o marido, perdendo-se na deliciosa sensação. Giles beijou sua orelha, e ela deu um gemido de prazer.

— Podemos fazer o número dois — murmurou no ouvido dela. — Que tal?

— O quê? — perguntou Maggie, horrorizada. — Giles...

— Brincadeirinha — disse Giles. Ela se afastou e viu que ele estava rindo. — Brincadeirinha.

— Não! — respondeu Maggie, com o coração ainda acelerado. — Isso não é brincadeira! Isso não é nem... não é nem um pouco engraçado. É... É... — E começou a rir. — Você é danado.

— Eu sei — disse Giles, acariciando o pescoço dela. — Você não é feliz por ter se casado comigo?

O CARRO DE ED era um conversível azul-marinho. Quando ele acionou o controle da porta para abri-la, Candice o fitou, perplexa.

— Eu não sabia que você tinha... que carro é esse?

— BMW — respondeu Ed.

— Uau! E como eu nunca tinha visto?

Ele deu de ombros.

— Não costumo dirigir.

Candice franziu a testa.

— Então por que você comprou um carro luxuoso como este, se não costuma dirigir?

— Ah, Candice. — Ele deu um sorriso irresistível. — Eu sou homem.

Candice deu um riso involuntário e entrou no carro. Por mais ridículo que parecesse, ela imediatamente se sentiu elegante e charmosa. Quando o carro ganhou velocidade, seu cabelo começou a esvoaçar sobre o rosto. O sol reluzia no para-brisa e no cromo brilhante dos espelhos laterais. Eles pararam em um sinal, e Candice observou uma moça mais ou menos da sua idade atravessar a rua. Ela estava bem-vestida e, obviamente, correndo de volta ao escritório; de volta a um emprego seguro, a um ambiente confiável, a um futuro garantido.

No início daquele dia, ela era como aquela moça: despreocupada e confiante, sem saber o que estava prestes a acontecer, pensou ela. E em questão de horas, tudo havia mudado.

— Nunca serei a mesma novamente — disse, sem muita convicção. Ed se virou e olhou para ela.

— Como assim?

— Nunca serei tão... confiante. Eu era uma tola estúpida e ingênua. — Ela encostou o cotovelo na porta, apoiando a cabeça na mão. — Que desastre! Que droga...

— Não fique assim.

Candice olhou para ele.

— Assim como? — perguntou ela, em tom sarcástico. — Sem me sentir culpada?

Ed deu de ombros.

— Não fique se criticando. O que você fez para ajudar a Heather... foi... uma atitude generosa, positiva. Se ela fosse uma pessoa diferente, talvez as coisas tivessem acabado bem.

— Talvez — murmurou Candice após uma pausa.

— Você não tem culpa por ela ser louca, certo? Ela não chegou com uma placa no pescoço.

— Mas eu fui tão... idealista.

— É claro — assentiu Ed. — Isso é o que faz você... ser quem você é.

Os dois permaneceram em silêncio. Candice olhou bem nos olhos sombrios e inteligentes de Ed e sentiu um leve rubor no rosto. Então, atrás deles, um carro buzinou. Ainda em silêncio, Ed engatou a marcha e arrancou. Candice acomodou-se no banco e fechou os olhos, com o coração disparado.

Quando abriu os olhos novamente, eles estavam na rodovia. O céu ficara encoberto e o vento estava forte demais, o que dificultava uma conversa. Candice se esforçou para sentar e olhou ao redor. Havia campos, ovelhas e um cheiro familiar de campo. Suas pernas estavam rijas e o rosto, ressecado do vento. Ela se perguntou se ainda faltava muito para chegarem ao destino.

Como se tivesse lido seus pensamentos, Ed sinalizou para a esquerda e saiu da rodovia.

— Estamos perto? — gritou Candice, e ele acenou afirmativamente com a cabeça. Então, eles passaram por um lugarejo e ela observou as residências, imaginando como seria a de Ed. Ele não tinha entrado em detalhes a respeito do lugar. Ela não sabia se era uma casa grande ou pequena, velha ou nova. De repente, ele saiu da estrada principal e subiu uma pista estreita. Eles chacoalharam por uns 3 quilômetros e finalmente entraram por um portão. O carro crepitou sobre um terreno inclinado, e Candice fitou à sua frente, boquiaberta.

Eles se aproximavam de um chalé com telhado de sapê, posicionado ligeiramente de lado, como se fosse tímido demais para ficar de frente. A parte externa era pintada de laranja-claro; os caixilhos da janela eram azul-turquesa; pela janela aberta, ela conseguiu entrever um tom lilás. Na frente do chalé, vários potes pintados em cores brilhantes estavam agrupados do lado de fora da porta de madeira.

— Nunca vi nada assim! — exclamou Candice. — Parece um conto de fadas.

— O quê? — perguntou Ed. Ele desligou o motor do carro e olhou ao redor, com um brilho contido no olhar. — Ah, sim. Eu não falei? Minha tia era pintora. Gostava de cores. — Ele abriu a porta do carro. — Venha. Vamos ver a parte de dentro.

A porta da frente dava para um hall de teto baixo; um ramo de flores secas pendia de uma viga.

— Isso serve para alertar imbecis mais altos — disse Ed. Então, virou-se para Candice, que estava espiando a cozinha de lajotas, e perguntou: — E aí, gostou?

— Adorei. — Ela entrou na aconchegante cozinha vermelha e passou a mão na mesa de madeira. — Quando você disse que era uma casa, eu imaginei... Eu não podia imaginar algo assim.

— Eu passei um bom tempo aqui — disse Ed. — quando os meus pais se separaram. Eu costumava ficar sentado em frente àquela janela, brincando de trenzinho. Eu era um babaca.

— Quantos anos você tinha? — perguntou Candice.

— Dez. — No ano seguinte, fui para o colégio interno. Ele se virou para olhar pela janela. Ainda se ouvia o tique-taque de um relógio em algum lugar na casa; do lado de fora, apenas o silêncio do campo. Por cima do ombro de Ed, pelo vidro, Candice viu um pássaro bicar, ansiosamente, uma planta em um vaso cor-de-rosa.

— Então — disse Ed, virando-se de frente para ela —, quanto você acha que eu conseguiria nesta casa?

— Você não está pensando em vendê-la? — perguntou Candice, espantada.

— Não, eu vou virar fazendeiro e morar aqui.

— Não seria necessário ficar aqui o tempo todo. Você poderia mantê-la para...

— Fins de semana? — perguntou Ed. — E enfrentar o trânsito toda sexta-feira só para ficar aqui sentado e congelar? Dá um tempo, Candice.

— Bem, a casa é sua. — Ela olhou para um pequeno quadro bordado pendurado na parede, no qual se lia: *Longe dos olhos, perto do coração.* Ao lado dele havia o desenho de uma concha feito a carvão; e, logo abaixo, uma pintura feita por uma criança retratando três gansos gordos em um campo. Olhando mais atentamente, Candice viu o nome "Edward Armitage" escrito com a letra da professora, embaixo, no canto esquerdo.

— Você nunca me disse que sua infância foi assim — comentou ela, virando-se de frente para ele. — Você nunca me disse que foi tão... Ela estendeu as mãos, sem saber o que dizer.

— Tem razão — disse Ed. — Mas você nunca perguntou.

— O QUE ACONTECEU com o meu café da manhã? — perguntou Maggie nos braços de Giles. Com ar preguiçoso, ele se virou e abriu apenas um olho. — Você quer café da manhã, *também*?

— Com certeza. Você não vai escapar tão fácil. — Maggie sentou-se para que Giles pudesse se levantar e, em seguida, se jogou de volta nos travesseiros e ficou observando o marido pegar a camiseta. Quando estava se vestindo, ele parou.

— Não acredito! — sussurrou ele. — Veja isso! — Maggie se inclinou e seguiu o seu olhar: Lucia dormia profundamente no carpete, com as mãozinhas cerradas.

— Bem, obviamente não a incomodamos — disse ela com uma risadinha.

— Quanto custou aquele berço? — perguntou Giles, desolado. Ele passou por Lucia na ponta dos pés, pegou a bandeja na mesa e serviu Maggie. — Madame.

— Café fresco, por favor — disse ela imediatamente. — Este está frio.

— A gerência sente muito pelo transtorno — anunciou Giles. — Por favor, aceite este suco de laranja de cortesia e uma variedade de croissants finos, com as nossas mais humildes desculpas.

— Humm — hesitou Maggie, tomando um gole do suco. — E uma refeição para duas pessoas no restaurante da minha escolha?

— Claro — assentiu Giles. — É o mínimo que a gerência pode fazer.

Ele pegou o bule e saiu do quarto. Maggie sentou-se, abriu um croissant e untou-o com o doce amarelo. Então, deu uma mordida generosa, seguida de outras, saboreando o gosto amanteigado e a doçura da geleia. Nunca uma comida tão simples parecera tão deliciosa. Era como se suas papilas gustativas tivessem ficado adormecidas, juntamente com todo o resto, e agora voltassem à vida.

— Agora sim — disse Giles, voltando ao quarto com café fresco. Ele sentou-se na cama e sorriu. — Satisfeita?

— Estou — respondeu Maggie antes de beber um gole do amargo suco de laranja. A luz do sol reluziu no copo quando o colocou de volta na bandeja, e ela tirou outro pedaço do croissant recheado com damasco. Comida colorida, doce e macia — tudo delicioso. Ela olhou pela janela mais uma vez, para o campo verde brilhando sob o sol, como um paraíso tipicamente inglês, e sentiu-se atraída por aquela imagem.

Espinheiros e ervas daninhas, disse a si mesma. Lama e estrume. Vacas e ovelhas. Ou carros, lojas e táxis. Luzes brilhantes. Gente.

— Eu acho que vou voltar a trabalhar — disse ela de forma descontraída. Então, bebeu um gole do saboroso café forte e olhou para Giles.

— Tudo bem — assentiu ele cautelosamente. — No seu antigo emprego? Ou...

— No meu antigo emprego — respondeu Maggie. — Editora da *Londoner.* Eu fazia um bom trabalho e sinto falta disso. — Ela tomou outro gole de café, satisfeita por se sentir no comando da situação. — Eu posso tirar mais alguns meses de licença-maternidade, depois podemos contratar uma babá, e eu poderei voltar.

Giles ficou em silêncio durante alguns minutos. Animada, Maggie acabou de comer o primeiro croissant e começou a passar geleia no segundo.

— Maggie... — disse ele finalmente.

— Sim? — Ela deu um sorriso.

— Tem certeza de que é isso o que você quer? Seria bem cansativo.

— Eu sei. Da mesma forma que está sendo cansativo ser mãe em tempo integral.

— E você acha que seria... fácil encontrar uma babá?

— Milhares de famílias fazem isso — disse Maggie. — Não vejo por que conosco seria diferente.

Giles fez uma carranca.

— Mesmo assim seria exaustivo. A viagem de trem, a volta para casa, depois de um dia inteiro no trabalho...

— Eu sei. Seria, se continuássemos a morar aqui. — Maggie olhou para Giles, e seu sorriso se alargou. — Por isso teremos que voltar a morar em Londres.

— O quê? — Giles a fitou. — Maggie, você não pode estar falando sério.

— Ah, estou sim. E Lucia concorda, não é, querida? Ela quer ser uma moça da cidade, como eu. — Maggie lançou um olhar afetuoso para a filha, que ainda dormia profundamente no chão.

— Maggie... — Giles engoliu em seco — Amor, você não acha que está exagerando um pouco? Todos os nossos planos sempre foram...

— Seus planos — corrigiu Maggie delicadamente.

— Mas com minha mãe por perto e tudo o mais, parece loucura.

— Sua mãe concorda comigo. — Maggie sorriu. — Aliás, a sua mãe, caso você não tenha se dado conta, é uma pessoa muito perspicaz.

Houve silêncio, enquanto Giles a fitava, surpreso. Então, de repente, ele jogou a cabeça para trás com uma risada.

— Vocês, mulheres! Andaram tramando nas minhas costas, não é?

— Quem sabe? — Maggie deu um sorriso malicioso.

— Só falta você dizer que andou se informando sobre casas em Londres.

— Quem sabe? — disse Maggie após uma pausa, e Giles deu uma gargalhada.

— Você é incrível. E já falou com o pessoal no trabalho?

— Ainda não — respondeu Maggie. — Mas vou telefonar hoje para o novo chefe. Quero ficar a par do que está acontecendo.

— E eu tenho algum papel em tudo isso? — perguntou Giles. — Alguma função?

— Humm. — Maggie lançou-lhe um olhar avaliador. — Você pode fazer mais um pouco de café.

Candice e Ed estavam sentados lado a lado nos degraus, ao sol, tomando café solúvel em canecas de cerâmica com formatos estranhos. Junto deles havia um prato de bolachas velhas, achadas em uma lata e abandonadas depois da primeira mordida.

— Sabe o que é o mais ridículo em tudo isso? — perguntou Candice, enquanto observava um esquilo movendo-se rapidamente no telhado do celeiro. — Ainda me sinto culpada. Ainda me sinto culpada em relação a ela.

— Em relação a Heather? — perguntou Ed, perplexo. — Você está brincando. Depois de tudo o que ela fez?

— Praticamente *por causa* de tudo o que ela fez. Se ela foi capaz de me odiar tanto assim... — Candice balançou a cabeça. — Imagine o que o meu pai causou à família dela? Ele deve ter arruinado completamente a vida daquela gente. — Ela lançou-lhe um olhar austero. — Toda vez que penso nisso, eu me sinto mal.

Houve silêncio. Um pouco distante dali, um abibe deu um pio estridente e voou de uma árvore.

— Bem, eu não entendo muito de sentimento de culpa — disse Ed finalmente. — Já que sou advogado. — Ele bebeu um gole de café. — Mas uma coisa eu sei: você não tem motivos para se sentir mal. Você não enganou a família de Heather. Foi seu pai quem fez isso.

— Eu sei. Mas...

— Pois é isso. Você pode lamentar, como se lamenta um terremoto. Mas não pode se sentir culpada. Não pode se sentir responsável por isso. — Ele a olhou bem nos olhos. — Não foi você, Candice. Não foi você.

— Eu sei — assentiu ela após uma pausa. — Você tem razão. No fundo, eu sei que você tem razão. Mas... — Ela bebeu mais um pouco do café e suspirou, desolada. — Eu confundi tudo, não é? É como se eu tivesse visto tudo de cabeça para baixo. — Lentamente, ela pousou a xícara e se apoiou na porta. — Quero dizer, nessas últimas semanas eu estava tão feliz. Eu realmente achei que Heather e eu estivéssemos...

— Apaixonadas?

— Quase isso. — Candice deu um riso envergonhado. — É que nós nos dávamos tão bem... E eram coisas bobas, como... — Ela deu de ombros. — Não sei. Uma vez ela me deu uma caneta.

— Uma caneta? — perguntou Ed, sorrindo.

— É. Uma caneta.

— E isso é tudo o que se precisa para ganhar o seu coração? Uma caneta? — Ed pousou a xícara e enfiou a mão no bolso.

— Não! Não seja... — Candice parou de falar quando Ed retirou do bolso uma esferográfica velha.

— Pronto — disse ele, entregando-lhe a caneta. — Agora você gosta de mim?

— Não zombe de mim! — pediu Candice, ruborizando.

— Não estou zombando.

— Está sim! Você me acha uma boba, não é? — perguntou, envergonhada. — Você acha que eu não passo de uma idiota...

— Não acho nada disso.

— Você me despreza.

— Você acha que eu a desprezo? — Ed olhou para ela sem demonstrar o menor sinal de que estava brincando. — Você acha mesmo que eu a desprezo, Candice?

Candice ergueu a cabeça e olhou bem nos olhos escuros dele. E ao perceber sua expressão, teve uma sensação de instabilidade, como se o chão tivesse sumido sob seus pés, como se o mundo tivesse assumido uma nova perspectiva. Ela fitou Ed em silêncio, incapaz de falar, quase incapaz de respirar. Uma folha pousou no seu cabelo, mas ela nem se deu conta.

Durante um longo e insuportável momento, os dois permaneceram imóveis. Então, lentamente, Ed inclinou-se, sem tirar os olhos dela. Ele acariciou seu rosto, seu queixo e, suavemente, o canto da sua boca. Candice sentia-se arrebatada por um desejo desesperado, quase assustador.

Ele chegou mais perto, tocou sua orelha e beijou seu ombro. Os lábios dele roçaram o pescoço dela e Candice estremeceu, incapaz de se conter, incapaz de dominar o desejo por algo mais. Finalmente, ele a beijou, primeiro delicadamente, depois, de modo selvagem. Em seguida, se afastaram e se entreolharam, em silêncio, sem sorrir. Quando ele a puxou com determinação para levantá-la e a levou para dentro de casa, escada acima, as pernas dela estavam bambas como as de um bezerro recém-nascido.

JAMAIS FIZERA AMOR tão lentamente, tão intensamente. Era como se o mundo se reduzisse aos olhos escuros de Ed fitando os seus. Refletindo, como um espelho, o seu desejo, seu êxtase gradual e inacreditável. Quando chegou ao orgasmo, seus olhos encheram-se de lágrimas de alívio do que parecia a aflição de uma vida inteira. Agora, satisfeita, ela estava em seus braços, fitando o teto do quarto, cujos detalhes só então ela começava a perceber: paredes brancas, cortina simples, azul e branca, e uma velha cama de carvalho. Um surpreendente porto de tranquilidade, em contraste com a profusão de cores do andar de baixo. Seu olhar se deslocou em direção à janela. A distância, ela podia ver um grupo de ovelhas descendo uma colina, empurrando umas às outras, como se estivessem com medo de se atrasarem.

— Está acordada? — perguntou Ed após um momento. Ele acariciou sua barriga, e ela sentiu uma alegria renovada e não merecida percorrer seu corpo.

— Estou.

— Eu sempre tive atração por você, desde o dia em que te conheci.

Após uma pausa, Candice falou:

— Eu sei disso. — Ele acariciou seu seio e ela sentiu um arrepio renovado de autoconsciência, de estranheza diante da intimidade dos dois

— E você... sentia atração por mim? — perguntou ele.

— Eu sinto agora — respondeu Candice, ficando de frente para ele. — Não é o bastante?

— Dá para aguentar — concluiu Ed, puxando-a para junto de si para beijá-la.

Mais tarde, quando o sol da tarde coroou as colinas, eles foram para o andar de baixo.

— Deve haver um pouco de vinho em algum lugar — disse Ed, entrando na cozinha. — Veja se consegue achar taças no armário.

Bocejando, Candice entrou na saleta contígua. No canto, havia um armário de pinho, repleto de louça de barro colorida, cartões-postais de pinturas e taças de vidro grosso e trabalhado. Ao se aproximar do móvel, passou por uma escrivaninha que lhe chamou a atenção. Uma carta escrita à mão, começando com as palavras: "Querido Edward" sobressaía da pequena gaveta.

Edward, pensou confusa. Ed. Querido Ed.

A curiosidade a dominou. Ela lutou consigo mesma durante um momento. Por fim, deu uma espiada em direção à porta e puxou mais um pedaço da carta.

Querido Edward, leu rapidamente. *Sua tia ficou muito feliz em vê-lo na semana passada; as suas visitas têm o poder de fazê-la sentir-se bem. O último cheque foi muito bem-vindo e extremamente generoso. Mal posso acreditar...*

— Achou? — A voz de Ed a assustou, e ela enfiou a carta rapidamente na gaveta.

— Sim! — respondeu ela, retirando duas taças do armário. — Pronto. — Quando Ed entrou na sala ela o olhou de maneira diferente. — Você deve sentir falta de sua tia Você... a visitava com frequência?

— Bastante. — Ele deu de ombros. — Ela estava um pouco gagá no fim. Tinha uma enfermeira acompanhante e tudo o mais.

— Ah, sei — assentiu Candice com indiferença. — Deve ter sido bem caro manter tudo isso.

Ed ruborizou.

— A família pagou — disse ele e se virou de costas. — Venha. Eu achei vinho.

ELES FICARAM DO lado de fora, bebendo vinho e observando o sol se pôr, enquanto uma brisa começava a soprar. Quando ficou mais frio, Candice aproximou-se de Ed no banco de madeira, e ele pôs o braço em volta dela. O silêncio era absoluto, pensou Candice. Diferente de tudo em Londres. Sua mente flutuou distraída por um momento e ela pensou em Heather, mas afugentou a lembrança rapidamente, antes que qualquer sinal de angústia pudesse dominar seus pensamentos. Não havia razão para pensar nisso, ela disse a si mesma. Nenhuma razão para reviver tudo aquilo.

— Não quero voltar — disse ela.

— Então vamos ficar. Vamos passar a noite aqui.

— Sério?

— A casa é minha — lembrou Ed, abraçando-a com mais força. — Podemos ficar o quanto quisermos.

CAPÍTULO DEZENOVE

Só três dias depois Maggie conseguiu telefonar para Charles Allsopp para falar a respeito da sua volta ao trabalho. Ela esperou Paddy chegar para o café da manhã e entregou Lucia aos seus cuidados, juntamente com uma lista de detalhes da casa.

— Quero demonstrar profissionalismo enquanto estiver ao telefone — explicou ela. — Sem choro de bebê ao fundo.

— Boa ideia — disse Paddy, animada. — Esses folhetos são de casas em Londres?

— Chegaram esta manhã. Eu fiz uma cruz vermelha nas que eu achei interessantes.

Maggie esperou até Paddy levar Lucia cuidadosamente para a sala de estar e discou o número das Publicações Allsopp.

— Alô — disse ela assim que atenderam. — Charles Allsopp, por favor. É Maggie Phillips. — Então, sorriu satisfeita. — Sim, estou ótima, obrigada, Doreen. Sim, ela também está ótima, uma bonequinha.

Da sala de estar, Paddy chamou a atenção de Maggie e deu-lhe um sorriso encorajador. Ao balançar um bichinho de pelúcia cor-de-rosa diante de Lucia, que erguia as mãozinhas tentando pegá-lo, ela pensou: Esta é a verdadeira Maggie. Confiante, alegre e no comando da situação. E entusiasmada diante de um desafio.

— Sentirei sua falta — murmurou ela para Lucia, deixando-a puxar seu dedo. — Sentirei sua falta. Mas creio que você será mais feliz. Não acha? — Paddy pegou um dos folhetos da imobiliária e começou a ler a descrição, tentando esconder o espanto diante do tamanho lamentável do jardim e do alto preço do imóvel, destacado em negrito, no topo da página. Por esse preço nessa região... pensou. Então, sorriu e redefiniu o pensamento: Por esse preço nessa região poderia se comprar uma mansão como a dos Pinheirais. E veja só no que deu.

— Sim, também estou ansiosa, Charles. — Ela ouviu Maggie falando na cozinha. — Entrarei em contato com Justin. Ah, é mesmo? Bem, obrigada. E estou ansiosa por nossa reunião. Sim. Até logo. — Ela olhou para Paddy e ergueu o polegar, em sinal de positivo. — Ele parece muito bacana! — sibilou. — Ele até sugeriu que eu tivesse um computador em casa, para... Ah, oi, Justin — disse ela em tom mais alto. — Só queria saber como estão as coisas.

— Vamos comprar um computador? — perguntou Paddy, sorrindo para Lucia. — Você quer? — Ela fez cócegas na barriguinha da neta e se deleitou com sua risadinha. — Você vai ser inteligente como a mamãe? Vai ser...

— O quê? — Maggie gritou na cozinha, assustando Paddy e Lucia. — Você fez *o quê*?

— Minha nossa! — disse Paddy. — O que será..

— E ela não deu nenhuma explicação? — Maggie levantou-se e começou a andar furiosamente pela cozinha. — Ah, sim. E você, por acaso, investigou? — Seu tom de voz ficou mais rude. — Entendi. E ninguém pensou em me consultar? — Houve uma pausa, e então ela prosseguiu: — Não, não estou zangada, Justin. Estou furiosa. — E após outra pausa, concluiu: — Justin, eu não dou a mínima para as suas fiscalizações de surpresa!

— Minha nossa! — Paddy disse novamente e olhou nervosa para Lucia.

— Exatamente, estou desafiando a sua autoridade! — gritou Maggie. — Para ser franca, você não é digno de autoridade nenhuma! — Então, bateu o telefone e vociferou: — Babaca! — Em seguida, pegou o aparelho novamente e discou um número.

— Ah, meu Deus — disse Paddy, receosa. — Queria saber o que...

— Vamos logo — disse Maggie na cozinha, batendo as unhas na mesa de madeira. — Vamos, atenda o telefone. Candice, onde você está?

CANDICE ESTAVA DEITADA no jardim do chalé, observando as folhas. O sol de verão aquecia seu rosto, e ela sentia o doce aroma de lavanda na brisa. Mas, por dentro, sentia um calafrio sempre que os pensamentos que tentara afastar da mente nos últimos dias insistiam em perturbá-la.

Ela fora afastada do trabalho. Fora publicamente tachada de desonesta. E destruíra as duas amizades que mais prezava no mundo. Sentiu uma onda de angústia e fechou os olhos. Quando foi a última vez que as três estiveram no Manhattan Bar, pedindo seus coquetéis despreocupadamente, sem saber que a moça de colete verde, que servia a mesa, estava prestes a entrar nas suas vidas e arruinar tudo? Se pudesse voltar no tempo e mudar os acontecimentos, pensou Candice, desolada. Se Heather não estivesse trabalhando naquela noite. Se elas tivessem ido a outro bar. Se... Um sentimento de culpa doentia a dominou, e ela se sentou, tentando afastar aqueles pensamentos, perguntando-se o que Ed estaria fazendo naquele momento. Ele havia murmurado algo sobre uma surpresa e desaparecera misteriosamente de manhã. Contanto que não fosse mais um pouco da horrível sidra local... pensou, erguendo o rosto, usufruindo a brisa quente na pele.

Eles estavam no chalé havia quatro dias, mas era como se fossem semanas. Tinham feito pouca coisa além de dormir, comer e fazer amor. E deitar na grama, sob o sol das manhãs de verão. Suas únicas incursões até o comércio local haviam sido para comprar produtos básicos: comida, sabonete e escovas de dente. Não tinham trazido mudas de roupa — mas Ed encontrou uma pilha de camisetas coloridas, tamanho GG, com a estampa de uma mostra de serigrafia no quarto de hóspedes. E um chapéu de palha, de abas largas, decorado com um ramo de cerejas, para Candice. Não tinham falado com ninguém, nem lido jornal. Tinha sido um refúgio, um lugar de retiro e cura.

Mas, embora seu corpo estivesse descansado, pensou Candice, sua mente não estava. Ela até conseguia afastar os pensamentos incômodos, mas eles insistiam em voltar quando ela menos esperava. As emoções a pegavam desprevenida, trazendo tristeza e lágrimas. Sentia-se magoada, humilhada, morta de vergonha. E lembrava-se constantemente de Heather.

Heather Trelawney. Cabelo loiro, olhos acinzentados, nariz arrebitado. Mãos cálidas, que seguravam as suas com carinho; uma risada alegre e contagiante. Pensar nisso causava-lhe náuseas, como se tivesse sido violentada. Será que todos os momentos daquela amizade não passaram de fingimento? Ela não conseguia acreditar nessa hipótese.

— Candice! — A voz de Ed interrompeu seus pensamentos e ela se levantou, sacudindo as pernas. Ele vinha em sua direção com um olhar estranho. — Ouça, não fique zangada... mas tem uma pessoa querendo falar com você.

— O quê? — Candice o fitou. — Como assim, alguém que quer me ver? — Ela espiou por cima do ombro dele, mas não conseguiu ver ninguém.

— Ele está lá dentro — disse Ed. — Venha.

— Quem é? — perguntou Candice em tom agressivo. Ed se virou e olhou para ela, resoluto.

— Uma pessoa com quem você precisa falar.

— Quem? — Ela o seguiu apressadamente, tropeçando no caminho. — Quem é? Ah, meu Deus, já sei — disse ela, parando na porta, com o coração disparado. — É o Justin, não é?

— Não. — Ed abriu a porta.

Candice espreitou a escuridão e viu um homem de aproximadamente 20 anos, de pé, ao lado do armário da cozinha. Ele ergueu a cabeça, apreensivo, e passou a mão no longo cabelo loiro. Candice o fitou, confusa. Nunca o vira antes.

— Candice — disse Ed. — Este é Hamish.

— Hamish — repetiu Candice, franzindo a testa. — Você é... — Ela parou quando uma lembrança emergiu na sua mente. — Ah, meu Deus. Você é o ex-namorado da Heather, não é?

— Não — respondeu o rapaz, olhando-a firmemente com seus olhos acinzentados. — Sou o irmão dela.

ROXANNE ESTAVA NO escritório da Strawson and Co., tomando chá em uma xícara de porcelana de ossos e torcendo para que sua mão não tremesse toda vez que a pousava. Havia um silêncio tranquilo na sala densamente atapetada; uma atmosfera de opulência sólida e respeitabilidade, que a fazia se sentir desconcertada e insignificante, embora estivesse usando uma de suas roupas mais caras e sóbrias. A sala era pequena mas imponente — cheia de sólidas estantes de carvalho e uma atmosfera de segredo, como se as próprias paredes tivessem consciência da natureza confidencial do seu interior.

— Fico contente por você ter vindo — disse Neil Cooper.

— Sabe como é. A curiosidade acabou vencendo — disse Roxanne em poucas palavras.

— É o que sempre acontece — concluiu Neil Cooper, apanhando sua xícara.

Ele era bem mais jovem do que Roxanne imaginara e tinha uma expressão séria e cautelosa, como se estivesse preocupado em não desapontá-la. Como se tentasse evitar destruir as esperanças da amante interesseira. Um raio de humilhação atravessou Roxanne, e ela pousou sua xícara.

— Ouça — disse ela, em tom mais agressivo do que pretendia. — Vamos acabar logo com isso, está bem? Eu não esperava nada, portanto, não importa o que seja. Vou apenas assinar o recibo e ir embora.

— Certo — assentiu Neil Cooper educadamente. — Bem, não é tão simples assim. Eu vou ler uma alteração que o falecido Sr. Allsopp acrescentou ao seu testamento, pouco antes de morrer...

Ele pegou uma pasta de couro preta, abriu e reuniu alguns papéis. Nesse momento, Roxanne fitou seu rosto calmo e profissional com súbita constatação.

— Ah, meu Deus — disse com a voz trêmula. — Ele deixou mesmo alguma coisa para mim, não é? Algo importante. O que é? Não é dinheiro.

— Não — confirmou Neil Cooper, e olhou para ela com um sorriso. — Não é dinheiro.

— Nós NÃO temos problemas em relação a dinheiro — disse Hamish, bebendo um pouco do chá que Ed havia preparado. — Aliás, temos bastante. Depois que os meus pais se separaram, minha mãe casou-se com Derek, que é um cara... bem, ele é podre de rico. Inclusive me deu um carro... — Ele apontou para o lado de fora da janela, onde um Alfa Romeo novinho aguardava elegantemente na calçada, ao lado do BMW de Ed. — Ele tem sido muito generoso. Tanto para mim quanto para Heather.

Candice esfregou o rosto, tentando ordenar os pensamentos, esforçando-se para digerir mais um fato assombroso. Ela estava sentada de frente para Hamish, e toda vez que olhava para ele, via Heather diante de si. O irmão mais novo de Heather. Ela nem sabia que havia um irmão. — Então... por que ela trabalhava como garçonete?

— Ela sempre faz esse tipo de coisa — explicou Hamish. — Começa algo, como um curso de arte ou um curso de redação, e logo desiste e arranja um emprego fajuto, só para nos provocar.

— Entendi — disse Candice. Suas reações estavam lentas e ela se sentia totalmente burra, como se o seu cérebro estivesse sobrecarregado de informações.

— Eu soube que ela estava morando com você — disse Hamish. — E temia que ela pudesse fazer algo estúpido. Eu disse a ela que vocês duas deviam conversar. Sabe como é. Para tentar esclarecer tudo. Mas ela não me escutou. — Ele fez uma pausa e olhou para Candice. — Realmente não pensei que ela fosse... — Ele interrompeu e bebeu outro gole do chá.

— Quer dizer... que ela realmente me odiava — disse Candice, tentando manter a voz em tom baixo e calmo.

— Ah, meu Deus — disse Hamish, suspirando. — Isso é... — Ele ficou em silêncio durante um momento e então ergueu a cabeça. — Não era você — disse. — Não era você. Mas...

— Mas o que eu representava.

— Você tem que entender. O que seu pai fez... ele destruiu a nossa família. Meu pai ficou arruinado. Enlouqueceu. E minha mãe não conseguiu enfrentar a situação, então... — Hamish interrompeu-se por um momento. — E foi fácil culpar seu pai por tudo. Mas agora, rememorando, acho que provavelmente isso teria acontecido de qualquer maneira. Na verdade, meus pais não tinham um casamento tão perfeito.

— Mas Heather não admitia isso — disse Candice, na tentativa de confirmar sua suspeita.

— Heather nunca acompanhou de perto toda a situação. Ela estava fora de casa, na escola, portanto não via meus pais brigando o tempo todo. Ela achava que eles tinham uma união perfeita. Sabe como é, casa grande, um casamento ideal. Então, perdemos todo o nosso dinheiro, e eles se separaram. E Heather não conseguiu aceitar. Ela ficou meio... maluca.

— Aí, quando me viu no Manhattan Bar... — Candice apoiou a cabeça nas mãos.

— Candice, deixe ver se eu entendi — disse Ed, inclinando-se para a frente. — Vocês duas sabiam o que seu pai tinha feito, mas nunca falaram nada a respeito?

— Heather agia como se não soubesse de nada! — argumentou Candice na defensiva. — E eu nunca falei nada porque não queria que ela pensasse que eu a ajudava por compaixão. Eu queria... — Ela corou ligeiramente. — Eu queria realmente ser sua amiga.

— Eu sei — disse Hamish, olhando nos olhos de Candice. — De qualquer maneira, acho que talvez você tenha sido a melhor amiga que ela já teve. Mas, naturalmente, ela não conseguiu enxergar isso.

Houve silêncio na cozinha, então Candice perguntou, apreensiva:

— Você sabe onde ela está agora?

— Não faço a menor ideia — respondeu Hamish. — Ela some por várias semanas. Meses. Mas acaba aparecendo.

Candice engoliu em seco.

— Você me faria um favor?

— Qual?

— Você poderia contar ao meu chefe quem a Heather realmente é? Explicar que ela armou uma cilada para mim?

Houve uma longa pausa.

— Não — respondeu Hamish. — Não vou fazer isso. Eu amo a minha irmã, mesmo ela sendo meio. — Ele interrompeu-se. — Não vou entrar numa empresa e dizer a alguém que ela é uma louca mentirosa. Sinto muito. — Ele olhou para Candice e empurrou a cadeira para trás ruidosamente. — Preciso ir.

— Certo — assentiu Candice. — Bem... obrigada por ter vindo.

— Espero que tudo se resolva — disse Hamish, dando de ombros.

Ed o acompanhou até a porta e, depois de alguns minutos, voltou à cozinha no instante em que o Alfa Romeo arrancou, desaparecendo na rua. Candice o fitou e perguntou, perplexa:

— Como você o encontrou?

— Heather tinha dito que a família dela morava em Wiltshire. Eu procurei o nome na lista e fui fazer uma visita. — Ed deu um sorriso arrependido. — Para falar a verdade, eu tinha esperança de encontrá-la. Pegá-la em flagrante.

Candice balançou a cabeça.

— Não a Heather.

Ed sentou-se ao lado de Candice e pegou sua mão.

— Enfim. Agora você sabe de tudo.

— Agora eu sei. Agora eu sei que dava abrigo a uma psicopata. — Candice sorriu, colocou a cabeça entre as mãos e começou a chorar.

— Ah, meu Deus — disse Ed, assustado. — Desculpe. Eu deveria tê-la avisado. Eu deveria...

— Não é isso. — Candice ergueu a cabeça e secou as lágrimas. — É porque Hamish disse que eu era uma boa amiga. — Ela olhou para a frente, com o rosto trêmulo. — Roxanne e Maggie eram as melhores amigas que eu tinha. Elas tentaram me avisar sobre Heather. E o que eu fiz? — Ela respirou fundo. — Fiquei contra elas. Briguei com elas. Estava tão... *obcecada* que preferia perder a amizade delas a ouvir a verdade.

— Você não perdeu a amizade delas! — disse Ed. — Tenho certeza disso.

— Eu disse coisas imperdoáveis, Ed. Eu agi como...

— Ligue para elas.

— Eu já tentei — afirmou Candice, desolada. — Maggie desligou o telefone na minha cara. E Roxanne está furiosa comigo. Ela acha que eu omiti a doença de Ralph ou algo assim.

— Bem, azar o delas — disse Ed. — Elas é que estão perdendo.

— Não é assim — retrucou Candice, no instante em que as lágrimas começaram a rolar no seu rosto novamente. — O azar é meu.

Roxanne olhou para Neil Cooper, sentindo uma agitação na cabeça e um zumbido no ouvido. As paredes do escritório pareciam estar se fechando em volta dela; pela primeira vez na vida, ela achou que poderia desmaiar.

— Eu... não pode ser. — Ela conseguiu falar. — Não deve estar certo. Deve haver...

— Para a senhorita Roxanne Miller — repetiu Neil Cooper lentamente —, deixo a minha casa de Londres. Abernathy Square, 15 Kensington. — Ele ergueu os olhos da pasta de couro. — É sua. Para morar, vender, enfim, fazer o que quiser. Podemos fornecer consultoria jurídica sobre o assunto, se você preferir. Mas obviamente não há pressa para decidir nada. De qualquer maneira, levará algum tempo para tudo ser resolvido.

Roxanne o fitou, incapaz de falar, incapaz de se mover. Ralph lhe deixara a sua casa. Esse gesto era uma mensagem para ela — e para o mundo — de que ela representara algo em sua vida. Que tinha valor. Ele praticamente... a legitimara.

Uma sensação estranha começou a dominar seu corpo, e ela achou que fosse passar mal.

— Quer outra xícara de chá? — perguntou Neil Cooper.

— Eu... desculpe — Roxanne sentiu um nó na garganta e começou a chorar. — Ah, meu Deus. É que eu não esperava...

Ela estava aos prantos. Então, irritada por não conseguir se controlar, pegou um lenço de papel, tentando dominar as emoções, consciente do olhar fixo e educadamente compreensivo de Neil Cooper.

— É que... — falou ela finalmente — estou chocada.

— Eu entendo — disse Neil Cooper diplomaticamente e hesitou. — Você... conhece a propriedade?

— Só a parte externa — disse Roxanne, esfregando os olhos. — Conheço cada maldito tijolo da parte externa. Mas nunca entrei.

— Bem. Se você quiser visitá-la, isso pode ser providenciado.

— Eu... Não. Acho que não. Pelo menos por enquanto. — Roxanne assoou o nariz e viu o advogado fazer uma anotação no bloco.

— E... — Ela tentou falar, mas logo parou, com dificuldade de se expressar. — E... quanto à família? Eles sabem?

— Sim. Eles estão a par de tudo.

— E eles... — Roxanne interrompeu-se e respirou profundamente. — Eles me odeiam?

— Senhorita Miller — disse Neil Cooper com ar sério. — Não há por que se preocupar com os outros membros da família. Posso assegurá-la que o testamento do Sr. Allsopp contemplou, de forma bem generosa, todas as partes envolvidas. — Ele fez uma pausa e olhou diretamente para ela. — Mas a sua herança é entre você e ele.

Houve uma pausa, e então Roxanne acenou com a cabeça, num gesto de compreensão.

— Certo — assentiu calmamente. — Obrigada.

— Se tiver mais alguma pergunta...

— Não — disse Roxanne. — Não, obrigada. Acho que eu só gostaria de ir embora e... tentar digerir tudo isso. — Ela se levantou e olhou nos olhos do jovem advogado. — Você foi muito gentil.

Enquanto se dirigiam para a porta de lambri, ela viu seu reflexo em um espelho de parede e estremeceu ao notar seus olhos vermelhos. Estava claro que estivera chorando — mas isso provavelmente era normal em um escritório de direito de família, ela pensou, com um sorriso discreto.

Com gestos hábeis, Neil Cooper abriu a porta e se colocou de lado para ela passar. Ao entrar no hall, Roxanne viu um homem usando um sobretudo azul-marinho na recepção.

— Desculpe — disse ele à recepcionista. — Eu cheguei um pouco cedo...

Roxanne parou, atônita, e percebeu que, a seu lado, o advogado levara um susto. Na recepção, Charles Allsopp se virou, olhou para Roxanne e estremeceu.

Fez-se um profundo silêncio quando eles se olharam. Então, Roxanne virou-se rapidamente, tentando se manter calma.

— Bem, muito obrigada — disse ela com a voz trêmula. — Eu... entrarei em contato. Obrigada. — E sem conseguir olhar nos olhos do advogado, começou a andar em direção à porta.

— Espere. — A voz de Charles Allsopp a assustou. — Por favor.

Roxanne parou e virou-se lentamente, consciente de que seu rosto estava ruborizado, de que sua boca estava avermelhada, mesmo sem batom, de que suas pernas ainda tremiam. Mas ela não se importou. E, de repente, ao olhar bem nos olhos dele, ela se acalmou. Ele poderia dizer o que bem entendesse. Nada iria atingi-la.

— Você é Roxanne Miller?

— Eu acho — disse Neil Cooper, apressando-se para evitar constrangimentos — que para todas as partes envolvidas...

— Espere — disse Charles Allsopp com um gesto. — Eu só quero me apresentar. Só isso. — Ele hesitou, e então estendeu a mão lentamente. — Como vai? Meu nome é Charles Allsopp.

— Olá — disse Roxanne após uma pausa e pigarreou. — Sou Roxanne.

Charles acenou a cabeça com ar sério, e Roxanne se perguntou o quanto ele saberia a respeito dela; se Ralph tinha dito alguma coisa ao filho mais velho antes de morrer.

— Espero que eles a estejam assessorando devidamente — disse Charles, olhando na direção de Neil.

— Ah — disse Roxanne, espantada. — Sim. Sim, estão.

— Ótimo — assentiu ele e dirigiu o olhar a um advogado mais velho, que descia as escadas para entrar no hall. — Bem, eu tenho de ir. — Até logo.

— Até logo — disse Roxanne meio acanhada, enquanto ele ia em direção às escadas. — E... e muito obrigada.

Do LADO DE fora, Roxanne apoiou-se em um muro e respirou profundamente. Estava confusa, com uma sensação de euforia e abalada pelas emoções. Ralph lhe deixara a sua casa: a casa que ela passara horas observando, de maneira quase obsessiva, agora era dela. Uma casa que valia um milhão de libras. O pensamento a entristeceu, a ponto de quase fazê-la chorar.

Ela não esperava que Ralph lhe deixasse alguma coisa. Nem esperava que Charles Allsopp pudesse tratá-la com tanta delicadeza. De repente, o mundo lhe era favorável, e ela não sabia como reagir.

Ao remexer a bolsa para pegar um cigarro, ela percebeu que o telefone vibrava novamente. Já havia notado que o aparelho vibrara várias vezes durante a reunião; alguém estava tentando falar com ela. Hesitou, pegou o telefone e, um pouco relutante, atendeu.

— Alô?

— Roxanne! Graças a Deus. — A voz de Maggie demonstrava desespero. — Escute, você falou com a Candice recentemente?

— Não. Por quê? Aconteceu alguma coisa?

— Aquele imbecil do Justin afastou-a do trabalho. Por causa de uma história absurda sobre declaração de gastos.

— *O quê?* — espantou-se Roxanne, voltando a focar os pensamentos.

— E ela desapareceu da face da Terra. Ninguém sabe onde ela está. Não atende o telefone... ela pode estar morta em uma vala, em qualquer lugar.

— Ah, meu Deus — disse Roxanne com o coração acelerado. — Eu não sabia de nada.

— Ela não telefonou para você? Quando foi a última vez que você falou com ela?

— No enterro — respondeu Roxanne. Ela fez uma pausa. — Para falar a verdade, não nos despedimos muito bem.

— A última vez que nos falamos foi quando ela telefonou para pedir desculpas — disse Maggie, desolada — Eu gritei com ela e desliguei o telefone.

Fez-se um silêncio triste.

— Enfim — concluiu Maggie. — Estou indo para Londres amanhã. Vamos tomar café da manhã juntas?

— Certo — concordou Roxanne. — E me avise se souber de alguma coisa. — Ela desligou o telefone e começou a andar, preocupada.

CAPÍTULO VINTE

No dia seguinte, às onze da manhã, Maggie e Roxanne estavam tocando a campainha da casa de Candice, em vão. Após um momento, Maggie abaixou-se e observou a recepção do edifício através da abertura da caixa de correio.

— Há um monte de cartas acumuladas na mesa — informou.

— Para Candice?

— Não dá para ver. Talvez. — Maggie soltou a aba da caixa de correio, levantou-se e olhou para Roxanne. — Puxa! Eu me sinto a pior pessoa do mundo.

— E eu me sinto péssima — completou Roxanne. Ela deixou-se cair nos degraus, e Maggie sentou-se ao seu lado. — Eu fui tão grosseira com ela no enterro. Eu estava... ah, sei lá. Fora de mim.

— É natural — disse Maggie imediatamente. — Deve ter sido um momento terrível.

Sua voz expressava compreensão. Porém, mais uma vez, ela sentiu um arrepio de choque diante da ideia de Roxanne e Ralph terem um relacionamento. Durante a viagem de Waterloo até o apartamento de Candice, Roxanne, embora hesitante, lhe contara sua história. E por pelo menos cinco minutos Maggie havia ficado completamente perplexa, incapaz de falar qualquer coisa. Como era possível duas pessoas serem amigas por tanto tempo e uma delas ter um segredo tão sério como aquele? Como Roxanne conseguia falar sobre Ralph tão naturalmente, sem nem uma vez se trair, sem deixar escapar uma palavra sobre o relacionamento que mantinha com ele? Como ela pôde deixar Maggie se queixar tantas vezes sobre as manias irritantes de Ralph, sem, de alguma forma, alertá-la de que elas estavam falando do seu namorado? É claro que isso era compreensível, claro que ela não tinha escolha — mas, ainda assim, Maggie estava magoada, como se nunca mais conseguisse olhar para Roxanne do mesmo jeito.

— Foi como se finalmente eu tivesse encontrado alguém para culpar, disse Roxanne, fitando o vazio com olhar sombrio. — Então, descontei tudo nela.

— É uma reação natural — afirmou Maggie após uma pausa. — Quando a pessoa está sofrendo, procura um bode expiatório.

— É, talvez — disse Roxanne. — Mas logo com a Candice? De todas as pessoas... — Ela fechou os olhos por um momento. — Como é que eu fui fazer isso com ela?

— Eu entendo — disse Maggie timidamente. — Sinto o mesmo. Não consigo acreditar que bati o telefone na cara dela. Mas é que eu estava muito magoada. Tudo parecia tão terrível... — Ela olhou para Roxanne. — Não dá nem para falar como essas últimas semanas têm sido. Eu realmente acho que perdi a cabeça.

Houve um breve momento de silêncio. Um carro passou, e os ocupantes as olharam pela janela, com curiosidade.

— Eu não podia imaginar — disse Roxanne. — Você sempre pareceu tão... segura. Tudo parecia tão perfeito.

— Pois é — disse Maggie, fitando o chão. — Eu agi como uma boba. Não conseguia me dar por vencida e confessar a Giles o quanto estava me sentindo terrível. Não queria admitir a ninguém que não estava dando conta do recado. — Ela fez uma pausa ao se lembrar daqueles momentos. — Pensando bem, isso não é verdade. Eu ia contar a você, naquela noite no Manhattan Bar. Mas fomos interrompidas. E depois... — Ela deu um sorriso ressentido. — Sabe, aquela noite foi uma das piores da minha vida. Estava me achando gorda, estava exausta, me sentia culpada por ter saído e deixado a Lucia. E acabamos brigando. Foi... — Ela deu um riso breve. — Foi uma noite para ser esquecida.

— Nossa, eu me sinto uma pessoa detestável. — Roxanne olhou para Maggie com ar desolado. — Eu deveria ter percebido que você estava deprimida. Deveria ter telefonado. Ou ter feito uma visita. — Ela refletiu e acrescentou: — Que bela amiga eu fui para vocês duas.

— Ah, esqueça — pediu Maggie. — Você estava pior do que qualquer uma de nós. Muito pior.

Ela colocou o braço no ombro de Roxanne, confortando-a. Durante um momento, elas permaneceram em silêncio. Um carteiro chegou, olhou para elas de forma esquisita, passou e enfiou um maço de cartas na caixa.

— Então, o que fazemos agora? — perguntou Roxanne finalmente.

— Vamos colocar Justin contra a parede — sugeriu Maggie. — Ele não vai se livrar dessa. — Ela levantou-se e ajeitou a saia. — Vamos pegar um táxi.

— A propósito, adorei seu blazer — disse Roxanne, examinando a roupa de Maggie. Em seguida, franziu a testa e concluiu: — Aliás, pensando bem, você está com uma ótima aparência. — Ela inspecionou o blazer de seda berinjela que Maggie estava usando; a camiseta básica, branca; o cabelo castanho, sedoso. — Você cortou o cabelo?

— Sim — respondeu Maggie com um meio-sorriso. — Apresento-lhe a nova Maggie: cabelo novo, roupa nova, batom novo. Fiz compras ontem à tarde. Aliás, gastei uma fortuna.

— Que bom — disse Roxanne em tom de aprovação. — Essa cor cai muito bem em você.

— Só tenho que evitar ouvir algum bebê chorando — confessou Maggie, ajudando Roxanne a se levantar. — Senão meu leite vai vazar na blusa.

Roxanne fez uma careta.

— Você não precisava me dizer isso.

— São as delícias da maternidade — completou Maggie bem-humorada. E enquanto andava em direção à esquina, pensou: Se algumas semanas atrás alguém tivesse dito que ela iria *rir* quando falasse sobre amamentação, ela simplesmente não teria acreditado. Como também não teria acreditado que estaria usando um blazer dois tamanhos acima do seu manequim normal e, mesmo assim, se sentindo bem.

Quando saltaram de um táxi barulhento em frente ao prédio das Publicações Allsopp, Maggie olhou para cima e fitou o edifício. O prédio onde ela passara a maior parte da sua vida profissional parecia mais familiar do que nunca — e, ao mesmo tempo, estranho. Em apenas algumas semanas, o prédio parecia ter mudado de modo quase imperceptível.

— Isso é tão esquisito — murmurou, no momento em que Roxanne bateu o cartão de segurança e abriu as portas de vidro da recepção. — É como se eu estivesse afastada por vários anos.

— Tenho a mesma sensação — murmurou Roxanne. — Aliás, nem sei como o meu cartão ainda funciona. — Ela olhou para Maggie e perguntou: — E então, pronta?

— Completamente — respondeu Maggie. As duas sorriram e, lado a lado, entraram no hall.

— Maggie! — exclamou Doreen da mesa da recepção. — Que surpresa! Você está ótima? Mas onde está o bebê?

— Em casa — respondeu Maggie, sorrindo. — Com a minha sogra.

— Ah! Que pena! Você deveria tê-la trazido! Deve ser uma bonequinha. — Doreen cutucou a moça sentada ao seu lado, uma ruiva tímida, que Maggie não reconheceu. — Esta é a Maggie de quem eu estava falando — disse à moça. — Maggie, esta é Julie. Começou a trabalhar ontem.

— Olá, Julie — cumprimentou Maggie educadamente. — Doreen...

— E ela é boazinha? Aposto que é bem calminha.

— Ela é... ela é maravilhosa — disse Maggie. — Para falar a verdade, Doreen, eu estou aqui para falar com Justin. Você pode avisá-lo?

— Acho que ele não está — disse Doreen, surpresa. — Ele e o Sr. Allsopp saíram juntos. Vou verificar. — Ela apertou um botão e disse: — Oi, Alicia? É Doreen.

— Droga! — resmungou Maggie e olhou para Roxanne. — Nem me ocorreu que ele poderia não estar.

— Ao que parece, ele voltará em uma hora, mais ou menos — disse Doreen, erguendo a cabeça. — Eles foram a uma apresentação de design. — Maggie a fitou

— Para quê? Que apresentação de design?

— Não me pergunte, querida.

O rosto de Maggie se contraiu e ela lançou os olhos a Roxanne.

— É muita gentileza da parte deles me manter informada. Provavelmente estão reconfigurando a revista inteira sem me consultar.

— E agora, o que faremos? — perguntou Roxanne.

— Vamos esperar — respondeu Maggie com firmeza.

Uma hora depois, Justin ainda não havia voltado. Maggie e Roxanne permaneciam sentadas nas cadeiras de couro do hall, folheando edições antigas da *Londoner* e erguendo os olhos toda vez que a porta se abria. Algumas vezes eram visitantes, que lhes lançavam olhares educados e curiosos; em outras, era alguém do escritório, que se aproximava para cumprimentar Maggie calorosamente e perguntar onde estava o bebê.

— Na próxima vez que alguém me perguntar onde está o bebê — murmurou Maggie a Roxanne, quando um grupo de executivos de marketing se dirigiu aos elevadores —, vou dizer que está na minha pasta.

Roxanne ficou em silêncio. Estava perplexa diante de uma fotografia de Candice que acabara de achar em uma edição antiga da *Londoner. A jornalista Candice Brewin investiga a condição das pessoas idosas nos hospitais de Londres,* dizia a legenda. E, ao lado do texto, o rosto redondo de Candice, com suas sobrancelhas ligeiramente arqueadas como se estivesse surpresa. Roxanne observou a foto como se a visse pela primeira vez e sentiu uma angústia ao perceber a inocência na expressão de Candice. Ela não parecia uma repórter implacável. Parecia uma criança.

— Roxanne? — chamou Maggie, curiosa. — Tudo bem?

— Nós devíamos ter percebido — disse Roxanne com a voz trêmula. Ela pousou a revista e olhou para Maggie. — Nós sabíamos que aquela vadia tinha más intenções. Deveríamos ter... não sei. — Ela esfregou o rosto. — Devíamos ter alertado a Candice ou algo assim.

— Nós tentamos, lembra? — disse Maggie. — Mas ela insistia em defendê-la.

— Mas poderíamos ter feito *alguma coisa*. Tentado protegê-la, em vez de nos afastar e deixá-la ir direto...

— O que poderíamos ter feito? — perguntou Maggie com sensatez. — Não tínhamos certeza de nada. Quero dizer, vamos encarar a verdade: era tudo instinto. Nós simplesmente não fomos com a cara da garota.

Houve silêncio. Alguns executivos entraram no hall, lançaram os olhos a Maggie e Roxanne e dirigiram-se à mesa da recepção.

— Onde você acha que ela está? — perguntou Roxanne com uma expressão séria. — Já se passaram vários dias. As pessoas não desaparecem por vários dias.

— Eu não sei — respondeu Maggie. — Tenho certeza de que ela está bem. Provavelmente está tirando umas férias ou algo assim — acrescentou, sem muita convicção.

— Deveríamos ter ficado ao lado dela — lamentou Roxanne baixinho. — Nunca vou me perdoar por ter me afastado dela. E por falar nisso, de você também. — Ela olhou para Maggie. — Eu deveria tê-la ajudado quando você estava deprimida.

— Você não tinha como saber — disse Maggie, constrangida. — Como você poderia imaginar o que estava acontecendo?

— Mas é exatamente disso que eu estou falando! Não deveríamos guardar segredos ou fingir coisa alguma. Nenhuma de nós jamais deveria achar que tem que enfrentar os problemas sozinha. — Ela fitou Maggie com seus olhos azuis cheios de lágrimas. — Maggie, da próxima vez, ligue para mim. Seja às três da madrugada, ou a qualquer hora. Se você estiver triste, ligue para mim. Eu irei imediatamente e levarei Lucia para um passeio. Ou levarei o Giles. Enfim, qualquer um dos dois que estiver dando trabalho. — Ela sorriu e Maggie deu uma risada. — Por favor — acrescentou Roxanne com ar sério. —, ligue para mim, Maggie. Não finja que está tudo bem quando não está.

— Prometo — assentiu Maggie, enxugando as lágrimas. — Vou... telefonar. Provavelmente, até quando eu *não estiver* triste. — Ela sorriu e acrescentou: — E da próxima vez que você tiver um caso de seis anos com o chefe... me conte também, certo?

— Negócio fechado. — Num impulso, Roxanne inclinou-se e abraçou Maggie. — Senti sua falta — murmurou ela. — Volte logo para Londres.

— Senti sua falta também — disse Maggie, emocionada. — Nossa, senti saudades de todas vocês. Me sinto como se...

— Merda — disse Roxanne por cima do seu ombro. — Merda. Lá vêm eles.

— Quem? — Maggie se virou e viu Justin aproximar-se da porta do prédio. Ele estava usando um terno verde-escuro, falando de forma entusiasmada e gesticulando para Charles Allsopp ao seu lado. — Ah, meu Deus! — disse ela, aflita, e olhou para Roxanne. Então, deu uma fungada e levou as mãos aos olhos. — Rápido. Como eu estou? Minha maquiagem está borrada?

— Um pouquinho — disse Roxanne, inclinando-se para limpar, rapidamente, uma mancha do delineador. — E a minha?

— Está perfeita — respondeu Maggie, examinando atentamente seu rosto. — Intacta.

— É rímel à prova d'água — explicou Roxanne. — Enfrenta mar, areia, emoções fortes... — Ela interrompeu-se quando as portas de vidro se abriram. — Ai, merda — murmurou. — Chegaram. O que vamos falar?

— Não se preocupe — disse Maggie. — Eu falo. — Ela se levantou, ajeitou a saia e respirou fundo. — Certo — disse, nervosa. — Lá vai. Justin! — chamou, ao se aproximar dele. — Como vai?

Assim que ouviu a voz de Maggie, Justin se virou, assustado. Ao dar de cara com ela, ficou boquiaberto. Então, sem alterar a fisionomia, substituiu a expressão de susto por uma de surpresa.

— Maggie! — exclamou, abrindo os braços como se fosse abraçá-la. — Que bela surpresa.

— Pensei em dar um pulinho aqui só para ver como vão as coisas — declarou Maggie, retribuindo o sorriso, porém sem fazer esforço para imitar o gesto dele.

— Ótimo! — disse Justin com um entusiasmo forçado. — Que... ideia maravilhosa!

— Então esta é a famosa Maggie Phillips — disse Charles Allsopp com um sorriso amistoso, estendendo a mão para cumprimentá-la. — Maggie, sou Charles Allsopp. Parabéns pelo nascimento do seu bebê. Deve ser um momento muito especial para você.

— Obrigada — disse Maggie, animada. — Realmente, é um momento muito especial para mim.

— Entretanto, tenho que admitir que não há um dia que não me cobrem a sua volta à *Londoner.*

— É mesmo? — perguntou Maggie, permitindo-se um relance satisfeito a Justin que, por sua vez, exibia um olhar decepcionado. — Bem, fico muito feliz de ouvir isso. E quero acrescentar que pretendo voltar ao trabalho em algumas semanas.

— Que bom! — disse Charles Allsopp. — Fico contente.

— Charles, esta é Roxanne Miller — disse Justin em tom alto, tentando chamar atenção. — Uma de nossas freelancers regulares.

— A senhorita Miller e eu já nos conhecemos — disse Charles após uma pausa com um sorriso amável. — Bem, eu gostaria de oferecer a vocês uma xícara de chá. Ou um drinque.

— Muita gentileza sua — disse Maggie de maneira formal. — Mas esta visita não é social. Para falar a verdade, estou aqui para tratar de um assunto um tanto desagradável: o afastamento de Candice Brewin. Fiquei um pouco aflita quando soube o que aconteceu.

— Ah, claro — disse Charles Allsopp, confuso. Ele olhou para Justin e perguntou: — Alguma explicação?

— O afastamento foi completamente fundamentado — justificou Justin. — O fato é que Candice estava cometendo fraude contra a companhia. Agora, se você acha que isso não é um delito grave, Maggie...

— É claro que acho grave — retrucou Maggie calmamente. — Mas não posso acreditar que Candice fosse capaz de fazer tal coisa.

— Estou com as provas no meu escritório — afirmou Justin. — Você pode ver com seus próprios olhos, se quiser!

— Certo — disse Maggie, e gesticulou em direção aos elevadores. — Vamos verificar.

QUANDO MAGGIE ENTROU no escritório, sentiu-se repentinamente no comando. Esta era a sua revista; aqui estava a sua equipe. Era quase a mesma sensação de voltar para casa.

— Oi, Maggie. — Alicia cumprimentou-a distraidamente quando ela passou. Um segundo depois, com uma reação retardada, exclamou, surpresa: — Maggie! Como vai? Onde foi parar aquele barrigão?

— Caramba! — disse Maggie, fingindo surpresa. — Eu sabia que estava faltando alguma coisa. — Uma risada ecoou no escritório. Rostos alegres se ergueram dos computadores e olharam para Justin e para Maggie.

— Só estou dando uma passadinha rápida — explicou Maggie, olhando ao redor. — Só para dar um olá.

— Bem, é ótimo ver você — disse Alicia. — Da próxima vez, traga o bebê!

— Pode deixar — prometeu Maggie cordialmente. Em seguida, virou-se e entrou no escritório de Justin, onde ele, Charles e Roxanne a aguardavam. Ela fechou a porta atrás de si e, por um momento, houve silêncio.

— Tenho que dizer — falou Charles a Maggie — que estou um tanto confuso a respeito da sua visita. As provas contra Candice parecem bastante consistentes. E ela terá, naturalmente, uma oportunidade na audiência.

— Audiência! — repetiu Maggie, impaciente. — Não é preciso uma audiência para se resolver isso!

— Aqui estão os papéis — disse Justin, retirando de uma gaveta uma pilha de formulários xerocados, todos com o nome de Candice na parte de cima. Sua voz expressava um tom de vitória. — O que você acha disso?

Maggie o ignorou.

— Você ouviu o que ela tinha a dizer? — perguntou a Charles.

— Uma história sobre ter sido traída por uma de suas colegas? — Ele franziu a testa. — Parece um pouco fantasiosa.

— Bem, para falar a verdade, a ideia de que Candice Brewin seria capaz de cometer fraude é bem mais fantasiosa! — exclamou Roxanne.

— Você é amiga dela — disse Justin em tom sarcástico. — É normal que queira defendê-la.

— Corrija-me se eu estiver errada — replicou Roxanne —, mas você é ex-namorado. É normal que *queira* se livrar dela.

— É mesmo? — perguntou Charles, surpreso. Ele fez uma carranca e olhou para Justin. — Você não me contou essa parte.

— Isso não vem ao caso! — retrucou Justin, corando. — Eu agi de forma completamente justa e imparcial.

— Pelo contrário — replicou Maggie com sua voz característica, calma e firme. — A meu ver, você agiu de modo completamente arbitrário e irresponsável. Preferiu acreditar em Heather Trelawney, uma moça que estava na empresa havia poucas semanas, a acreditar na palavra de Candice, que está aqui há uns... cinco anos? Você se deixou enganar por essa história ridícula de intimidação no trabalho. Por acaso, alguma vez você viu alguma intimidação com seus próprios olhos? Além disso, você aceitou esses formulários de despesas sem verificar nada — acrescentou Maggie, descartando um deles sobre a mesa. — Mas estou cem por cento segura de que se esses formulários fossem devidamente analisados, ficaria provado que eles não passam de imitação da caligrafia de Candice. — Ela fez uma pausa para que suas palavras fossem bem compreendidas. — Eu diria, Justin, que, além de mostrar uma pressa tendenciosa e inapropriada de se livrar de uma funcionária competente, a sua falta de capacidade em analisar os fatos acabou representando um prejuízo substancial para a empresa, em termos de perda de tempo, contratempo e danos morais.

Houve silêncio. Roxanne olhou Charles Allsopp, sentindo-se vitoriosa. Ele fitava Maggie, boquiaberto.

— Há testemunhas da intimidação — disse Justin, folheando rapidamente os documentos. — Havia, com certeza, uma... aqui está! — Ele puxou uma folha. — Kelly Jones. — Ele levantou-se, foi até a porta e chamou: — Kelly! Você pode vir aqui um momento, por favor? Ela é a nossa secretária — acrescentou em voz baixa. — Heather disse que ela havia testemunhado algumas demonstrações do comportamento desagradável por parte de Candice.

— Comportamento desagradável? — repetiu Roxanne. — Ah, pelo amor de Deus, Justin. Acorda!

— Vamos ouvir o que Kelly tem a dizer, está bem? — sugeriu Justin friamente.

Quando a garota de 16 anos entrou na sala, um rubor alastrou-se no seu rosto. Ela ficou ao lado da porta, constrangida, olhando fixamente para o chão.

— Kelly — disse Justin, adotando um tom gentil e protetor. — Eu gostaria de perguntar-lhe sobre Candice Brewin, que, como você sabe, foi afastada da empresa, e Heather Trelawney.

— Sim — sussurrou Kelly.

— Você alguma vez presenciou algum desentendimento entre as duas?

— Sim — assentiu Kelly após uma pausa. — Eu vi.

Justin lançou um olhar satisfeito a Maggie e Charles.

— Você pode nos contar um pouco mais sobre o que viu? — pediu.

— Eu me sinto muito mal a respeito disso agora — acrescentou Kelly com ar desolado, torcendo as mãos. — Eu pretendia falar antes, mas eu não quis... sabe como é, causar nenhum problema.

— Não se preocupe — disse Justin de maneira amável. — O que você queria dizer?

— Bem, só isso... — Kelly hesitou. — Que Heather odiava a Candice. Realmente odiava. E ela sabia que Candice iria ter problemas, mesmo antes de tudo acontecer. A confusão toda foi por causa de despesas, não foi? — Kelly ergueu os olhos, nervosa. — Eu acho que talvez a Heather tenha algo a ver com isso.

Roxanne olhou para Justin e conteve uma risada de deboche, tampando a boca com a mão.

— Certo — disse Charles Allsopp lentamente, e olhou para Justin. — Eu diria que, no mínimo, esse assunto deveria ter sido investigado antes de ter sido tomada qualquer atitude. O que você acha, Justin?

Houve um breve momento de silêncio.

— Eu... eu... concordo plenamente — gaguejou Justin, furioso. — Obviamente houve alguns... uma distorção geral dos fatos... — Ele disparou um olhar cheio de raiva a Kelly. — Provavelmente se a Kelly tivesse vindo falar comigo antes...

— Não ponha a culpa *nela*! — retrucou Roxanne. — Foi você quem afastou a Candice!

— Eu acho que, nesse caso, se faz necessária uma... uma investigação minuciosa e abrangente — acrescentou Justin, ignorando-a. — É evidente que foram cometidos alguns erros — disse ele, engolindou em seco — e, obviamente, alguns esclarecimentos a respeito da situação são imprescindíveis. Portanto, Charles, eu sugiro que tão logo a Heather volte...

— Ela não irá voltar — refutou Kelly.

— O quê? — disse Justin, irritado com a interrupção.

— A Heather não vai voltar. — Kelly apertou as mãos com mais força. — Ela foi para a Austrália.

Todos a fitaram, perplexos.

— Para sempre? — perguntou Justin, sem conseguir acreditar no que ouvira.

— Não sei — respondeu Kelly, corando. — Mas ela não vai voltar a trabalhar aqui. Ela... ela até me deu um presente de despedida.

— Que amor! — disse Roxanne.

Charles Allsopp balançou a cabeça, atônito.

— Isso tudo é ridículo — disse ele. — Completamente... — Ele parou de falar e acenou com a cabeça para a garota, que estava com o rosto em chamas. — Obrigado, Kelly. Pode ir agora.

Quando a porta se fechou atrás dela, ele olhou para Maggie.

— O que devemos fazer imediatamente é entrar em contato com Candice e marcar uma reunião. Você poderia se encarregar disso, Maggie? Peça para que ela venha o mais rápido possível. Amanhã, talvez.

— Eu faria — disse Maggie. — Mas não sabemos onde ela está.

— Como assim? — Charles a fitou.

— Ela desapareceu — declarou Maggie. — Não atende o telefone, a correspondência está acumulada no corredor. Nós estamos realmente muito preocupadas.

— Deus do céu! — disse Charles, assustado. — Era só o que faltava. Alguém chamou a polícia?

— Ainda não — respondeu Maggie. — Mas acho que deveríamos.

— Minha nossa! — exclamou Charles, levando a mão à testa. — Que confusão! — Por um momento, ele permaneceu em silêncio. Em seguida, olhou para Justin com ar sisudo e disse: — Justin, acho que precisamos conversar.

— Cla... claro — assentiu Justin. — Boa ideia. — Ele pegou o calendário com a mão trêmula. — Huumm... quando seria bom para você?

— Acho que agora — afirmou Charles, sem meias-palavras. — Agora mesmo, lá em cima, na minha sala. — Em seguida, dirigiu-se a Maggie e a Roxanne. — Se vocês me derem licença...

— Certamente — disse Maggie.

— Sem dúvida — disse Roxanne, e lançou a Justin um sorriso sarcástico.

Quando os dois se retiraram, Roxanne e Maggie afundaram-se nas cadeiras e se entreolharam.

— Estou completamente exausta — disse Maggie, massageando as têmporas.

— Não estou surpresa! — comentou Roxanne. — Você foi fantástica. Nunca vi nada igual.

— Bem, acho que alcancei meu objetivo — disse Maggie, dando um sorriso satisfeito.

— Alcançou o seu objetivo? Vou dizer uma coisa: depois do seu argumento, Charles receberá a Candice de volta, com tapete vermelho. — Roxanne esticou as pernas e tirou os sapatos. — Provavelmente, logo de cara, ele irá te oferecer um aumento de salário; em seguida, depositar flores na sua mesa todos os dias; enviar e-mails para toda a empresa, exaltando as suas virtudes. Maggie começou a rir e logo parou.

— Se a encontrarmos — completou ela.

— Se a encontrarmos — repetiu Roxanne olhando para Maggie com sobriedade. — Você estava falando sério sobre chamar a polícia?

— Não sei. — Maggie suspirou. — Para falar a verdade, não sei se a polícia conseguiria, de fato, fazer alguma coisa. É bem provável que nos digam para cuidar da nossa própria vida.

— Então, o que podemos fazer? — perguntou Roxanne.

— Só Deus sabe — respondeu Maggie, esfregando o rosto. — Telefonar para a mãe dela?

— Ela não teria ido para lá — disse Roxanne, balançando a cabeça negativamente. — Ela não suporta a mãe.

— Ela não tem ninguém, não é? — perguntou Maggie com lágrimas nos olhos. — Ah, merda, não suporto pensar nisso. Ela deve ter se sentido tão sozinha! — Então, olhou para Roxanne com uma expressão consternada. — Imagine só. Ela foi abandonada por nós, pela Heather...

Ao ouvir um barulho na porta, ela interrompeu o que dizia. Do lado de fora do painel envidraçado, Julie, a nova recepcionista, olhava para elas, ansiosa. Assim que Maggie fez um sinal, a garota abriu a porta cautelosamente.

— Desculpe incomodá-las — disse ela, olhando para Maggie e Roxanne.

— Não tem problema — declarou Maggie, enxugando os olhos. — O que foi?

— Tem alguém lá embaixo querendo falar com Justin — disse Julie, nervosa. — Doreen não sabia se ele estava em reunião.

— Eu acho que sim — explicou Maggie.

— E deve demorar um pouco — acrescentou Roxanne. — Pelo menos é o que nós esperamos.

Julie fez uma pausa hesitante.

— Neste caso, o que eu devo dizer a pessoa?

— O que você acha? — perguntou Maggie, virando-se para Roxanne. — Será que é melhor eu mesma atendê-la?

— Não vejo por que você deveria fazer isso — disse Roxanne, esticando os braços acima da cabeça. — Você não está aqui a trabalho. Ainda está de licença, caramba.

— Eu sei. Mas mesmo assim... pode ser algo importante.

— Você é responsável demais — disse Roxanne. — Nada é assim tão importante.

— Talvez você tenha razão — disse Maggie após uma pausa e fez uma careta. — Ah, não sei. — Ela olhou para Julie. — Por acaso você sabe o nome da pessoa?

Fez-se silêncio, enquanto Julie consultava o pedaço de papel.

— Ela se chama... Candice Brewin. — Julie ergueu os olhos. — Ao que parece, ela já trabalhou aqui ou algo assim.

CANDICE ESTAVA NA recepção, tentando desesperadamente controlar o impulso de correr porta afora e nunca mais voltar. Suas pernas tremiam sob a meia-calça nova; seus lábios estavam secos, e toda vez que lembrava que teria que enfrentar Justin, sentia vontade de vomitar.

Mas, ao mesmo tempo, havia uma determinação em sua mente, como uma vara de aço; uma determinação que mantinha suas pernas trêmulas presas ao chão. Eu tenho que fazer isso, disse a si mesma mais uma vez. Se eu quiser meu emprego de volta, minha integridade, eu tenho que fazer isso.

Naquela manhã, no chalé, ela acordara com uma estranha sensação de leveza. Uma impressão de quase libertação. Durante algum tempo, ela permaneceu fitando o teto, em silêncio, tentando identificar aquela nova emoção; tentando compreender o que tinha acontecido.

Então, a ficha caiu: já não se sentia culpada.

Não sentia mais o peso do remorso que a afligia. Era como se tivesse sido absolvida; curada. Era como se o fardo que carregara, inconscientemente, por vários anos, tivesse sido retirado das suas costas — e, de repente, ela conseguia esticar os ombros; desfrutar da sensação de liberdade; tomar o rumo que bem entendesse. A culpa que carregara pelos crimes do seu pai não mais existia.

Deliberadamente, ela resolveu se testar. Então, pensou em Heather e ficou atenta — em meio a toda raiva e humilhação — ao menor sinal de culpa; ao lampejo de vergonha que sempre sentiu; à pontada no estômago sempre que se lembrava dos erros do seu pai. Era uma reação tão automática, que ela já havia se acostumado após tantos anos. Mas esta manhã, não havia nada. No seu interior, só havia uma sensação de afastamento; de indolência.

Permanecera imóvel e em silêncio, admirada com a própria transformação. Agora, era capaz de ver Heather com uma visão clara; de enxergar a relação que havia entre elas de um modo diferente. Ela não devia nada a Heather.

Nada. Quando Ed se mexeu ao seu lado na cama, Candice sentiu-se tranquila e segura de si.

— Bom dia — murmurou ele com a voz sonolenta e inclinou-se para beijá-la.

— Quero o meu emprego de volta — respondeu ela, fitando o teto. — Não vou esperar por nenhuma sindicância. Quero o meu emprego de volta, Ed.

— Que bom — disse ele antes de beijar sua orelha. — Bem, então vá e recupere-o.

Eles tomaram o café da manhã e se prepararam para partir, praticamente em silêncio, como se qualquer conversa pudesse desfocar a intenção; o objetivo. No carro, de volta a Londres, Candice permanecera tensa, com a mão agarrada à maçaneta da porta, olhando sempre para a frente. Ed a levou para casa, ficou esperando que ela se trocasse e vestisse a roupa mais elegante que possuía e, em seguida, a levou até ali. Segura de si, ela conseguira adentrar o hall e pedira para ver Justin. Fora capaz de chegar até este ponto.

Mas agora, de pé sobre o piso de mármore, estremecendo diante do olhar fixo e curioso de Doreen, sua autoconfiança começava a esmorecer. O que, exatamente, ela iria dizer a Justin? Como iria convencê-lo a mudar de ideia? De repente, sentiu-se vulnerável sob a máscara de elegância, como se o mais leve confronto fosse capaz de destruir sua compostura completamente. A lucidez que experimentara naquela manhã estava, agora, embotada; seu peito começava a acelerar com uma nova sensação de humilhação.

E se Justin não lhe desse ouvidos? E se ele simplesmente a expulsasse do prédio? E se ele a chamasse de ladra novamente? Ela havia ensaiado tudo, planejado em detalhes o que diria — mas agora tudo parecia pouco convincente até para si mesma. Justin simplesmente rejeitaria seus argumentos e ordenaria que ela se retirasse do local. Candice sentiu o rosto arder de aflição e engoliu em seco.

— É isso mesmo — disse Doreen, erguendo a cabeça. — É como eu pensei. Justin está em uma reunião no momento.

— Ah, entendi — disse Candice com a voz trêmula.

— Mas pediram para você aguardar aqui — acrescentou Doreen friamente. — Alguém irá descer logo.

— Como assim? Para quê? — perguntou Candice, mas Doreen se limitou a arquear as sobrancelhas.

Candice sentiu o coração disparar de medo. Será que iriam denunciá-la? Será que chamariam a polícia? O que será que Justin havia contado às pessoas? Seu rosto ficava cada vez mais corado; estava com dificuldade de controlar a respiração. Nunca deveria ter voltado, pensou desesperada. Nunca deveria ter vindo.

No fundo do hall, ouviu-se um barulho, quando o elevador chegou ao térreo. Candice sentiu o estômago revirar de pânico. Então, respirou fundo, preparando-se para o pior. As portas do elevador se abriram, e ela ficou atônita, entorpecida com o choque. *Não pode ser*, pensou. Sentindo-se atordoada, pestanejou várias vezes para se certificar de que o que estava à sua frente não era uma alucinação. Maggie estava bem ali, diante dela, saindo do elevador, olhando adiante com uma expressão de ansiedade. E Roxanne vinha atrás dela com uma fisionomia tensa, quase austera.

Ao avistarem Candice, elas pararam. Houve um silêncio carregado de tensão quando as três se olharam.

— Vocês aqui? — sussurrou Candice após um momento.

— Exatamente — disse Roxanne, acenando com a cabeça. — Não é, Maggie?

Candice fitou os rostos sérios das suas amigas através de uma névoa de medo. Elas não a perdoaram. Jamais iriam perdoá-la.

— Eu... Ah, meu Deus. Eu sinto muito. — As lágrimas começaram a rolar no seu rosto. — Sinto muito. Eu deveria ter escutado vocês. Eu estava errada. Vocês tinham razão. A Heather era... — disse ela desesperada. — Ela era uma...

— Tudo bem — disse Maggie. — Tudo bem, Candice. A Heather foi embora; já era.

— E nós estamos de volta — acrescentou Roxanne, aproximando-se de Candice com os olhos lacrimejantes. — Estamos de volta.

CAPÍTULO VINTE E UM

A sepultura era branca e simples; quase despercebida entre as fileiras de túmulos do cemitério local. Talvez estivesse um pouco mais descuidada do que as outras — coberta de grama e repleta de lascas de pedra espalhadas em volta do lote. Mas o nome, claramente gravado na lápide, a diferenciava das outras; transformando-a de uma placa de pedra sem sentido no memorial de uma vida. Ela observou o nome esculpido na pedra em letras de forma. O nome do qual se envergonhara durante toda a sua vida adulta. O nome que, com o passar dos anos, chegara a causar-lhe pavor só de ouvir.

Candice apertou o ramo de flores com mais força e andou em direção à sepultura de seu pai. Fazia anos que não vinha aqui. E a julgar pelo estado do túmulo, provavelmente sua mãe também não vinha há muito tempo. Ambas consumidas demais pela raiva, pela vergonha, pela negação da realidade. Ambas com o firme propósito de olhar adiante; esquecer o passado.

Mas agora, fitando a lápide coberta de mato, Candice experimentou uma sensação de alívio. Era como se, nas últimas semanas, ela tivesse devolvido toda a culpa, toda a responsabilidade ao seu pai. Os últimos resquícios de remorso eram dele novamente; seus ombros estavam leves. E, em troca, ela começava a ser capaz de perdoá-lo. Depois de anos sem sentir nada por ele, a não ser vergonha e ódio, ela agora o via com outros olhos; começava a se lembrar do pai de maneira diferente; a evocar as qualidades das quais ela quase se esquecera: sua sagacidade, seu entusiasmo e simpatia. Sua capacidade de deixar pessoas à vontade; de entreter, sozinho, uma mesa repleta de idiotas. Sua generosidade; sua impulsividade. Seu prazer absoluto diante das boas coisas da vida.

Gordon Brewin causara muito sofrimento, muita mágoa e muito desgosto. Mas também proporcionara muita alegria a muita gente. Ele oferecia diversão e risada; mimos e empolgação. E lhe propiciara uma infância mágica. Durante 19 anos perfeitos até a sua morte, ela se sentiu amada, segura e feliz. Dezenove anos de felicidade. Isso tinha seu valor.

Com as pernas trêmulas, Candice chegou mais perto do túmulo. Ele não tinha sido um homem perverso, pensou. Apenas um homem com suas falhas. Um homem feliz, desonesto e generoso com falhas além da conta. Quando olhou seu nome gravado na pedra, as lágrimas vieram aos seus olhos e ela sentiu novamente um amor infantil e inquestionável. Então se abaixou, pousou as flores e empurrou algumas lascas de volta para o lote, ajeitando as bordas da sepultura. Em seguida, se levantou e, por um momento, fitou a lápide em silêncio. Depois, se virou bruscamente e foi embora, em direção ao portão, onde Ed a esperava.

— ONDE ESTÁ a outra madrinha? — perguntou Paddy, apressando-se em direção à Maggie farfalhando sua roupa de crepe azul florido. — Ela não vai se atrasar, não é?

— Ela está a caminho, com certeza — disse Maggie calmamente. Ela abotoou o manto de batismo de Lucia e a ergueu para admirá-la. — O que você acha?

— Ah, Maggie! Parece um anjo.

— Ela está linda, não está? — disse Maggie, examinando a desnecessária cauda de seda e renda. — Roxanne, venha aqui! Venha ver a sua afilhada!

— Vamos dar uma olhada — disse Roxanne e se dirigiu para a sala. Ela estava usando um conjuntinho preto e branco, bem justo e um chapéu rijo, de abas largas com uma pena de avestruz. — Está linda — disse ela. — Muito linda mesmo. Embora eu não goste muito da touca. Tem fitas demais. — Maggie tossiu, tentando disfarçar a situação embaraçosa causada pelo comentário de Roxanne.

— Na verdade — explicou ela —, Paddy teve a gentileza de confeccionar esta touca especialmente para combinar com o manto de batismo. E eu... Eu até gosto das fitas.

— Todos os meus filhos usaram este manto quando foram batizados — afirmou Paddy com orgulho.

— Humm — disse Roxanne, olhando o manto de cima a baixo. — Bem, isso explica tudo. — Ela olhou para Maggie que, sem querer, soltou uma risada.

— Paddy — disse ela — você acha que o bufê trouxe guardanapos, ou será que nós deveríamos ter trazido?

— Ih, não sei. Eu vou verificar rapidinho, está bem?

Quando ela saiu do quarto, fez-se silêncio durante um momento. Maggie colocou Lucia sob o arco de atividades para bebês, no chão, e sentou-se diante da penteadeira para se maquiar.

— Chegue para lá — pediu Roxanne e sentou-se ao seu lado. Ela observou Maggie passar rapidamente a sombra nas pálpebras e o rímel nos cílios, verificando sua aparência com ar decisivo, após cada etapa.

— Fico contente de ver que você ainda dedica um tempinho para a maquiagem.

— Ah, não tenha dúvida — disse Maggie ao pegar o blush. — Não há nada que uma mãe aprecie mais do que ficar uma hora na frente do espelho.

— Espere — pediu Roxanne ao pegar um lápis de boca. — Vou delinear seus lábios. — Ela girou o rosto de Maggie de frente e, cuidadosamente, começou a desenhar o contorno da boca em tom de ameixa. Ela terminou o traçado, examinou seu trabalho e pegou um batom e um pincel.

— Escute aqui, Lucia — disse ela, enquanto aplicava o batom em Maggie. — Sua mãe precisa de tempo para passar batom, está bem? Portanto dê esse tempo a ela. Você vai entender o quanto isso é importante quando crescer. — Ela terminou e entregou um lenço de papel a Maggie. — Pressione os lábios para retirar o excesso.

Maggie apertou os lábios no papel, afastou-o da boca e o examinou.

— Nossa, vou sentir sua falta. Realmente vou... — Ela suspirou e balançou a cabeça, em sinal de negação. — Chipre. Quer dizer, *Chipre*. Não poderia ser... a Ilha de Wight?

Roxanne riu.

— Você consegue me ver morando na Ilha de Wight?

— Também não consigo ver você morando no Chipre! — replicou Maggie. Houve uma longa pausa, então ela disse com relutância: — Bem... talvez eu consiga. Se tentar muito.

— Eu virei pelo menos uma vez por mês — prometeu Roxanne. — Você nem vai sentir minha falta. — Seus olhos azuis fitaram os de Maggie no espelho. — E eu mantenho o que disse. A promessa está de pé. Se algum dia se sentir deprimida, se algum dia estiver triste, ligue. Seja a hora que for.

— E você virá voando — completou Maggie, rindo.

— Virei voando — repetiu Roxanne. — Isso é o que se faz por alguém da família.

QUANDO ED FEZ a curva, na entrada da residência, deu um assobio impressionado.

— Esta é a casa que ela está *vendendo*? Por quê?

— Ela quer voltar para Londres — explicou Candice. — Eles irão morar na casa de Ralph. Quer dizer, de Roxanne. Enfim. — Ela se olhou no espelho, ansiosa. — Você acha que eu estou bem?

— Você está maravilhosa — disse Ed sem virar a cabeça.

— Será que eu deveria usar um chapéu? — indagou, examinando o próprio reflexo. — Odeio chapéus. Eles me deixam com cara de idiota.

— Ninguém usa chapéu em batizado — afirmou Ed.

— É claro que usa! — Quando se aproximaram da casa, Candice lamentou-se: — Veja, lá está Roxanne. E ela está usando chapéu. Eu sabia que deveria usar.

— Você parece um querubim. — Ed se inclinou e a beijou. — Carinha de bebê.

— Eu não deveria ser o bebê! Supõe-se que eu seja a madrinha.

— Você parece uma madrinha também. — Ed abriu a porta. — Vamos. Quero conhecer suas amigas.

Ao saltarem do carro, pisando ruidosamente no chão de cascalhos, Roxanne se virou e sorriu para Candice. Depois, olhou para Ed e apertou os olhos com uma expressão avaliadora.

— Deus do céu! — murmurou Ed para Candice. — Ela está me examinando com a sua maldita visão de raios X.

— Não seja bobo! Ela já adora você. — Candice caminhou ofegante em direção à Roxanne e a abraçou. — Você está linda!

— E você também — disse Roxanne, afastando-se, mantendo as mãos nos ombros de Candice. — Há muito tempo eu não via você tão feliz.

— Bem... eu estou feliz — assentiu Candice e lançou os olhos timidamente a Ed. — Roxanne, este é...

— Este é o famoso Ed, presumo — disse Roxanne ao se virar e encará-lo. — Olá, Ed.

— Oi, Roxanne — respondeu Ed. — Prazer em conhecer o seu chapéu. E você também, naturalmente. — Roxanne inclinou a cabeça com ar debochado e examinou o rosto de Ed.

— Tenho que admitir que pensei que você fosse mais bonito — disse ela após um momento.

— Sei como é. Qualquer um pode se enganar às vezes — disse Ed, impassível. — Muita gente faz isso. — Ele se aproximou de Roxanne e confidenciou: — Mas não deixe que isso a perturbe.

Após um momento, Roxanne sorriu.

— Mas dá para o gasto — disse ela. — Dá para o gasto.

— Atenção, madrinhas! — gritou Maggie da porta da frente. — Ouçam. Tenho que entregar a vocês este papel no qual estão listados todos os seus deveres.

— E temos deveres? — perguntou Roxanne a Candice, enquanto as duas caminhavam em direção à porta. — Pensei que tivéssemos apenas que escolher um presentinho.

— E nos lembrar dos aniversários — completou Candice.

— E tremular nossas varinhas mágicas e dizer: — Lucia Drakeford, você irá ao baile. E aqui está um par de sapatos Prada para compor seu traje.

A IGREJA ERA murada e, apesar do calor do lado de fora, estava congelante. Lucia berrou quando a água fria caiu em seu rosto. Quando a cerimônia acabou, Candice, Roxanne e o padrinho de Lucia — um velho amigo de Giles dos tempos de faculdade — posaram juntos para fotografias, no pórtico de igreja, revezando-se para segurá-la no colo.

— Acho tudo isso muito estressante — murmurou Roxanne a Candice, enquanto dava um sorriso. — E se um de nós a deixar cair?

— Isso não vai acontecer! — retrucou Candice. — Além do mais, os bebês quicam.

— Isso é o que dizem — disse Roxanne com o olhar preocupado. — Mas e se tiverem esquecido de pôr molas nesta aqui? — Ela olhou para Lucia e tocou seu rostinho com carinho. — Não se esqueça de mim — sussurrou ela tão baixinho que nem Candice pôde ouvi-la. — Não se esqueça de mim, pequenina.

— Certo, chega de fotos — gritou Maggie finalmente, dirigindo-se à multidão de convidados que circulavam pela igreja. — Atenção, há champanhe e comida para todos.

— Bem, então vamos lá! — disse Roxanne. — O que estamos esperando?

Na imponente propriedade de Maggie, uma mesa comprida tinha sido montada sobre cavaletes no gramado e estava repleta de comida. Duas senhoras do lugarejo serviam champanhe e ofereciam canapés, e uma abertura de Mozart tocava de dois alto-falantes instalados em árvores. Roxanne e Candice pegaram seus drinques e se afastaram da multidão.

— Delicioso! — disse Candice, provando o champanhe gelado. Em seguida, fechou os olhos e deixou o sol de verão aquecer seu rosto, sentindo o coração se encher de felicidade. — Isso não é maravilhoso? Não é simplesmente... perfeito?

— Quase perfeito — corrigiu Roxanne com um sorriso misterioso. — Há apenas mais uma coisa que temos que fazer. Então chamou: Maggie! Traga a sua filha aqui!

Candice ficou intrigada ao vê-la pegar a pequena bolsa elegante, de onde retirou uma garrafinha de conhaque e esvaziou o conteúdo na taça de champanhe. Depois, ela pegou um torrão de açúcar e o adicionou à mistura.

— Coquetel de champanhe — disse ela, bebendo em seguida. — Perfeito.

— O que é isso? — perguntou Maggie, juntando-se às amigas, com Lucia no colo, os olhos brilhantes e o rosto corado de felicidade. — Deu tudo certo, não é? A Lucia se comportou muito bem, não foi?

— Foi lindo — disse Candice, tocando o ombro da amiga. — E Lucia se comportou como um anjo.

— Mas não acabou exatamente — retrucou Roxanne. — Há mais uma cerimônia vital que tem que ser executada. — E, em tom mais brando, acrescentou: — Venha aqui, Lucia.

Enquanto as outras assistiam espantadas, Roxanne mergulhou o dedo no coquetel de champanhe e o colocou na testa de Lucia.

— Bem-vinda ao clube do coquetel — disse ela.

Fez-se silêncio. Maggie fitou o rostinho da filha, em seguida olhou para as amigas. Então, disfarçou as lágrimas e fez um gesto afirmativo com a cabeça. Por fim, ainda em silêncio, as três caminharam lentamente pela grama, de volta para a festa.

Este livro foi composto na tipologia
Adobe Caslon Pro, em corpo 11,5/15, e impresso
em papel off-white no Sistema Cameron da
Divisão Gráfica da Distribuidora Record.